本色文丛·柳鸣九　主编

披着蝶衣的蜜蜂

金圣华／著

海天出版社（中国·深圳）

图书在版编目（CIP）数据

披着蝶衣的蜜蜂 / 金圣华著. —深圳 : 海天出版社, 2018.7

（本色文丛）

ISBN 978-7-5507-2399-3

Ⅰ. ①披… Ⅱ. ①金… Ⅲ. ①散文集－中国－当代 Ⅳ. ①I267

中国版本图书馆CIP数据核字（2018）第090057号

披着蝶衣的蜜蜂
PIZHE DIEYI DE MIFENG

深圳出版发行集团
海天出版社

出 品 人	聂雄前
策划编辑	林星海
项目负责人	韩海彬
责任编辑	韩海彬
责任校对	万妮霞
责任技编	梁立新
装帧设计	Smart 深圳斯迈德设计 0755-83144228

出版发行	海天出版社
地 址	深圳市彩田南路海天大厦（518033）
网 址	www.htph.com.cn
订购电话	0755-83460397（批发）　0755-83460397（邮购）
印 刷	深圳市新联美术印刷有限公司
开 本	787mm×1092mm　1/32
印 张	11.75
字 数	200千
版 次	2018年7月第1版
印 次	2018年7月第1次
定 价	52.00元

　　金圣华，香港崇基学院英语系毕业，美国华盛顿大学硕士，法国巴黎索邦大学博士；现任香港中文大学荣誉院士及翻译学荣休讲座教授，香港翻译学会荣誉会长。1998～2006年为中文大学创办连续三届"新纪元全球华文青年文学奖"，影响深远。曾出版多本著作，如《桥畔闲眺》《打开一扇门》《一道清流》《傅雷与他的世界》《因难见巧：名家翻译经验谈》《认识翻译真面目》《译道行》《荣誉的造象》《有缘，友缘》《齐向译道行》《笑语千山外》《树有千千花》等。并翻译多部文学作品，如《小酒馆的悲歌》《约翰厄戴克小说选集》《海隅逐客》《石与影》《黑娃的故事》《彩梦世界》，以及傅雷英法文书信中译等。1997年因对推动香港翻译工作贡献良多而获颁OBE（英帝国官佐）勋衔。

总序：学者散文漫议

◎ 柳鸣九

"本色文丛"现已出版三辑，共二十四种书，在不远的将来，将出齐五辑共四十种书。作为一个散文随笔文化项目，已经达到了一定的规模，也大致上形成了自己的特色：一是以"有作家文笔的学者"与"有学者底蕴的作家"为邀约对象，而由于我个人的局限性，似乎又以"有作家文笔的学者"为数更多；二是力图弘扬知性散文、文化散文、学识散文，这几者似乎可统称为"学者散文"。

前一个特点，完全可以成立，不在话下，你们邀哪些人相聚，以文会友，这是你们自家的事，你们完全可以采取任何的称呼，只要言之有据即可。何况，看起来的确似乎是那么回事。

但关于第二个特点，提出"学者散文"这个概念本身就是易于带来若干复杂性的问题，要说明清楚本就不容易，要论证确切更为麻烦，而且说不定还会有若干纠缠需要澄清。所有这些，就不是你们自己的事，而是大家关心的事了。

在这里，首先就有一个定义与正名的问题：究竟何谓"学者散文"？在局外人看来，从最简单化的字面上的含义来说，"学者散文"大概就是学者写的散文吧，而不是生活中被称为"作家"的那些爬格子者、敲键盘者所写的散文。

然而实际上，在散文这个广大无垠的疆土上活动着的人，主要还是被称为作家的这一个写作群体，而不是学者。再一个明显的实际情况就是，在当代中国散文的疆域里，铺天盖地、遍野开花的毕竟是作家这一个写作者群体所写的散文。

那么，把涓涓细流的"学者散文"汇入这个主流，统称为散文不就得了嘛，何必另立旗号？难道你还奢望喧宾夺主不成？进一步说，既然提出了"学者散文"之谓，那么，写作者主流群体所写的散文究竟又叫什么散文呢？虽然在中外古典文学史中，甚至在20世纪前50年的中国文学界中，写散文的作家，大多数都同时兼为学者、学问家，或至少具有学者、学问家的素质与底蕴。只是在近半个多世纪以来的中国文学界中，同一个人身上作家身份与学者身份互相剥离，作家技艺与学者底蕴不同在、不共存的这种倾向才越来越明显。我们注意到这种现实，我们尊重这种现实，那么，且把近半个多世纪以来由纯粹的作家（即非复合型的写作者）创作的遍地开花的散文作品，称为"艺术散文"，可乎？

似乎这样还说得过去，因为，纯粹意义上的作家，都是致力于创作的，而创作的核心就是一个"艺"字。因此，纯粹意义上的作家，就是以艺术创作为业的人，而不是以"学"为业的人，把他们的散文称为艺术散文，既是一种应该，也是一种尊重。

话不妨说回去，在我的概念中，"学者散文"一词其实是从写作者的素质与条件这个意义而言的。"素质与条件"，简而言之，就是具有学养底蕴、学识功底。凡是具有这种特点、条件的人，所写出的具有知性价值、文化品位与学识功底的散文，皆可称"学者散文"。并非强调写作者具有什么样的身份，在什么领域中活动，从事哪个职业行当，供职于哪个部门……

以上说的都是外围性的问题，对于外围性的问题，事情再复杂，似乎还是说得清楚的，但要往问题的内核再深入一步，对学者散文做进一步的说明，似乎就比较难了。具体来说，究竟何为"学者散文"？"学者散文"究竟具有什么特点？持着什么文化态度？表现出什么风格姿态？敝人既然闯入了这个文艺白虎堂，而且受托张罗"本色文丛"这个门面，那也就只好硬着头皮，提供若干思索，以就教于文坛名士才俊、鸿儒大家了。

说到为文构章，我想起了卞之琳先生的一句精彩评语，那时我刚调进外文所，作为他的助手，我有机会听到卞公对文章进行评议时的高论妙语。有一次他谈到一位年轻笔者的时候，用幽默调侃的语言评价说："他很善于表达，可惜没什么可表达的。"说话风趣幽默，针砭入木三分。不论此评语是否完全准确，但他短短一语毕竟道出了为文成章的两大真谛：一是要有可供表达、值得表达的内容，二是要有善于表达的文笔。两者缺一不可，如果两者具备，定是珠联璧合的佳作。这个道理，看起来很简单、很朴素，甚至看起来算不上什么道理，但的的确确可谓为文成章的"普世真理"、当然之道。对散文写作，亦不例外。

就这两个方面来说，有不同素养的人、有不同优势与长处的人，各自在不同的方面肯定是有不同表现的，所出的文字，自然会有不同的特点与风格。一般来说，艺术创作型的写作者，即一般所谓的作家，在如何表达方面无一不具有一定的实力与较熟练的技巧。且不说小说、诗歌与戏剧，只以散文随笔而言，这一类型的写作者，在语言方面，其词汇量也更多更大，甚至还能进而追求某种语境、某种色彩、某种意味；在谋篇布局方面，烘托铺垫、起承转合、舒展伸延、跌宕起伏、统筹安排、井然有序。所有这些，在中华文章之道中本有悠久传统、丰富经验，如今更是轻车熟路，掌握自如；在描写与叙述方面，不论是描写客观的对象还是自我，哪怕只是描写一个细小的客观对象，或者描写自我的某一段平常而普通的感受，也力求栩栩如生、细致入微，点染铺陈，提高升华，不怕你不受感染，不怕你不被感动；在行文上，则力求行云流水，妙笔生花，文采斐然，轻灵跃动；在阅读效应上，也更善于追求感染力效应的最大化，宣传教育效应的最大化，美学鉴赏效应的最大化。总而言之，读这一种类型的散文是会有色彩缤纷感的，是会有美感的，是会有愉悦感的，而且还能引发同感共鸣，或同喜或同悲，甚至同慷慨激昂、同心潮澎湃……

我以上这些浅薄认识与粗略概括是就当代与学者散文有所不同的主流艺术散文而言的，也就是指生活中所谓的纯粹作家的作品而言的。我有资格做这种概括吗？说实话，心里有些发虚，因为我对当代的散文，可以说是没有多少研究，仅限于肤表的认识。

在这里，我不得不对自己在散文阅读与研习方面的基础，做出如实的交代：实事求是地说，20世纪前50年的散文我还算读过不少，鲁迅、茅盾、冰心、沈从文、朱自清、俞平伯、老舍、徐志摩、郁达夫、凌叔华、胡适、林语堂、周作人等人的散文作品，虽然我读得很不全，但名篇、代表作都读过一些。这点文学基础是我从中学教科书、街上的书铺、学校的图书馆，以至后来在北大修王瑶的中国现代文学史期间完成的。在大学，念的是西语系，后又干外国文化研究这个行当，从此，不得不把功夫都用在读外国名家名作上面去了。就散文作品而言，本专业的法国作家作品当然是必读的：从蒙田、帕斯卡尔、笛卡儿、伏尔泰、狄德罗、卢梭，到夏多勃里昂、雨果、都德，直到20世纪的马尔罗、萨特、加缪等。其他专业的作家如英国的培根、德国的海涅、美国的爱默生、俄国的屠格涅夫等人的作品，也都有所涉猎。但我对中国 20 世纪 50 年代以后的半个多世纪以来的散文随笔就读得少之又少了，几乎是一穷二白。承深圳海天出版社的信任，张罗"本色文丛"，这对我来说，实在是"专业不对口"，只是为了把工作做得还像个样子，才开始拜读当代文坛名士高手的散文随笔作品。有不少作家的确使我很钦佩，他们在艺术上的讲究是颇多的，技艺水平也相当高，手段也不少，应用得也很熟练，读起来很舒服，很有愉悦感，很有美感。

不过，由于我所读的中国现代文学中的散文名家，以及外国文学中的散文作家，绝大部分都是创作者与学者两重身份相结合型的，要么是作家兼学者，要么就是我所说的"有学者底蕴的作家"，"近朱者赤近墨者黑"，耳濡目染，自然形成我对散文随笔中思想底蕴、学识修养、精神内容这些成分的重视，这样，不免对当代某些纯粹写作型的散文随笔作家，多少会有若干不满足感、欠缺感。具体来说，有些作家的艺术感以及技艺能力、细腻的体验感受，固然使人钦佩，但是往往欠于思想底气、学养底蕴、学识储蓄，更缺隽永见识、深邃思想、本色精神、人格力量，这些对散文随笔而言，恰巧是至关重要的东西。当然，任何一篇散文作品是不可能没有思想，不可能不发表见解的，但在一些作家那里，却往往缺少深度、力度、隽永与独特性。更令人失望的是，有些思想、话语、见识往往只属于套话、俗话甚至是官话的性质，这在一个官本位文化盛行的社会里是自然的、必然的。总而言之，往往缺少一种独立的、特定的、本色的精气神，缺乏一种真正特立独行而又具有普遍意义的人文精神。

以上这种情况已经露出了不妙的苗头，还有更帮倒忙的是艺术手段、表现技艺的喧宾夺主，甚至是技艺的泛滥。表现手段本来是件好事，但如果没有什么可表现的，或者表现的东西本身没有多少价值，没有什么力度与深度，甚至流于凡俗、庸俗、低俗的话，那么这种表现手段所起的作用就恰好适得其反了。反倒造成装腔作势、矫揉造作、粉饰作态、弄虚作假的结果。应该说，技艺的讲究本身没有错，特别是在小说作品中，乃至在戏剧作品中，是完全适用的，也是应该的，但偏偏对于散文这样一种直叙其事、直抒胸臆的文体来说，是不甚相宜的。若把这些技艺都用在散文中间的话，在我们的眼前，全是丰盛的美的辞藻，全是绵延不断、绝美动人的文句，全是至美极雅的感受，全是绝美崇高的情感……在我看来，美得有点过头，美得叫人应接不暇，美得叫人透不过气来，美得使人有点发腻。对此，我们虽然不能说这就是"善于表现，可惜没有什么好表现的"，但至少是"善于表现"与"可表现的"两者之间的不平衡，甚至是严重失衡。

平衡是万物相处共存的自然法则，每个物种、每个存在物都有各自的特点，既有优也有劣，既有长也有短，文学的类别亦不例外。艺术散文有它的长处，也必然有与其长处相关联的软肋。对我们现在要说道说道的学者散文，情形也是这样。学者散文与艺术散文，当然有相当大的不同，即使说不上是泾渭分明，至少也可以说是各有不同的个性。我想至少有这么两点：其一，艺术散文在艺术性上，一般地来说，要多于高于学者散文。在这一点上，学者散文有其弱点，但不可否认，这也是学者散文的一个特点。显而易见，在语言上，学者散文的词汇量，一般地来说，要少于艺术散文。至于其色彩缤纷、有声有色、精细入微的程度，学者散文显然要比艺术散文稍逊一筹；在艺术构思上，虽然天下散文的结构相对都比较简单，但学者散文也不如艺术散文那么有若干讲究；在艺术手段上，学者散文不如艺术散文那样多种多样、花样翻新；在阅读效果上，学者散文也往往不如艺术散文那么有感染力，能引起读者的悦读享受感，甚至引起共鸣的喜怒哀乐。其二，这两个文学品种，之所以在表现与效应上不一样，恐怕是取决于各自的写作目的、写作驱动力的差异。艺术散文首先是要追求美感，进而使人感染、感动，甚至同喜怒；学者散文更多的则是追求知性，进而使人得到启迪、受到启蒙、趋于明智。

这就是它们各自的特点，也是它们各自的长处与短处。这就是文学物种的平衡，这就是老天爷的公道。

讲清楚以上这些问题之后，我们再专门来说说学者散文，也许就会比较顺当了，我们挺一挺学者散文，也许就不会有较多的顾虑了。那么，学者散文有哪些地方可以挺一挺呢？

近几年来，我多多少少给人以"力挺学者散文"的印象。是的，我也的确是有目的地在"力挺学者散文"，这是因为我自己涂鸦出来的散文，也被人归入学者散文之列，我自己当然也不敢妄自菲薄，这是我自己基于对文学史和文学实际状况的认知。

从文学史的发展来看，无论中外，散文这一古老的文学物种，一开始就不是出于一种唯美的追求，甚至不是出于一种对愉悦感的追求；也不是为了纯粹抒情性、审美性的需要，而往往是由于实用的目的、认知的目的。中国最古老的散文往往是出于祭祀、记述历史，甚至是发布公告等社会生活的需要，不是带有很大的实用性，就是带有很大的启示性、宣告性。

在这里，请容许我扯虎皮拉大旗，且把中国最早的散文文集《左传》也列为学者散文型类，来为拙说张本。《左传》中的散文几乎都是叙事：记载历史、总结经验、表示见解，而最后呈现出心智的结晶。如《曹刿论战》，从叙述历史背景到描写战争形式以及战役的过程，颇花了一些笔墨，最终就是要说明一个道理："夫战，勇气也。一鼓作气，再而衰，三而竭。"我不敢说曹刿就是个学者，或者是陆逊式的书生，但至少是个儒将。同样，《子产论政宽猛》也是叙述了历史背景、政治形势之后，致力于宣传这一高级形态的政治主张："政宽则民慢，慢则纠之以猛，猛则民残，残则施之以宽。宽以济猛，猛以济宽，政是以和。"此一政治智慧乃出自仲尼之口，想必不会有人怀疑仲尼不是学者，而记述这一段历史事实与政治智慧的《左传》的作者，不论是传说中的左丘明也好，还是妄猜中的杜预、刘歆也罢，这三人无一不是学者，而且就是儒家学者。

再看外国的文学史，我们遵照大政治家、大学者、大诗人毛泽东先生的不要"言必称希腊"遗训，且不谈柏拉图与亚里士多德，仅从近代"文艺复兴"的曙光开始照射这个世界的历史时期说起，以欧美散文的祖师爷、开拓者，并实际上开辟了一个辉煌的散文时代的几位大师为例，英国的培根，法国的蒙田，以及美国的爱默生，无一不是纯粹而又纯粹的学者。说他们仅是"学者散文"的祖师爷是不够的，他们干脆就是近代整个散文的祖师爷，几乎世界所有的散文作者都是在步他们的后尘。只是后来由于各种复杂的历史原因，到了我们的现实生活里，才有艺术散文与学者散文的不同支流与风格。

这几位近代散文的开山祖师爷，他们写作散文的目的都很明确，不是为了抒情，不是为了休闲，不是为了自得其乐，而都是致力于说明问题、促进认知。培根与蒙田都是生活在欧洲历史的转变期、转型期，社会矛盾重重，现实状态极其复杂。在思想领域里，以宗教世界观为主体的传统意识形态已经逐渐失去其权威，"文艺复兴"的人文主义思潮与宗教改革的要求，正冲击着旧的意识形态体系，推动着历史的发展。他们都是以破旧立新的思想者的姿态出现的，他们的目标很明确，都是力图修正与改造旧思想观念，复兴人类人文主义的历史传统，建立全新的认知与知识体系。培根打破偶像，破除教条，颠覆经院哲学思想，提倡对客观世界的直接观察与以实验为基础的科学方法，他的散文几乎无不致力于说明与阐释，致力于改变人们的认知角度、认知方法，充实人们的认知内容，提高人们的认知水平。仅从其散文名篇的标题，即可看出其思想性、学术性与文化性，如《论真理》《论学习》《论革新》《论消费》《论友谊》《论死亡》《论人之本心》《论美》《说园林》《论愤怒》《论虚荣》，等等。他所表述所宣示的都是出自他自我深刻体会、深刻认知的真知灼见，而且，凝聚结晶为语言精练、意蕴隽永、脍炙人口的格言警句，这便是培根警句式、格言式的散文形式与风格。

蒙田的整个散文写作，也几乎是完全围绕着"认知"这个问题打转的，他致力于打开"认知"这道门、开辟"认知"这一条路，提供方方面面、林林总总的"认知"的真知灼见。他把"认知"这个问题强调到这样一种高度，似乎"认知"就是人存在的最大必要性，最主要的存在内容，最首要的存在需求。他提出了一个警句式的名言："我知道什么呢？"在法文中，这句话只有三个字，如此简短，但含义无穷无尽。他以怀疑主义的态度提出了一个对自我来说带有根本意义的问题：对自我"知"的有无，对自我"知"的广度、深度和力度，提出了根本性的质疑；对自我"知"的满足，对自我"知"的权威，对自我"知"的武断、专横、粗暴、强加于人，提出了文质彬彬、谦逊礼让，但坚韧无比、尖锐异常的挑战。如果认为这种质疑和挑战只是针对自我的、个人的蒙昧无知、混沌愚蠢、武断粗暴的话，那就太小看蒙田了，他的终极指向是占统治地位的宗教世界观、经院哲学，以及一切陈旧的意识形态。如此发力，可见法国人的智慧、机灵、巧妙、幽默、软里带硬、灵气十足，这样一个软绵绵的、谦让的姿态，在当时，实际上是颠覆旧时代意识形态权威的一种宣示、一种口号，对以后几个世纪，则是对人类求知启蒙的启示与推动。直到 20 世纪，"Que sais－je"这三个简单的法文字，仍然带有号召求知的寓意，在法国就被一套很有名的、以传播知识为宗旨的丛书，当作自己的旗号与标示。

在散文写作上，蒙田如果与培根有所不同，就在于他是把散文写作归依为"我知道什么呢？"这样一个哲理命题，收归在这面怀疑主义的大旗下，而不像培根旗帜鲜明地以打破偶像、破除教条为旗帜，以极力提倡一种直观世界、以科学实验为基础的认知论。但两人的不同，实际上不过是殊途同归而已，两人的"同"则是主要的、第一位的。致力于"认知"，提倡"认知"便是他们散文创作态度的根本相同点。值得注意的是，在他们的笔下，散文无一不是写身边琐事，花木鱼虫、风花雪月、游山玩水，以及种种生活现象；无一不是"说""论""谈"。而谈说的对象则是客观现实、社会事态、生活习俗、历史史实，以及学问、哲理、文化、艺术、人性、人情、处世、行事、心理、趣味、时尚等，是自我审视、自我剖析、自我表述，只不过在把所有这些认知转化为散文形式的时候，培根的特点是警句格言化，而蒙田的方式是论说与语态的哲理化。

从中外文学史最早的散文经典不难看出，散文写作的最初宗旨，就是认识、认知。这种散文只可能出自学者之手，只可能出自有学养的人之手。如果这是学者散文在写作者的主观条件方面所必有的特点的话，那么学者散文作为成品、作为产物，其最根本的本质特点、存在形态是什么呢？简而言之，就是"言之有物"，而不是"言之无物"。这个"物"就是值得表现的内容，而不是不值得表现的内容，或者表现价值不多的内容，更不是那种不知愁滋味而强说愁的虚无。总之，这"物"该是实而不虚、真而不假、厚而不浅、力而不弱，是感受的结晶，是认知的精髓，是人生的积淀，是客观世界、历史过程、社会生活的至理。

既然我们把"言之有物"视为学者散文基本的存在形态，那就不能不对"言之有物"做更多一点的说明。特别应该说明的是，"言之有物"不是偏狭的概念，而是有广容性的概念；这里的"物"，不是指单一的具体事物或单一的具体事件，它绝非具体、偏狭、单一的，而是容量巨大、范围延伸的：

就客观现实而言，"言之有物"，既可是现实生活内容，也可是历史的真实。

就具体感受而言，"言之有物"，是言之由具象引发出来的实感，是渗透着主体个性的实感，是情境交融的实感，特定际遇中的实感，有丰富内涵的实感，有独特角度的实感，真切动人的实感，足以产生共鸣的实感。

就主体的情感反应而言，"言之有物"，是言之有真挚之情，哪怕是原始的生发之情。是朴素实在之情，而不是粉饰、装点、美化、拔高之情。

就主体的认知而言，"言之有物"，首先是所言、所关注的对象无限定、无疆界、无禁区，凡社会百业、人间万物，无一不可关注，无一不应关注，一切都在审视与表述的范围之内。这一点固然重要，但更为重要的是，对关注与表述的对象所持的认知依据与标准尺度，是符合客观实际的，是遵循科学方法的。更更重要的是，要有独特而合理的视角，要有认知的深度与广度，有证实的力度与相对的真理性，有耐久的磨损力，有持久的影响力。这种要求的确不低，因为言者是科学至上的学者，而不是感情用事的人。

就感受认知的质量与水平而言，"言之有物"，是要言出真知灼见、独特见解，而非人云亦云、套话假话连篇。"言之有物"，是要言出耐回味、有嚼头、有智慧灵光一闪、有思想火光一亮的"硬货"，经久隽永的"硬货"。

就精神内涵而言，"言之有物"，要言之有正气，言之有大气，言之有底气，言之有骨气。总的来说，言之要有精、气、神。

最后，"言之有物"，还要言得有章法、文采、情趣、风度……你是在写文章，而文章毕竟是要耐读的"千古事"！

以上就是我对"言之有物"的具体理解，也是我对学者散文的存在实质、存在形态的理念。

我们所力挺的散文，是"言之有物"的散文，是朴实自然、真实贴切、素面朝天、真情实感、本色人格、思想隽永、见识卓绝的散文。

我们之所以要力挺这样一种散文，并非为了标新立异、另立旗号，而是因为在当今遍地开花的散文中，艳丽的、娇美的东西已经不少了；轻松的、欢快的、飘浮的东西已经不少了；完美的、理想的东西已经不少了……"凡是存在的，必然是合理的"，请不要误会，我不是讲这些东西要不得，我完全尊重所有这些的存在权，我只是说"多了一点"。在我看来，这些东西少一点是无伤大雅、无损胜景、无碍热闹欢腾的。

然而相对来说，我们更需要明智的认知与坚持的定力，而这种生活态度，这种人格力量，只可能来自真实、自然、朴素、扎实、真挚、诚意、见识、学养、隽永、深刻、力度、广博、卓绝、独特、知性、学识等精神素质，而这些精神素质，正是学者散文所心仪的，所乐于承载的。

2016 年 9 月 20 日完稿

序 言

◎ 金圣华

　　按照一般看法，蝴蝶是悠闲的，蜜蜂是辛劳的。蝴蝶身披彩衣，栩栩穿花，整天在姹紫嫣红、秀兰芳菊中寻艳探香，日子过得好不逍遥！蜜蜂却天生劳碌，不停在芳菲盛放处来回穿梭，营营役役，为采花酿蜜而殷勤不息。

　　根据传统观念，男主外，女主内，男性为了养家糊口，在工作上力争上游，有所表现，是理所当然的；女性却完全不同，在事业上哪怕全心全意，努力拼搏，总有人会不以为然，不是质疑你的能力，就是讥讽你的动机，冷不防来一句："这么拼命干吗？还不是赚钱买花戴！"

　　女性在职场上悉心投入，鞠躬尽瘁之余，最安全的做法是打扮中性，面目模糊，让人一时不记得你的性别，置身西装革履群中毫不显眼；万一仪容出众，个性鲜明，这就不免会招来异样的眼光，认为你不够水平，有失专业，并惹上"花蝴蝶"之讥了！

　　这种根深蒂固的偏见，在今时今日看来，固然不合潮流，但也并未销声匿迹。回忆往昔，个人学术生涯中，就曾经亲历其境，深谙其味。所幸在人生道路上，曾遇见不少优雅端庄的先贤，她们成就卓越，永不言休，活得雍容而有尊严。有她们在远方遥遥领路，尽管途险道窄，吾辈后进当可勇往直前而无惧了。

一九八二年冬，一个寒风凛冽的午后，跟随旅法学者沈志明一起去拜访西蒙娜·德·波伏瓦（Simone de Beauvoir）。波伏瓦是法国最享盛誉的作家及存在主义大师，在法国人心目中，地位无与伦比。波伏瓦的府邸坐落在巴黎南端，听说是以《达官贵人》一书获得龚古尔文学奖后购置的。抵达后，主人早已打扮停当，在府中候客。记得那是一所特别的房子，楼高两层，中间打通，似乎工作室、休憩处都在一块，不分间隔，四壁都是书架，放满了林林总

一九八二年跟西蒙娜·德·波伏瓦合影

总的书籍刊物和各式玩偶（法语为 poupée，发音迹近"宝贝"），漫溢出一片熏人的书香与难掩的童真。室内还陈设了许多萨特的相片，小几上插满黄色的鲜花。那天她身穿白衣蓝裤，外罩一件毛衣，色彩由下至上，从深蓝渐变为浅白，头上则系了一条白色的缎带，将头发拢起，看来举止优雅，气度从容。我们谈起了她的种种著作，日常生活，以及中法文化的异同。谈话间波伏瓦得知她的名著《第二性》已经有了中文译本（当时指的应是台湾晨钟的版本）时，笑得特别开怀。整个过程，知性与感性交融，并没有因为主人女性的温柔与敏锐，而冲淡了浓浓的文化气息和学术氛围。那年波伏瓦七十四，萨特逝世两年，坚强的她已经从伤痛的低谷中站立起来。

一九八五年初，香港翻译学会执行委员一行六人到内地访问交流，在拜会北京社科院外国文学研究所时，首次会晤了杨绛先生。记得那天的会上，座位恰好安排在杨先生旁边，因此，更增加了不少交谈请益的机会。初晤杨绛，印象中的她气韵娴雅，行止婉约，穿了一身剪裁得宜的深色旗袍，说起话来轻声细语，一派温柔。当时完全看不出眼前娇弱的身影，数年前曾经历过"文革"的摧残，劫后余生，写出具备"怨而不怒，哀而不伤"格调的不朽杰作《干校六记》。那一年，杨绛七十四岁。二〇〇〇年后，曾经四访三里河，在那俭朴清雅而莳花不断的小楼上，亲眼见证年逾九十的老人，如何在痛失伴侣的哀伤里，重新振作，自强不息。原来，羸弱的外貌下，竟然藏有钢铁一般的意志，她才是灾难过后，收拾一切打扫现场的强者！

因此，这世界上只有勤懒之分，而无男女之别。

本书以《披着蝶衣的蜜蜂》为名，共分五辑：第一辑《成长》，概述个人从小到大接受教育的过程，并论及缘结文字，情系母语的起因；第二辑《亲情》，讲述与父母兄长、夫婿子女的情分，并省视在双亲长逝和伴侣离世后，如何面对孤寂，重新出发；第三辑《友谊》，以感恩之心，念及毕生相交知的友好，如白先勇、林青霞、林文月、傅聪；孺慕敬佩的前辈，如余光中、劳思光、杨宪益、杨绛等，并缕述如何从他们身上学习所长和深受教益；第四辑《文艺活动》，追忆一些曾经参与投入的文学和艺术活动，在为文学奔波，为翻译呐喊的前提下，悉心筹划努力推动的过程中，常因旁观者漫不经心一句"船到桥头自然直"的评语，不乏锤木敲钉、徒手造船的艰辛，以及赤手空拳、独闯天下的困顿！第五辑《著作序言》，列出历来一些个人创作和翻译作品的序文和前言，原本还加添每本书的选段，让读者一窥作者于多少个无眠夜晚在茕茕孤灯下笔耕的点滴，惜因篇幅所限，最后不得不一一删去。

本书承蒙柳鸣九先生推介，深圳海天出版社出版，特此致谢。

谨以此书，献给世上所有追求美善，而又内外皆及，表里兼顾的女性朋友，只要勤勉不懈，自淬自砺，不管身在灼灼桃林，还是幽幽小院，你们都是披着蝶衣的蜜蜂，活得辛勤而灿烂！

2017 年 10 月 15 日

CONTENTS

目录

成　长

・1・

亲　情

友　谊

文艺活动

著作序言

成 长

中文与我

——相识年少时

一辈子所做的工作，其实，都是跟文字、文学有关的。

小时候上学，老师出作文题，除了应节的如"中秋""端午""过新年"之类，总会叫大家写写"我的志愿"。记忆中，我所写的志愿始终是想当文学家，不像有的小男孩，一开始要当消防员，过不久想当雄赳赳的警察，接着迷上了威风凛凛的足球员，长大后乖乖坐到银行里数钞票去了。

童年在上海度过。两位哥哥比我年长很多，每当他们上学去后，家中静悄悄的，我唯有自己打发时间，消磨漫长的午后。最记得冬日奇寒，下雪的时候，窗外飘着绵绵白絮，室内的我，总喜欢手拿一个扁长的黑猫牌香烟空盒当作公文包，摇摇摆摆走到窗前，在玻璃上呼一口气，吹出一层薄薄的雾，然后用手在窗上比画，幻想着自己登上讲坛，正在向莘莘学子讲解课文。谁知道，这光景，竟成了多年后的真实写照！我不但执起教鞭，也经常与文字、文学结缘，谈不上当成文学家，却在文学翻译及创作的园地中，殷勤耕植数十载而迄今未休。

小时候，最早接触的文学作品是四叔送我的一套《格林童话》，接着是一套《安徒生童话》，我阅后，闯进了奇幻璀璨的童话世界，发现书中的天地竟然这么辽阔，这么缤纷。于是，看完两大套童话故事后，开始如饥如渴地在家中大人的书柜里搜寻起来，无意间，竟让我翻到一部《大戏考》，厚厚一大册，我如获至宝，不管看不看得懂，就埋头啃读起来了。《大戏考》中一个又一个的剧本，使我开始接触传统文化与传说故事，什么《红鬃烈马》《四郎探母》《捉放曹》《洪羊洞》等戏目，虽看得似懂非懂，却觉得津津有味。因为爸爸是戏迷，也是票友，常在家中哼唱《打渔杀家》《萧何月下追韩信》等戏曲，更曾经带我在台下观看京剧，或在台后探访名伶。我还记得鼎鼎大名的金少山有一把壶嘴镶金的小茶壶，可在台上唱完一段，叫侍从递上来润润喉；还有一只遍体乌亮的卷毛哈巴狗，唱完戏可在后台抚弄为乐……这一切，都在一个七八岁孩子的脑海中留下了深刻的印象，更借助《大戏考》中文字的魅力，牢牢镶嵌在童年的心版上，历久不衰。

不错，《大戏考》几乎是我童年阅读的启蒙书，直到今天，我仍然记得跟大哥两人站在家里的楼梯口，一上一下，对唱《红鬃烈马》中薛平贵与王宝钏分别十八载后在寒窑前重逢的那一幕。王宝钏念夫心切，殷殷垂问来客军中的情况，假扮军爷的薛平贵，却不动声色，一心要试探妻子别后是否坚贞不二：

"我问他好来？"（王宝钏）"他倒好。"（薛平贵）

"再问他安宁？""倒也安宁。"

"三餐茶饭？""小军造。"

"衣裳破了？""自有人缝。"

……

那时的我，虽然年幼，已经隐隐约约感受到男女之间的不平等。薛平贵一别寒窑，音讯全无，在番邦娶了代战公主，多年后，见雁传血书，始返国探妻，在寒窑前两人相遇，还要假装军爷去试探，并在心中暗道，如宝钏贞节，上前相认，如抵受不了诱惑，则一刀把她杀了，回转番邦见公主去。这句唱词，听说后来改了，但我当时在稚小的心灵中，通过阅读戏文，除了熟谙忠孝节义的传统道德观念之外，也的确萌生了明辨是非的思考能力。

一九五〇年随父母迁居台湾，就读于和平东路的北师附小。四年级念的是复式班，那是当年实验性质的崭新教学法；班上一半同学念三年级，一半念四年级，虽然学期末侥幸考了第一名，但当时并没有对作文特别产生兴趣。只记得到台湾后，继续热爱阅读。当时，父母经常带我逛儿童书局，后来因为书看得快，买不胜买，好心的书店老板就提议说只要看完书不弄脏，就可以让我去换新书看，就这样，不多久，把儿童书局的图书，差不多都啃光了。

阅读，应该是写作的前奏与序曲。不爱看书的人，很难爱上写作。当年，由于一位老师的启发，我才有意识地开始喜爱起写作来。在北师附小上五年级时，来了一位新任的级任老师，名叫陈文彬。当时，他刚从师范毕业，年纪轻，干劲足，写得一手好字，除了教我们国文，也教史地。那时候的小学生，不但得用毛笔写作文，每星期还得用毛笔写周记，交阅读报告等。记得有一回，我以《雨后》为题，写了一篇作文。那时候，大概刚看了一些描写文，心有所感，于是，一时兴起，仔仔细细描绘起雨后初晴的景象来：天如何放晴、雨露如何在绿叶上打转、树枝如何滴水、荷塘如何满溢……文章写完后，交给妈妈看一遍，检查一下有无错别字，就如常交上去了。谁知道没过多久，老师发回作文簿，打开一瞧，竟看到密密麻麻的红字，批阅在黑色的毛笔字后，篇幅之长，几乎跟我那作文不相上下。这一来，不由得令我心中狂跳，惊吓得不知所措，当时自忖："糟了，我不知犯了什么大错，竟让老师大发雷霆了。"战战兢兢，硬着头皮，我再次打开作文簿，一字一惊心地念下去。怎么回事？我简直不敢相信自己的眼睛，老师不但没有责备，反而在不停地赞美、鼓励。最后，他又殷殷垂询："好孩子，告诉我，真的是你自己写的吗？"还记得看完后，我用毛笔回了一句："当然是我自己写的！"这一句话，带有几分任性、几分稚气、几分自豪，而文学世界繁花似锦的园地，竟然在一瞬间为我敞开，我不再怯生生徘徊其外，而是坦荡荡徜徉其中了。陈文彬老师，就是当年引导我，并使我日后引领更多年轻人踏上文学与翻译之路的启蒙老师。

除了在课堂上国文时兴致勃勃之外，放学后我更努力去找课外书，中国传统的民间故事，经典小说，如《三国》《水浒》《西游记》《镜花缘》等，都看得狼吞虎咽，另外，也开始看翻译小说，最喜欢的一本书是《苦儿流浪记》，多年后才知道这本书的法文原名叫作 *Sans Famille*。当年那译本的译者是谁，根本不曾留意，只记得译笔还相当流畅，十一二岁的我，在书中学了不少成语，其中一句"星罗棋布"，还在作文中用上了，不禁得意万分。自此，也就随时随地留心，并在小笔记本里摘下书报中读到的优美词句，这也是日后写作与翻译时，经常会寻章摘句、苦心经营的由来吧！

北师附小毕业后，顺利考上了北一女。念初中时，开始剪存优秀文学作品，包括余光中发表在《中央日报》上的新诗。此外，也开始对翻译小说如痴如醉。台上的老师在教代数几何，台下的学生却偷偷瞄着藏在桌里的《羊脂球》《三个火枪手》《巴黎圣母院》《基督山伯爵》……这些作品情节跌宕起伏，人物复杂多变，端的是荡气回肠，引人入胜。迷恋这些书，几乎到了无心向学的地步。幸而学校里还有内容扎实的国文课，可以读到古典诗词、散文，也可以读到现代名家的作品。我们在假期中念《论语》，在课堂上背诵《琵琶行》《长恨歌》《出师表》《醉翁亭记》，也背徐志摩《我所知道的康桥》……授课的国文老师来自各省各地，吟哦诵读时南腔北调，却神气十足。记得有一回读到《林觉民与妻诀别书》，国文老师是江北人，他用那一口地道扬州话把课文念得铿锵有力："意映卿卿如晤，吾今以此书与汝永别矣，吾作此书，泪珠与笔墨齐下，不能竟书而欲搁笔……"他把"搁"字拖得特别长，简直是绕室三匝，我忍不住在课后的班会上也学他摇头晃脑地念将起来，全班同学为之嘻哈绝倒。多年后，重读此文，方才感到心情沉重，凄然欲泪，年轻时少不更事，不能体会革命烈士从容就义前与妻诀别的锥心之痛，但书中一字一句表达出来的世间真情，因为当年国文老师的悉心教导，已深深埋在学生的心田之中，就像珍贵的种子，终会在日后某年某月，发芽成长，开花结果。

我热爱国文，也挚爱写作，高二时举家迁居香港，进入培正中学当插班生。毕业后，虽考取台大外文系，因父母不放心我远游而不能如愿返台升学，结果考进了香港中文大学的前身崇基学院。虽然在应届考生中以中文成绩第一取录，我却选择了英文系。当时年少气傲，偏要挑一条曲折迂回的路，但我对国文仍然挚爱不舍，在英国文学崇丽的殿堂中摸索前行时，选修了许多中文系的课，参加并得到全校中文作文比赛冠军，校际国语辩论及演讲比赛冠军，也因而促使自己日后在冥冥之中，踏上了英、中文学翻译之途。

回首往昔，我与文学与翻译结下了超逾半个世纪的不解之缘。到今天，我不但教翻译、改翻译、做翻译、提倡翻译，也喜爱写作，并从事文学创作。一方面，出任香港翻译学会会长，致力推动翻译事业及提高双语水平；另一方面，也为弘扬中华文化及提倡青年文学而筹办"新纪元全球华文青年文学奖"，至今已经三届。环顾海峡两岸及香港、澳门，在创作热忱日渐减退的今时，国文程度不断滑落的今日，我竭诚希望年轻同学勿忘中国文字的优美精致、中国文化的源远流长。这一切，年少时不致力去播种、去耕耘、去开拓、去发扬，到了年长后，徒然成为不谙本国文化、不擅本国文字的无根浮萍，难道还值得沾沾自喜吗？

（原载《大公报》，2005 年 10 月 16 日）

涓滴汇清流

—— 回忆北师附小的日子

（一）

"门前一道清流，夹岸两行垂柳，风景年年依旧，只有那流水总是一去不回头……" 这首歌，童年时唱，已带点莫名的惆怅，现在回想，更倍添难言的感触。

光阴是留不住的，就在我写下这字这句的时候，一分一秒已在不知不觉中消逝了。每一天，都在生命洪流中滚滚向前，难以驻足。年少时，双手合掌，在河中掬水，还以为水满盈掌，谁知道流啊流，转瞬间，只剩下涓滴，不旋踵，就会在指隙流干了。

回首往昔，距离北师附小的日子已经很远很远，算算竟然是一个甲子之前的陈年旧迹了。有些事早已淡忘，有些事却记忆犹新，原来，人的记忆力真是有选择性的。二〇一二年，听说我们那一届要庆祝小学毕业六十周年，在台北的中坚分子发起要编撰纪念特刊，嘱咐每个同学就记忆所及写下当年的点点滴滴，将各人脑海深处的珍藏发掘出来，集思广益，涓滴汇清流——一条不会将光阴带走的汩汩清流。

（二）

约莫十岁时，举家从上海迁往台北，不知怎的进了北师附小。那一年，读的是复式班，一个课室里，一半学生读三年级，一半读四年级。上课的第一天，放学时老师说要排"回家路队"，一来人生地不熟，二来害羞胆子小，明明在等二叔来接放学的我，竟然糊里糊涂跟在队伍里，混混沌沌出了校门，懵懵懂懂向着大路一直往前走。走着走着，同学都散开了，天色渐暗，行人渐疏，根本记不得家在哪里，只隐约记起青田街、永康街的名字，这时候，心中七上八下，忐忑不安，真是叫天不应叫地不灵，还以为从此再也回不了家，见不到父母了。终于，七绕八转，磕磕碰碰，暮色苍茫中摸回家里，一开门，满室迎来的是一张张愁眉深锁的脸，一双双惊惶失措的眼，全冲着我望过来。祖母、爸爸、妈妈、叔叔都在屋里，当时，他们一定以为这孩子准丢了，看到我踏进门口，大家才如释重负。那晚，是我满十岁生日的前一夜。

常在想，如果，我那天真的走失了；如果，我被骗子拐去了，我这一生会怎么过呢？今天的我，会做什么，会在哪里呢？幸好，当时的台湾民风淳朴，我迷了路，大概也丢不掉，拐不了，可能会虚惊一场终于寻回，但是人的际遇，在关键时刻，可以向东可以向西，东西之间，往往只有一线之差，其中的因果机缘，实在耐人寻味。如果真的丢了，我还是今天的我吗？我会认识这么多小学的好朋友吗？

上五年级的时候，被分配到甲班，那时的级任老师是陈文彬，一个刚从师范学校毕业的年轻人。如今回想起来，才十几二十岁的大孩子，自己应该还稚气未除吧！可是他当年是那么认真那么热诚，直把教书当作自己神圣的使命。若不是陈老师，我这一辈子不会走上文字创作的路。相信陈老师对其他同学也一定起了不少启蒙的作用。

常听人说，小学的同学一个也记不得，我们这一群却特别不同，当年班上的同学不少，有许多至今仍然是时通音讯的朋友。两年前，五八年那一届北一女校友在台湾开同学会，一行人高高兴兴去了台中一家雅致的温泉旅馆相聚，正为招呼好、安排好而感喜出望外，侍者悄悄说："当然啦！都是丁妈妈吩咐的。"丁妈妈？谁啊？旅馆老板的母亲呀！这才惊觉当年既是小学同学又是中学同窗的小费，如今早已成为德高望重的前辈了。十多年前，香港中文大学来了位访问学者，跟这位来自台北的客人聊起，发现彼此之间有不少共同朋友。"那位大法官呀！非常严肃，我们都在说，他睡觉的时候，不知是否也是打着领带的呢？"这位众人心目中威仪堂堂的大法官，难道竟然是当年在班上不断用弹弓追打女生的刘铁铮蜕变出来的？世上许多事是不可逆料的，谁想到当年曾经怕过数学的任彦平，如今竟然当了银行总裁，天天与数字为伍？娇俏可人的陈曼丽成了蜚声国际的大教授；调皮捣蛋而才华出众的方大铮，每次见到我都会讲起耶稣的道理，对自己辉煌的事业成就反而很少提及；念理科的陈介中在香港科技大学当主任，做研究之余，居然写出一本长篇小说，成了业余作家；倒是旅美的王显耀，多年不见，还是像以前那么温文，除了子孙满堂，写一手好文章，是否还那么迷Grace Kelly？戴玫生如今安居美国，当年脸圆圆的小女孩，事业有成，家庭幸福，还记不记得小时候跟邻座的方大铮为抢地盘（两人共享的书桌）而用垫板互敲的往事？

共同经历过天真未凿的岁月，各自跋涉过人生的漫漫长途，一起来到了成熟豁达的年华，我们何其幸运！除了珍惜，感恩，夫复何求！

2011 年 12 月 30 日

当我们同在一起

正午十二时，"蓝宝石公主号"邮轮十六楼的卡拉 OK 厅里，集拢了一帮红男绿女，正在尽兴欢聚。这群人远看青春洋溢，活力充沛，跟小伙小妞无异；近观则发现已是银发一族，不知怎的正在兴奋无比引吭高歌。唱什么呢？《踏雪寻梅》《茉莉花》《本事》……总之，都是些小学里学过的歌，不记得歌词时，就哼哼曲调，啦啦过门，也乐在其中。结果，连"国歌"、校歌都唱出来了。"远山苍苍，绿水泱泱，小鸟儿歌声亮……"这是台湾北师附小的校歌，一个甲子前天天早操时必唱的曲子，似遥远又熟悉，六十载后怎么又会响彻南中国海的晴空？

北师附小第七届的同学，随着上年的游河同乐，这回又一次团聚，于十一月二十六日参加从新加坡出发的六天五夜新马泰邮轮之旅。人数更多了，经过超逾半个世纪的分隔，居然动员了二十八人来相会。男同学不少携眷同行，女同学则多半单独行动。旅程由居住新加坡的季兆桐伉俪统筹策划，众人先齐集台北，再同飞新加坡上船。跟大伙儿在一起，连进关出关，上机下机，这些平时嫌腻的过程都充满乐趣。其实，年龄是样奇怪的东西，在不知不觉间来到大家身边，在她的额头刻下几条纹路，在他的鬓角刷上几抹白漆，还神气活现赖皮不走，留在各人身上成为挥之不去的印记，可是一碰到昔日同窗共聚时洋溢的欢声笑语，它就知情识趣悄然引退，隐没在忘忧乡中了。

旅程中不乏乐事，有结伴上岸同游的时刻——马来西亚皇宫，吉隆坡双子星塔，槟城横街小巷，普吉岛棕榈迎风、白浪汹涌的海岸，新加坡的摩天巨轮、滨海花园，处处留下了我们的足迹，然而最叫人珍惜不已的却是同学之间的交流和互动。若不是窗外的山水换成了异国风光，窗里的同伴哪像是隔阂数十年的旧友？不是又兴高采烈聚在一起参加远足吗？车厢里笑声不绝，当年调皮捣蛋的依然如故，昔日腼腆害羞的却增添了自信和从容，都已在各行各业独领风骚，又退下火线了，这年头，还计较什么？人人都经历过不同的生命历程，就像《一千零一夜》的故事，有笑有泪，有起有落，平坦也罢，坎坷也罢，都已经走到这个时刻，蓦然回首，看到这许多同根生的绿叶，竟然翻山越岭，漂洋过海，又回到同一棵扶疏的大树上，是恍如隔世？还是梦想成真？

　　曾经分隔天涯，如今再聚一起，流淌在彼此心中的，是浓郁诚挚的真情。唱完这许多耳熟能详的歌曲后，再唱什么？"不如唱《当我们同在一起》吧！"我提议。话犹未了，歌声响起，"当我们同在一起，在一起，在一起；当我们同在一起，其快乐无比！你对着我笑哈哈，我对着你笑嘻嘻，当我们同在一起，其快乐无比！"这首曲子一唱，大家自然而然做出儿时的动作，笑嘻嘻，笑哈哈，指着脸，晃着头，眼神相对，笑靥如花！这时候，一股暖流穿越岁月，涌上心头，谁还在乎年纪不年纪！

　　多年来，我旅居香江，早已视香港为家，粤语，朗朗上口了；粤菜，习以为常了；上的是香港学，嫁的是香港人，留心的是香港情香港事！可是每当人多聚会的场合，大家即兴高歌的时刻，四周竟然没有一人会唱《当我们同在一起》，哪怕我怯生生提出时，也只会迎来茫然的眼光，木然的反应。终于明白了，我的根在遥远的他方！

　　不错！"当我们同在一起，其快乐无比！"也许，这就叫作凝聚力，这就叫作集体回忆！我深知只要有这些同根生的总角之交在，我永远不会寂寞！不会孤单！

2015 年 12 月 12 日

从绿衣黑裙到红带蓝裙

——追忆培正的岁月

窝打老道？在窝里打老道士？还是一窝蜂打老人家？这是什么路名？真奇怪！

多年前，来到新学校报考，一看到校门口的路牌，不禁心中嘀咕，觉得这香港真是没有文化，这学校一定也不是什么好学校，要我从台北名校跑到这里来转学，不免深感委屈。

当年，从台北搬来香港，可以跟久别重逢的爸爸相聚，当然是一桩好事，可是这次搬迁，也意味着跟自己熟悉的环境告别，跟多年好友分离，跟响当当——一考进去就自觉神气得不得了的母校"台北第一女子中学"脱离联系。一切来得太突然，令人措手不及，才十六岁的年纪，已经饱尝离愁别绪，只觉得心中惆怅，不知道如何排遣。

好不容易来到香港，又面临失学问题，高二上念了一半，辍学在家，整日无所事事，对着这陌生的城市，不知道哪所学校才是落脚之地。听说，香港的学制跟台湾不同，分为英文中学及中文中学两种系统，如想进英文中学，就得倒退两年，去读中三，这可如何是好？难道等台北的同学神气活现地上了大学，我还得穿了制服背上书包当中学生？正在彷徨无计时，忽然得知有几家中文中学在招收春季插班生，其中包括德明与培正，于是就抱着姑且一试的心情，去报名投考。

那一年，培正录取了七个插班生，其中居然有三个是姓金的。事后才知道，这学校根本一向不收插班生，那一年是个例外。又隔了半个世纪，在整理爸爸的遗物时，无意中发现一张字条，是友人恭贺他女儿以第一名考上培正，原来那一回是命运之神的安排，使我懵懵懂懂地再次与名校结缘。

念到高二下，才转到一所新学校；以同学来说，从清一色女生的班级，换到男女同班；从四周环绕熟悉的面孔，到望去尽是漠然的脸庞，简直是西出阳关无故人；以老师来说，从国语教学，变为粤语授课；从采用数理化中文课本，改为英语课本，其中的改变不可谓不大，无奈飞鸟跌进池塘里，不会游泳也得游。当时不论上课下课，广东话的九个高低语音不停在耳边絮絮叨叨，很像疲劳轰炸，以国语开口回应吧，又惹得全班哄堂大笑，每天既听不懂也说不清，真是有耳莫闻，有口难言，这才领略到倘若生而聋哑该是多么苦恼的事！

在香港上学，当然也得穿制服，有的学校女生居然是穿旗袍的，当年瘦瘦小小的我，穿起来一定像个洗衫板，幸亏培正不是如此。从绿衣黑裙换上了红领结，藏青裙；从及耳短发，变成了两瓣垂肩，这外形的转变，恰恰是整个学习过程改天换日的体现。

培正中学可能是个异数，虽为中文中学，数理化生各科却是采用英文课本的。上课时，学生对着这英文课本，听老师用粤语讲解，这其中有没有翻译的困难？由于我当年是处于又聋又哑的状态，每天挣扎求存还来不及，根本不知道这种教法的利弊所在。当时，我连"三角形"叫"triangle"，"二氧化碳"叫"carbon dioxide"也弄不清，却马上要面对交功课，做测验，应付小考大考的挑战。

只记得每天上完课，回到家里，来不及做作业，光是查阅各科内容的生字，就已经忙得昏头转向。查完生字，每每将近午夜，再要温习课文，更是精疲力竭了。但是，课业如滔滔东流水，只会滚滚向前，不会因为江上舟子乏力划艇而放慢流速。最记得第一次化学测验，这是外号"化学张"的老师每次做实验前的程序，学生必须熟读内容，通过测验，才可以进入实验室。张老师让每个学生自选笔记本，每次测验完毕，他会以得分高低来排列本子的先后。那一回，老师走进课室，双手像拉风琴似的横向捧了一叠本子，我那本绿色封面的赫然放在最边上。当时心想，这下可糟了，我一定考得最坏，因此名列最后。接着老师读出名字，想不到我是第一个，也就是第一名，这可真让人喜出望外，怎么回事呢？原来早一晚因初临大敌，战战兢兢用英文死背了所有化学元素以及实验程序，竟然大有好处。这以后，每逢化学测验，都不敢造次，为了保持佳绩，特别用心，会考时，竟然得了 Distinction 的成绩，要不是有一次做实验时脸孔对着酒精灯和试管中的硫酸铜呆若木鸡，险出意外，还妄以为大学时可以念化学系呢！

培正虽是中文中学，英文却深得吓人。高二时，英文课居然教弥尔顿的《失乐园》（John Milton, *Paradise Lost*）。那位老师姓吴，蓄了小胡子，上课时英文说得字正腔圆，看起来派头十足，很神气的模样。记得他要我们背课文，每个同学都得在班上轮流背诵，谁够勇气先背的，就可以先脱难，免得在课室里提心吊胆，一面对着长长的鸡肠文直冒冷汗，一面希望下课铃快快响起，能够赖就赖一堂。

中文课是我的"乐园"，无论背诵、作文，都是台北一女中训练有素的能事。唯一特别的是别人背诵时用粤语，我则因为新来乍到，可以用国语。记得在北一女时，班上有位侨生名叫赵美，国语说得不错，只是一背书就得用母语。她开口用广东话背诵，使全班哄堂大笑，嘻哈绝倒。想不到风水轮流转，到了香港，那惹得同学捧腹发噱、前俯后仰的角色，竟然变了我自己！

上体育课，又是一个全新的经验。培正虽著名，操场却不算太大，上体育课时，男生去打球跑步，女生却在一旁做韵律操。我是班上的插班生，体育老师并没有特别照顾，一上来就喊起号令，带上全班做体操。"一二！一二！"她用粤语大声喊着，我听起来却像国语的"讶异！讶异！"莫名其妙之余，顿时手忙脚乱起来，再也跟不上节奏了。那一年期终考时，我的体育不及格。

培正是基督教学校，除了中英数理化等基本科目之外，每个学生都得上圣经课。在台北，我们念的是《论语》《中庸》，注重的是忠孝仁爱，信义和平，连分班都是"忠班，孝班"，而不是"A班，B班"；来了香港，却要学习从未涉及的新旧约圣经。因为天天睡眠不足，加以老师上课时以陌生话说陌生事，每次都在班上昏昏欲睡，费尽力气撑眼皮，好不容易挨到下课，只记得圣经故事中两三个片段，例如耶稣为门徒洗脚之类。天可怜见！一年半后参加会考时，圣经科目居然有一题"耶稣为门徒洗脚的意义",当下洋洋洒洒以作文的技巧发挥了一阵,这一科发榜时居然得了一个credit！

在培正念了一年半,糊糊涂涂会考及格,朦朦胧胧过了难关,升大学时,明明考取了台大外文系,有机会跟白先勇、陈若曦等学长成为同系窗友,却因父母不舍让我远行而作罢。结果就考上了中文大学前身崇基学院英文系,兜兜转转,多年后终于踏上翻译与创作之路。

2017 年 5 月 27 日

记早年崇基生活的浓浓诗情

"在那遥远的地方，有位好姑娘……"

每听到王洛宾这首家喻户晓的民歌，总想起牧羊姑娘的清丽可人，边陲风光的纯朴脱俗，而不禁心向往之。也许，现实生活中杂务缠身，节奏急促，因而遥不可及的地，年代久远的时，常使人悠然神往，缅怀不已吧！

"在那往昔的岁月，有段好时光……"

多少年了？回想在崇基当学生的日子，既近在眼前，又远在天边，追忆似水流年，到底该从哪一点、哪一滴开始？

在同一地点上学、做事，大半生驻足于此，倏倏忽忽，数十年已经过去了。恰似拾级登山，迤

崇基毕业相

逦而上，一路行来，骄阳似火，时而喘息树下，时而暂歇亭中，但多半时候，必须鼓起勇气，勉力向前，行行复行行，猛举首，峰顶已遥遥在望；再回头，但见来路蜿蜒如线，刻画在碧绿的山坡上。抛去的岁月，绵长如许，而下山的日子，竟隐隐然展现眼前了。

同样的地方，不知生活了多少年；同样的路，不知走过了多少遍。路边的景观，天天在变，但路上的行人，却往往浑然不觉。就好比天天面对着身边的伴侣，朝夕与共，日夜相依，谁会注意到他或她时时刻刻的变化？曾几何时，额前添纹，鬓边堆霜，不知不觉间，岁月已在对方的脸上，留下了深深的印记。

现在的崇基，跟早年的崇基，从外观看来，已大不相同了。当年的马料水，远离市嚣，清幽如画。背后是青翠妩媚的山，面前是碧蓝澄澈的海，如茵的坡上，竖立着疏疏落落、美观雅致的建筑物，与对岸雄伟巍峨的马鞍山，遥遥相对。马鞍山下有一个村落，名叫乌溪沙，那处宁谧安详，除了一家慈善机构开办的孤儿院，几乎不见人烟。

一条弯弯曲曲的铁路，途经崇基，每隔一小时多，为学院带来一批充满活力、朝气勃勃的年轻学子。从火车站到课室，要经过正在扩建的大操场。上坡的道路，天晴时，因树小无荫，烈日当头；天雨时，操场水浸土淹，顿成泽国。小伙子卷起裤脚，小姑娘拉高裙裾，大家嘻嘻哈哈，涉水而过，不但不以为苦，而且乐在其中。那年头，谁也没有昂贵的牛仔裤，名牌的网球鞋。衣物浸湿了也罢，瞬息即干，少年情怀洒脱豪迈，物质生活丰裕与否，又何必计较？

上了小坡，来到活动的中心地带。一边是麻雀虽小而五脏俱全的图书馆，另一边拾级而上，来到了缴费、注册等办事必经的行政楼。由图书馆再往前走，就是课前课后、全校六百学生流连聚散的饭堂了。当年的图书馆，空间不大，书籍不多，但是学生都喜欢往里头钻，一半是为了勤学苦读，另一半却为了便于亲近心仪的对象。一张张长方桌子，一把把木制椅子，大家挤在一起，好不温馨。《牛津大辞典》近在咫尺，随手可查；《莎士比亚全集》就在眼前，随时能阅。看倦了书，正好写张便条，夹在扉页，递到邻座的她手中，问她今宵可有空闲，能否相约共游，泛舟月下？图书馆外，有一小块青草地，当年种了一株白兰，花开时芳香四溢，不知多少年，一届又一届，娇柔的小妮子曾经站在树下，首微昂，手轻扬，无数小伙子就会纷纷上前，大献殷勤，为她摘下白兰串串。

行政楼是一座两层的楼房，院长办公室在楼上，注册、出纳等办事处就在楼下。每一年，招收新生的时候，一大批高年级的旧生总要在注册处探头探脑，收集情报，看看今年招收了多少新生？有没有出色的俊男美女？然后，把名字默默记下，在迎新会上逐一细细端详，查核真人跟相片有啥出入。行政楼向上走，通往大埔公路；向下行，就直指火车站了。在通往火车站的一端，有一个小草坡，课余饭后，正是并肩闲坐，观白云、诉心声的好去处。如今，这一切都已覆盖在钢筋水泥下，巍巍新厦，正在建造。听说，将来的音乐厅，设备齐全，傲视全港，又听说，音乐厅外，将开辟文化回廊，为校园生活增添姿彩。当年纯朴无华的面貌，已一去不返，代之而起的，将是二十一世纪的崭新气象了。

饭堂是各路英雄聚首会晤，或比试技艺，或共商大计的场所。由于每小时最多只有一班火车进城，误了班次，就不得不在学校流连，饭堂因而经常座无虚席，人头涌涌。当年的饭堂既无冷气，也无雅座，菜肴只有那几款，卫生条件更是免谈，午膳时，经常可以在白饭里挑砂石，青菜中找昆虫。尽管如此，年轻人成群结队，呼朋唤友，倒也其乐融融。全校只有那几百名学生，除非是天生的蛀书虫，在当年的崇基，只要一进校门，上三届，下三届，几乎谁都认识谁。饭堂的功能极多，上课时，是走堂逃课的庇护所；考试前，是恶补备战的兵工厂。到了圣诞前，更可一改而为全体学生的跳舞厅，曾经有一次舞会，开得通宵达旦，尽兴尽情。谁说教会学院校规严？当年的崇基可开放自由得很呢！饭堂既是全校的社交中心，大家都不会对其视若等闲，男生们最喜欢在此论球技、打桥牌，越近考试越起劲；女生呢？当时流行的罗伞裙、蜂巢头，种种时髦流行的玩意儿，一经打扮停当，怎可不在此一一亮相？曾经有位家境不俗的男学生，无心向学，常向女同学借笔记，问功课，然后再以跑马"贴士"一一偿还。闲来无事，饭堂是他的瞭望台。当时时兴牛奶公司的莲花杯，五毫子一大杯，三毫子一小杯，这位仁兄，每见美女，必以莲花杯相赠。在他心目中，美貌有价，绝色美女一大杯，次等美女一小杯，当然，也有只获赠两毫子维他奶者。如今，这所饭堂早已拆去，原址变成了甚有规模的教育学院了。

当年的崇基，背山面海。那山，真是入目青葱，不见片瓦，如今的大学本部，联合、新亚及逸夫书院，仍然踪迹全无。山头上，设置"崇基"两个大字，居高临下，俯瞰着这所别具一格的大专学院。铁路弯弯，依海而筑，向右是一道清泉，水流淙淙，奔泻不绝，沿着铁路走不远，就可以找到石阶，拾级而下。大热天来到水边，但觉清凉沁心，暑气全消。这地方，幽静怡人，既可以一人独往，潜心苦读；也可以偕伴而至，喁喁谈心；更可以三五成群，嬉水其中。马料水之名，想必由此清泉而得吧！时过境迁，近年来，每乘火车途经，但见这清泉，时而干涸无水，时而水细如注，加以潭边垃圾堆积，蚊蚋丛生，如今，恐怕再没有什么闲客肯涉足此地了。

铁路向左，到了车站尽头再往海边走，就是渡船码头。码头上，有渡船定期开往对岸的马鞍山，除了渡船，还有小艇出租，供消闲之用，当年的崇基健儿，于是个个都成了划艇高手。在大学四年，每逢上、下午皆有课，而中间有空当时，附近既没有新城市广场可供溜达，于是钻空子"扒艇仔"就成了最佳娱乐。当年急流失桨、英雄救美的故事，时有闻之，但真正遇险的意外，从未发生，反而制造了不少拍拖良机。崇基历来多校园姻缘，包括现任院长伉俪在内，这碧海泛舟的浪漫情调，想必是主因之一吧！

在没有电气火车的日子，在铁路上乘坐座位狭窄、设备简陋的旧火车，一路汽笛呜呜，穿山越洞而去，也是一种乐趣。那时候，车厢前后都设有平台，下附梯阶，供人下落之用。一节节车厢就靠小平台之间的铁链钩在一起。平台上设有围栏，高不及腰，人挤的时候，年轻学子都不肯老老实实耽在车厢里，偏要站在车外的平台上。每逢车速加快，路轨急转，往往摇摇晃晃，险象环生，但是泰半时候，车行不徐不疾，摆动有致，站在平台上，车外的景色，一览无遗。如今大厦林立、公路交错的沙田，当年只是一个小村。铁路所经之处，一边是田，一边是海。清晨时水清草绿，旭日初升；傍晚时归帆点点，夕照灿烂，那种身心净涤，俗器尽去的感觉，迄今难忘。

火车穿越山洞又别有一番滋味。山洞既没有照明，车上也没有灯火，于是一进入狮子山隧道，就变得漆黑一片，伸手不见五指。旧式火车在黑黢黢的山洞里，起码得爬行三分钟之久，这时站在平台上，但觉耳际车声隆隆，凉风习习，既紧张又刺激。身旁是一个个熟悉或不熟悉的同窗，大家屏息静气，宁神以待。恍惚中，恰似进入了时光隧道，只觉混混沌沌，既不知身在何处，也不知此行何往，唯有凝望着远处一线微光，向前奔驰而去。不久，微光渐增，终于形成一框黄晕，此时，轰然一声，巨龙飞蹿而出，眼前顿觉天辽地阔，豁然开朗，黑暗过后，终于又重见光明了。

当年报考崇基，为争强好胜，偏选读把握不大的外文系，入学后，却在中文作文比赛中得了冠军。文章很短，聊聊数百字，以"生活在崇基，像生活在诗中"为起首，以

"生活在崇基，有前途、有希望"为结尾。也许，就为了
"前途"与"希望"，使我在当年的崇基、日后的中大依恋不
去，久留迄今。

　　追思往昔，生活中充满了挑战，大学时期学习生涯既艰
苦辛劳，又乐趣无穷，每当克服困难时，更感到无比欣慰，
个中甘苦，且留待日后再撰文详述。在此记下的，只是当年
崇基生活中最使人津津乐道、念念不忘的浓浓诗情。

　　　　　　　　　　　　　　（1997 年 7 月 2 日于香港，

本文原载《大公报》，1999 年 8 月 11 日）

不解之缘

——前半段翻译生涯忆述

　　与翻译结不解之缘，已经有许多年了。毕业后的第一份差事，就是在壳牌石油公司当编辑兼翻译。当年初生之犊不怕虎，根本不知翻译为何物，就拍拍胸口上阵了。念大学时主修英文，副修中文，也曾选过一门翻译课。当年翻译这一科，只是英文系中聊备一格的科目，教的学的都不把它当作一回事，不像今时今日，香港六所大专院校，都开设了专门的翻译课程。记得当年上课时什么也没学到，老师随意讲一两个笑话，举一两个笑例，就施施然下课了。到了学期末，老师居然发下洋洋数十页作业要大家译，同学们与老师讨价还价，拉拉扯扯，谁也没好好交功课，终于不了了之。接受了这样的训练，毕业后居然立即当起翻译来，也真可说是不知天高地厚了！

　　在壳牌当翻译并不简单。公司业务所涉的范围很广，有关化工、机械、农药、石油等各方面的文字，都得硬着头皮照译，全港第一本推销石油气（当年叫作"丁烷气"）的小

因推动翻译一九九七年获颁 OBE 勋衔

册子，就是在叫苦连天之下逼出来的。当然，快乐的时刻也有，偶尔有佳作，给人事部经理叫去夸两句，不由得感到飘飘然。就这样，边学边做，经验在摸索中慢慢积累起来。

当翻译当了一年，有机会出国留学，当然不肯放过。在美国拿到学位后返母校执教，在其他领域中涉猎沉浸一段时日，终于因缘际会地又回到翻译的岗位上来了。所不同的是这回不是学翻译、当翻译，而是教翻译了。中文大学翻译系一九七二年一开始成立，我就成为其中的一员。想起自己当年摸索之苦，第一步就与同事孙述宇教授合编一本教科书。编教科书相当枯燥，但七十年代之初，翻译课程仍在草创时期，坊间找得到的教材太少，不得不自己动手编撰。编完书后，反应良好，《英译中》出版至今已经十多年了，居然还有人在用！其实这些年来收集的资料远远超越当年编写的内容与范围，只是别的杂务太多，暂时仍抽不出时间来理出一个头绪罢了。

编写教科书之余，也开始认真翻译一些文学作品。翻译好比做菜，只会说不会烧，算不得好厨子。由于自己从小就发作家梦，小学里得了个作文比赛第一，就妄想自己有一天可以得到诺贝尔文学奖。这梦，人长大了，也就醒了，知道自己绝非得奖的材料，但心底对创作的爱好，仍不时蠢蠢欲动。译文学作品，在某一程度上来说，是一种再创作，可以满足一部分创作欲；再说，一开始教翻译时，有缘跟当年正好回港来中大执教的刘绍铭同一个办公室，眼看着这位才华横溢的文坛高手创作、翻译两忙，自己眼高手低无胆创作，试试翻译小说总可以吧！

第一部翻译的小说是美国女作家卡森·麦卡勒斯的《小酒馆的悲歌》，是替今日世界出版社译的。小说叙述美国南部一个小镇上一家小酒馆兴衰的故事，再穿插一段错综复杂的三角畸恋。原以为译小说很有趣，谁知一落笔就知道不是这么回事。翻译一部作品，尤其是有分量的文学创作，就好比替他人作嫁衣裳。第一，衣服材料式样不能按自己心思随意挑选剪裁，得按别人的主意亦步亦趋；第二，衣服裁得再好，总还是别人的衣服，又不能自己穿了去招摇。刚开始翻译时很抗拒，有时心里想，这句话明明由自己来说，说得更简洁了当，原文这么别扭，还得跟着它纠缠不清，真不服气！可是当翻译，就得练耐性，一字一句的斟酌，就好比一针一线的缝纫，精工出细活，一点含糊不得！这一辈子最羡慕有些人心灵手巧，能织出图案瑰丽的毛衣来，从来没时间学习编织，但在这一针复一针的过程中，那一份凝神用心的耐性与专注，其实在翻译的漫漫长途上，早已有所体会了！

《小酒馆的悲歌》是在温哥华译完的。教书生涯中第一次休长假，只身赴加，到英属哥伦比亚大学的创作系去旁听名诗人兼翻译家布迈恪的"翻译工作坊"。布迈恪教授上课时着重实习，不空谈理论，他的教授法极具启发性，学生往往在不知不觉中，获益良多。我当时独居小楼一角，上午听课，下午翻译。记得我去时冬雨连绵，转眼间春暖花开，水仙遍地，映眼一片嫩黄。冬去春来之间，第一部译作的初稿也就完成了。回港后，译稿给名翻译家高克毅（即乔志高）先生看过，承蒙他的指点与鼓励，使我信心大增。

翻译是一种癖好，只要翻译过一本作品，就会不经意地给吸引住，摆脱不了。没多久，又着手翻译第二本厄普代克短篇集了，但是真正遇到挑战的，却是几年后的长篇译作：康拉德的《海隅逐客》。

那一年，几位志同道合的朋友，一起合作翻译康拉德的作品集。康拉德原籍波兰，却是英国文坛巨匠。他的海洋小说，风格独特，以刻画人性称著。《海隅逐客》是他第二部作品。内容描绘白人威廉斯因某件事行差踏错，给放逐到天涯海角，在荒岛上邂逅阿拉伯女郎爱伊莎的故事。两人因种族、文化背景的差异，由最初的炽热狂恋，演变为淡薄冷漠，最后更产生出强烈无比的仇恨，终于以悲剧收场。

康拉德的文字功力极深，词汇丰富，面对他的原著，仿佛站立在一座巍峨大山之前，译者要竭尽所能，方能涉险而上，攀登高峰。从开始译，到最后定稿，二十万字，可说是字字皆辛苦。平日教务繁重，唯有寄望于暑假。记得那一年暑假，心无旁骛，一心只想把书译好，每天黎明即起，趁车少路静，驾车穿越两个隧道，从香港岛开到位于新界的大学去，七点三刻，已经坐在办公室与康拉德对话了。我在整个暑假好几个月里，天天风雨无阻，定时上班，每天花上八个小时，与原文错综复杂的内容、华丽精美的文句苦苦相缠。有一次，康拉德描写一片雨云，由西向东飘浮而来，云层如何变厚，暴雨如何下降，描写得层次分明，变化多端，我足足搏斗了一天，才把这一页原文译出，那天窗外正滂沱大雨，水汽弥漫，当时情景交融，心中深有所感。更有一次，译到男女主角初次邂逅的片段，男的一见女的，恍如雷殛，当即神智与心灵都给慑住了，女的轻盈盈俏生生，若有所待，林中黄色的光晕，从扶疏的枝叶间流泻下来，在她脸上流转生辉。那一幕，美得像诗，我是倾注了生命力翻译的，屏息凝神中，进入了原著作者当年创作时的精神领域，恍惚间，时空的差距，文化的隔阂，已不复存在！

这一本书，是我花费最多的心血译成的，代价极大，可是得到的回报也最少。书由联经出版，联经是大机构，大概不会想到要替一本翻译作品宣传。书印成后，赚得的稿费，正好足够缴付秘书抄字的费用。这还不打紧，一部康拉德的名著，一个译者殚精竭虑的成果，就这么静悄悄、无声无息地上了市，混在粗译滥译的浊流中。从来没有人说过一句话，写过一句评语。中国人有个不可救药的毛病，就是语言自卑症，洋人若能把什么中国作品译成外文，那可是了不起的成就；中国人若把外国的经典名著译成中文，不论花多少力气，用多少心血；不论译文多么流畅细腻，都是雕虫小技！这一点，在我八六年底应"文建会"之邀，赴台访问台湾翻译界时，就得到印证。当时"文建会"主持了一个翻译座谈会，与会的有翻译名家林文月教授，她足足花了五年漫长的时间，把日本古典名著《源氏物语》译成中文，但书成后得不到应得的重视。记得她说过一句"感到不胜寂寞"的话，这也正是我翻译生涯中的写照！同是康拉德的《海隅逐客》，由英译法，难度远远比不上英译中，却给法国文坛珍而重之地视为瑰宝，用圣经纸刊印，编收在享誉最盛的七星文库中。我在八十年代赴巴黎进修时，看到最大的书局中，以最显眼的位置陈列这部由异国的同道中人翻译的作品，实在感到唏嘘不已！

中国的译坛历来人才辈出，译莎士比亚的梁实秋、朱生豪；译安徒生童话的叶君健；译堂吉诃德的杨绛；当然，还有译巴尔扎克的傅雷，这些人的成就，难道一定比翻译《红楼梦》《金瓶梅》的洋译者差吗？问题是中国自清朝以来，国势衰落，连带地把自己的文字语言也低贬了。这种自我贬抑的作风，在翻译界特别盛行，实在要不得。

除了翻译文学作品之外，我也曾主编过《英语新辞辞汇》。七十年代末期，计算机尚未发达，为了编书，天天把一叠叠依英文字母排列的卡片放在购物袋中带进带出，当时还有不少人戴着有色眼镜，误以为女士上班，必然是赚钱买花戴，既然见我时时手持胶袋，想来大约是购物成狂吧！殊不知当时翻译学会有一群志同道合的好友，如李勉民、梁宝生、陈燕龄等，别人周末以雀牌娱乐时，我们也聚在一起，借酒楼一角玩"纸牌"，只不过"纸牌"不是扑克，而是编字典的卡片而已。就这样以"土法炼钢"的方式，"愚公移山"的精神，终于在众人出钱出力之下，为翻译学会编完了词汇，由辰冲书局出版。

加入翻译学会十多年，居然认识不少干劲冲天、傻劲惊人的同道中人。一九九〇年出任会长，在全体会友通力合作下，为学会成立二十周年之庆筹募了一笔基金。当时傅聪专程来港，为其父傅雷逝世二十五周年纪念音乐会演出钢琴独奏，筹款所得成立了"傅雷翻译基金"，以推动翻译事业及提高双语水平。

回想过去，多年来的工作，不论教翻译、做翻译、谈翻译、改翻译或推动翻译工作，我与这一行总算是结下了不解之缘。

这种缘分，剪不断，理还乱。有时候，真不明白自己为什么偏偏选上这份工作，既吃力又不讨好。用同样的精力、同样的时间，投资在其他的行业上，恐怕早已有所成就了吧！一九八六年我应邀到北京参加中国译协成立大会，会上有位新疆来的译员说："我们当时的同事，翻译得好的留下翻译，译得不好的改了行，当部长去了！"此话是否属实，有待考证，但这世上从来没有人是靠翻译这一行而名利双收的。

做翻译，要做得投入，得凭一股热诚，一份万难不移的干劲，以及一种既不争名又不逐利的痴！就像傅雷、杨宪益这样的大家，当年勤勤恳恳地译，如今惠泽人间，拓展了无数读者的精神视野，这才是一个译者毕生努力的理想与目标！

一个历来并不光芒四射但极有意义的行业——翻译，到了今时今日，我们难道还不应给予它应有的重视与肯定么？

行笔至此，夜已深，人未倦，日夜为译事劳心劳力，实在是一种不解之缘，也只好认了！

（原载《大公报》，1994 年 4 月 16 日）

"一期一会"三部曲

"一期一会"？这个原是日语中有关茶道的说法，不知道是哪一年第一次听到，应该是一个日语系的同事提及的。不错，人生的聚会，每一次都独一无二，不可重复，每个瞬间的机缘，来去匆匆，常使人未来时期盼，已去时感叹，其实何须盼何须叹，只须相聚时牢牢把握，好好珍惜，就已足矣。

八月到九月，旅游北美整个月，从东到西，把所有心常系念的亲友都探访一遍。就如一首蕴含繁富的交响曲，从畅快愉悦，到欢腾雀跃，到恬适淡雅，一个个乐章依次呈现，使沉静的岁月，平添了瑰丽多姿的色彩。

三友重聚旧金山

女儿常笑说："你们这圣路易市的三剑客，当年一定是住的公寓 Kingsbury 风水特别好！"其实她信基督，不信风水。

一九六三年出国，负笈美国圣路易华盛顿大学。第一年住宿舍，第二年就跟两位来自台湾的好友 E 和 F 共同租住离校不远的公寓。当年三个年轻的女孩，不知忧，不知愁，只知如何把书读得好。E学工程，F攻化学，闲来喜欢把我这念文科辛苦搜集的论文资料糟蹋当闲书看。我们轮流煮饭，分工抹地洗厨厕。月初，大家把分别领取的奖学金，各掏九十元放在铁罐里，吃喝杂费全靠它；月底，看到铁罐里还有余钱，就感到日子过得十分丰足。一年后，硕士毕业，各奔前程。E留校读博士，F转行念社会学，我则回港执教中文大学。

此后，经历数十年，音讯不断，时相往返。我们都先后得到博士学位，并成家立业，分别在各自的领域中努力耕耘。E是个不折不扣的女强人，自毕业后创立公司，开疆辟土，旗下博士众多，人才济济，工程遍布世界各地，如今依然干劲十足，马不停蹄。别看她个子娇小，柔美的外貌下是如钢似铁的意志和毅力。F则聪明绝顶，豁达恢宏。她可以大学念化工，硕士攻化学，博士读社会学，转瞬又取得律师资格，为华裔社群的利益而尽心尽力。种种艰深的专业，对她而言，都似囊中取物，易如反掌。多年后重聚的她，乐观开朗依旧，只是当年的她，袋中取出的宝物，往往是好友儿女的照片——东家的小娃，西家的小妞，如今喜滋滋传阅的相片中人，却是趣致可爱的孙儿孙女了。

在旧金山六天，F特地和幽默风趣的夫婿从 Houston 前来，让我同住在他们位于市中心的公寓中；E则于日理万机中，分身抽暇，与室友相聚共缅往日情。

到访第二天就要我接受"管训"，步行一小时前往饭馆共进午膳。旧金山的海边是风光旖旎的，旧金山的码头是名闻遐迩的，不步行，难以领略，她们如是说。孰知我这个来自香港、四肢不勤的老友，岂能跟每日四时起床，勤练网球的北美健将相比拟？第三天，畅游旧金山唐人街，路面高低起伏，游人穿梭不绝，行行复行行，路程比前一天更漫长。相隔一日，第五天，参观全美最大的现代美术馆，七层楼的展品，都一一细看，加上来回往返的脚程，又比前两天有过之而无不及。想来，铜筋铁骨，就是如此操练出来的。

六日盘桓，在欢声笑语中度过，看到当年的好友，E坚毅不变，F开朗如旧，时光仿佛停驻在Kingsbury那绿树掩映、快乐无忧的小楼上。

千里相聚共婵娟

车行一个多小时，满满两辆大旅游巴士终于来到了旧金山东北方的"尹家庄"。

"尹家庄"是一座占地四十多亩的庄园，在北加州干旱的地理环境中显得一片苍翠，绿意盈盈。庄园前早就站好了一群主理这次活动的同学，举起了"欢迎北一女同学会——五十八届迎五十八年"的牌子，迎宾和来客同样兴奋，一相逢，对望，拥抱，欢笑……说不尽的喜悦，诉不完的衷情。一百多位老同学和同学的老伴形成了一个一百六十六人亲密无间的团体，迢迢千里，来自各地，如今，毕业后经过了五十八载漫长岁月，大家重聚一堂，欢庆中秋佳节。一切如梦似幻，但是在同学们脸上看到的，却仍是那份纯真、那份恳挚。这时候，汩汩流溢泛起心中的，不是疏离陌生，而是我们一个甲子前青葱岁月里曾享有的共同回忆。

年迈了，是否特别容易怀旧？人闲了，是否特别喜欢热闹？也许吧！然而可以确定的是，我们这群北一女五十八届的同学，组织力特强，亲和力特浓，自从上个世纪八十年代末开始，每隔两三年必定会举办一次规模宏大的全级同学会。当年，我们有"忠、孝、仁、爱、信、义、和"共七班同学，每班四五十个人，大家都以身为绿衣黑裙的北一女学生为荣。这群学生，毕业后大都考进大学，在不同系别里潜心苦读，念完大学又往往负笈美国，然后在当地成家立业，开枝散叶。

多的是各行各业的翘楚，医生、律师、工程师、会计师，从事这种种传统专业的不在话下；另外，我们有希拉里的御用传译、宇宙飞行服的设计专家、花艺超卓的全美"玫瑰皇后"，还有才华横溢的作家、画家、戏剧家和舞蹈家。"尹家庄"更是一个典型"美国梦"成真的故事。当年孝班的小女孩只身离家，远涉重洋来到金元王国，求学成家，婚后跟夫婿胼手胝足，不辞劳苦，一步一脚印，经过几十年的打拼，终于成就了今日的辉煌事业。

"尹家庄"绿茵遍地，花木葱茏，与会的同学可以尽兴浏览，随意歇息。午饭是由主人招待的，各种台湾宝岛小吃，包括烧饼油条，陈设在垂柳处处的湖心岛上，特约乐队在竭力演奏，乐声悠扬，都是耳熟能详的老歌，太阳和煦地照着，大家边吃边聊，互道别情，谁还记得自己日常生活中那本"难念的经"？饭后，由擅长舞蹈的同学带领，大家在小亭前随着音乐尽情尽兴翩翩起舞，拄着拐杖的跳得特别起劲，口中频说，"一跳舞，脚就不痛了"！

晚饭由主办方北加州同学宴请远道而来的同学，宴设"尹家庄"的风雨操场，席开十五桌。由于适逢中秋佳节，席上除了美酒佳肴，还有各式月饼，主席台上银幕两端挂上对联："皓月清辉满尹庄，同窗欢欣聚一堂。"所有出席的北一女姑爷当晚都成了出汗出力的服务人员——当酒保、当侍应、当巡场，忙得心甘情愿，不亦乐乎。由于他们任劳任怨，表现出色，早已给收纳编制为"平"班同学，既填补"信义和平"的"平"字，也表示自此地位提升，得以和北一女精英太座平起平坐，平分秋色。

中秋之后，大队人马出发南行，到旅游胜地艾斯罗马（Asilomar）共度数日欢庆节目。我们曾经在海边观浪，月下高歌，也曾经在台上倾述，庭中共操，主办的同学尽心尽力，为了给大家带来欢乐，不惜粉墨登场，制造笑料，四天三夜的欢聚时光，就在悉心付出、尽情享受中偷偷溜走了。

挚友的夫婿，也即平班的中坚分子 K，填了一首《念奴娇》，特转载如下，以为此次聚会记盛：

> 光阴飞逝，催白了，多少黑发红颜。
>
> 大洋东岸，北一女，海边相聚重欢。
>
> 围火当歌，粉墨登场，豪情胜当年。
>
> 平生劳碌，老来娱孙艰难。
>
> 遥想吾辈从前，小姐出国了，气盈意满。
>
> 香扇粉巾，谈笑间，迷倒多少俊男。
>
> 今日重聚，想将来再遇，未知何年。
>
> 人生如梦，幸有明月相伴。

三姐的红帽

旧金山金门公园那一片苍翠盈目的绿荫里，片片初秋带黄的叶子在阳光下闪亮，不远处，忽然冒出一顶艳丽的红帽，阔边的帽檐在风中起伏，像是掀起了微微的波浪，三姐夫J抬头望了一眼，感觉这下心中踏实了，于是就继续带着我们这三位来客，安然去参观园中收藏丰富的博物馆。

同学会过后，挚友夫妇和我三人，一起造访家住金门公园附近的三姐伉俪，并在此盘桓数日叙旧。三姐是我童年邻居，认识她时，我念小学，她念初中。那是台湾民风淳朴、生活克勤克俭的年代。当年曾经在租住的大杂院里，追随着外号"豆芽"的她，一起孵了不少豆芽梦。

多年后，来美留学，第一站落脚的就是旧金山的大姐家。那时三姐还没有结婚，住在大姐处，正在蜜运中。一天，J当向导带我出游，回来后三姐悄悄问我："这男友可行？"不久，就传来他们共偕连理的喜讯。

这次，在三姐温馨的家中，还看到他俩四目交投、情意绵绵的结婚照，多少年过去了？如今，两位都已经年过八旬，难得的是几十年来相濡以沫，生活静静过，淡淡过，缓缓过。他当他的教授，悉心于教研工作；她当她的主妇，投入于相夫教女。再没有谁比她更淡泊自甘，与世无争。小楼里宁静安逸，素雅朴实，起居作息应有之物，该有就有，无用之物，一件不留。每日里，晨起运动，步行数公里到山上打拳，回家后，看书，唱歌，听音乐。日出日落，云来云往，望着窗外的过客，形形色色的人，牵着大大小小的狗，一派悠闲。

问三姐，她为何如此快乐？答曰："因为我对人生的要求很低，早上起来，看到蓝天白云，我就开心！"因此，她不在乎头上白发，身上衣服，在乎的是内心的充实和满足。小楼近门口处，放了好几顶帽子，顶顶都是红色的，那顶阔边红帽下系了两条棕黄色的带子，颜色好不协调——"是我自己缝上去的。"三姐不无得意地说。她关心的不是美观与否，而是帽子会不会在旧金山的大风里给刮去的问题。他与她，多年来携手共迈人生路，如今"执子之手，与子偕老"，彼此是对方的心之所系，情之所托，是生命中不可或缺的爱侣，生活里息息相关的良伴，相携出游时，万一步履不一，一前一后，他在风中追寻的，就是那阔边的红帽啊！

三姐夫温柔敦厚，沉默寡言，偶尔道出一两句精彩的隽言。旁人为行为举止孰是孰非、谁耗时耗力、谁浪费生命而争得脸红耳赤时，他在一边淡淡说道："时间都是用来浪费的，只是每人消耗的方式不同而已！"说时，凝视爱妻，充满默契。

在小楼逗留三天，遍尝了三姐的拿手好菜。原籍四川的她搬出了辣泡菜、酸豇豆、自制的酱瓜……临别，三姐忙于张罗，"这个给你，带在飞机上吃"，她拿了一个热烘烘的番薯，一把塞在我的掌心，看到她关怀的眼神，童年的回忆霎时涌上了心头。

如今，金门公园已经远在天边，遥想起园中那片绿海，就仿佛瞥见三姐的红帽，在风中缓缓幡动。

2016 年 10 月 30 日

没有秘密的书架

前一阵子忙于搬家，骇然发现那不算大的屋子里，竟然塞了那么多杂物，不说别的，大堆衣服，大堆书籍，装了满满两三百箱。衣服没什么名牌；书籍呢，也不是什么绝版善本，但是数量却这么惊人，难道，生活中从来都不知道贵精不贵多的道理吗？

也许，生性就喜欢姿彩，不喜刻板。衣服，向来都是随着兴致、季节、场合而变化多端；书籍呢，更是林林总总，每个年龄，每个时段，都有不同的爱好，不同的需求。有的书，略略涉猎，转瞬即忘，就像生命中的过客，旅程中在天涯海角偶遇的陌生人，匆匆打个照面，随即各散东西，那眼神，那笑靥，偶尔会在梦回时忽现脑际。有的书，是童年旧侣，少时窗友，伴随着我从总角之年到青葱岁月，书中有我成长的痕迹，从懵懂幼稚到心智初开的蹊径。有的书，是学习过程中必须面对的课业，枯燥的，严肃的，一本又一本，即使长篇巨制，晦涩难明，也照啃不误，这些书，都是我的净友，虽不苟言笑，却循循善诱，让我明白千里之行始于足下，要踏上知识的道路，没有快捷方式可言。有的书，是我的挚友知交，多年来相伴左右，不离不弃，追随着我生命轨迹的起伏而休戚与共，失落时，我在书中寻求慰藉，自淬自砺；得意时，我翻阅书中的箴言睿语，使自己不至失态忘形。这些书，每次重读，都有故友重逢、旧地重游的感觉，发现自己原来在精神领域里丰裕富足，从不匮乏。然而，更有些书，是我生命中的良伴，不同的时段中，陪我走过一程又一程风雨路。这些良伴，由初识到深交，经长年累月的培养，锲而不舍的坚持，往往从互不理睬到爱恨交缠，从无动于衷到相契相近，最终成为长相厮守的心灵伴侣。

说起来，我的启蒙书，竟然是爸爸书房里的《大戏考》。儿时生活在上海，两位哥哥上中学的时候，我还在读幼儿园，没有玩伴的日子，只好自己在家里到处摸索。书架上那本又大又重的黑皮厚书，既然跟大人茶余饭后哼哼唧唧的京曲有关，内中想必大有乾坤。冬日午后寥寂，窗外初雪纷飞，把大书拿下，捧读起来，不知不觉中，进入了我国千百年来民间传说的浩瀚天地，再也不感孤独寂寞了。才七八岁的年龄，我认识了薛平贵、王宝钏、薛丁山……更熟悉了《捉放曹》《打渔杀家》《萧何月下追韩信》的故事。此后，每逢爸爸或大哥兴起唱戏时，都会跟在后面瞎哼几句。

小时候，当然会看那年代最流行的儿童读物《格林童话》和《安徒生童话》。记忆中，《白雪公主》《睡美人》那样大团圆的故事最叫人喜欢，安徒生那《卖火柴的女孩》和《人鱼公主》，却令我看了久久不能释怀——为什么世上有那么多贫苦大众？为什么好人不得好报，费尽心力救了遇溺王子的美人鱼，最后竟然要黯然神伤，化为气泡，消失得无影无踪？谁知道长大后，才知道安徒生的用心所在。文学大师所描绘的，不正是世间常态么？尤其是从事了翻译工作之后，更发现译海无涯，译者呕心沥血的作品完成之后，往往无人珍视，淹没无踪，但是为了知识的传播，文化的交流，认真的译者仍像小小美人鱼一般长守海边，在朝曦夕照中，默默地付出，付出……

在台北读小学的时候，最喜爱的书是《苦儿流浪记》（Hector Malot, *Sans Famille*）。书中主角曲折离奇的身世，多姿多彩的经历使我深受感动，流浪儿遍尝艰辛时为他忧，苦尽甘来时替他喜。这本书看了一遍又一遍，书中的种种情节，几乎会倒背如流。当时，受到故事的吸引，初次领略小说的魅力，竟然跟两位小学同学，兴起文学创作的念头。三月春浓，学校入口处不远，姹紫嫣红，杜鹃盛放，春雨绵绵

二〇〇〇年讲座教授就职演讲后全家合影

的时候，我们就躲在花丛下，听着雨打绿叶的淅沥声，悄悄寻章摘句，构思小说内容，一起沉浸在遥远飘渺的作家梦里。

在我们那个年代，经典名著如《三国》《水浒》《西游记》《红楼梦》，差不多都是在十一二岁时涉猎的。这些名著中，《红楼》是至爱，《三国》次之，《西游记》看来好玩，《水浒传》读不下去。长大后，才知道原来《红楼梦》是许多作家学者的"文学圣经"，甚至也是法国文学翻译家傅雷在为译作定调时经常参阅的宝典。书中人物的音容笑貌，喜怒爱嗔，从第一遍读，就深深印入脑海，从此伴随着我成长，每隔一段时期，再次展卷捧阅，又有一番崭新的体会。《三国演义》是另一本百读不厌的书。记得当年大学毕业后出国读书，第一次离家远游，心情既忐忑又兴奋。爸妈虽不舍，但还是催促我早日上路，在父母心目中，上研究院的女儿跟上幼儿园的小娃没啥分别，总以为一切准备停当，及时送上飞机，方可确保万无一失。就这样，才八月底，我就懵懵懂懂到了九月才开学的美国圣路易华盛顿大学去报到。当天住进了研究生宿舍，偌大的古堡式建筑，楼分三层，附设地窟，当时环顾左右，竟然杳无人迹。到了晚上，更觉静悄悄，孤清清，四周一片漆黑，令人辗转反侧，难以成眠。从未离家的我，唯有强自镇静，把行李顶住门口，设法定下心来。谁知到了半夜，竟然狂风大作，雷雨滂沱，一阵又一阵闪电，照亮了窗外远处的树丛，近处的枝丫，乍看仿佛千万只面目狰狞的怪物，正竞相将魔掌插入窗框。惊惶失措中，忽然想起行囊中有一本《三国演义》，就如救命符一般，匆匆取出，急急打开——"滚滚长江东逝水，浪花淘尽英雄，是非成败转头空。……古今多少事，都付笑谈中。"卷首明代词人杨慎《临江仙》那充满智慧的话语，一字字流入心坎。焦躁不安的情绪，霎时平复下来。就这样，一页接一页，我手不释卷地读下去，忘了孑然一身，忘了独处异国，书中分久必合，合久必分的天下大势，奇诡雄浑，风云变幻，那区区窗外的雷雨，又算得了什么？未几，雨停，风止，我也在晨光熹微中，沉沉入睡了。

回首往昔，语文基础是中学时代在台北一女中打下的。不久，举家迁往香港，考进中文大学前身崇基学院念英文系，当时的教授很严，作业很多，因此看了不少经典名著，莎士比亚更读了一本又一本，有一回不知哪个同学发现了朱生豪的译作，使大家如获至宝，临考前纷纷传阅参照，信心大增。这时候初识翻译的妙处，并没有想到日后竟然会走上翻译之路。

名翻译家林文月教授曾经说过："一本书最好的读者，就是它的译者。"这句话，唯有在亲身经历过之后，才深有体会。平时看书，哪怕看得如痴如醉，哪怕看得欲罢不能，其实并不是每字每句都看得明白，唯有着手翻译时，才得先吃透原文，看懂了，体会了，消化了，融会贯通了，再逐字逐句用另外一种文字表达出来。第一本翻译的小说，是美国女作家卡森·麦卡勒斯的中篇《小酒馆的悲歌》（Carson McCullers, *The Ballad of the Sad Café*），这本书，初看时有点抗拒，认为书中的三位主角不够俊美，他们之间的三角关系不够浪漫。谁知道硬着头皮翻下去时，却越来越进入情况，越来越发现原作的精妙之处。作者在书中的陈述，对人性的复杂，爱情的奥秘，往往一针见血："爱是两人之间的共同经验。但是说共同经验，事实上并不表示这是两个有关者相同的经验。其中一个是爱人者，一个是被爱者，两人来自不同的国度。被爱者通常只是一种导火线，激起爱人者心中蕴藏已久的爱意。……一个好人可能激发起粗野下流的爱，一个呓语的狂人则可能引触另一个人在灵魂深处一阕温柔纯朴的田园诗。"麦卡勒斯的这番话，几乎可以涵盖形形色色的世间情，毛姆《人性的枷锁》中所描绘的激情，以及我日后翻译的《海隅逐客》（康拉德原著）中所刻画的畸恋，都可说是上述主调的变奏曲。《小酒馆的悲歌》是上世纪七十年代初在温哥华访学时翻译的。开始时，天色阴沉，冬雨连绵；译完后，春暖花开，遍地芳菲，而我对原著的感觉，也慢慢演变——从冷到暖，从抗拒到喜爱，原来，欣赏一本作品，正如结交一个对象，有的一见钟情，有的却需要朝夕相对，渐生情愫的。

一九七九年远赴巴黎大学攻读博士学位，论文的题目是以傅雷的译作为例，讨论巴尔扎克在中国的流传情况。巴尔扎克是法国文坛巨擘，毕生写出九十多部著作，合称《人间喜剧》。巴氏的作品，译成中文的很多，但是以译笔翔实、行文精炼而论，傅雷的译作可说是佼佼者。傅雷所译的巴尔扎克作品共十五部之多，其中最脍炙人口的有《高老头》《欧也妮·葛朗台》《贝姨》《幻灭三部曲》等，在国内流传甚广。那年赴法进修时，在巴尔扎克纪念馆中，看到翻译成各国文字的巴氏作品，而独缺中文译本，于是就把傅译《高老头》送赠馆藏。此后，这坐落于巴黎第 16 区巴汐（Passi）雷诺街 47 号的巴尔扎克故居，就成为经常造访之地了。

巴尔扎克故居是一栋朴实无华的建筑，楼分两层，入口处位于二楼，走下楼梯，设有后门，可通到另一条街上，当年巴氏卜居在此，据说就是为了便于债主上门时可立即从后门逃之夭夭之故。纪念馆相当清静，访客稀落。不知有多少回，懒洋洋的下午，独自一人在馆中流连。当年作家写作时日以继夜呕心沥血，唯有靠咖啡提神，那闻名遐迩的咖啡壶，宛然在目；作家完成一部作品后，意气扬扬行走贵妇沙龙，那赖以炫耀的镶宝手杖，陈列眼前。而梯间墙角，桌前椅侧，无处不在诉说着大文豪构建《人间喜剧》这座巍巍巨厦时的动人故事。时间仿佛停顿了，我在小楼中潜心研读巴尔扎克的旷世巨著，四壁是百年前洋洋洒洒卷帙浩繁的原作，桌上是傅雷三十年前苦心孤诣翻译的成品，加以历年来收集所得的研究资料，光阴宛如一条绵长坚韧的线，贯穿今昔，使此时此地与彼时彼地交融相连，恍惚中，窗外日影西斜，人声渐远，一时里但觉心神俱醉，沉浸于书香中不知身在何处了。就这样，通过巴尔扎克原著的研习，我领悟了傅雷译作的精妙之处；通过傅雷译文的细读，我进一步了解了十九世纪现实主义大师的用心所在。

巴尔扎克当年从外省来到巴黎攻读法律，课余常在索邦大学附近的卢森堡公园漫步，为寻思出路而独自徘徊；《高老头》书中的主角拉斯蒂涅克内心历经情欲交战，也在卢森堡公园中因听好友皮安训一席话而决定何去何从；一个世纪之后，有一位年轻学子从东方越洋而来，刚抵达的第二天就来到卢森堡公园游览，数年后，学成返国，经一而再，再而三，字斟句酌，精益求精，终于重译三次，完成了巴氏名著《高老头》的翻译。数十年后，我追寻翻译大家的足迹来到巴黎索邦，课后不时在卢森堡公园流连，春日花开缤纷，秋天叶落满径，春去秋来中，终于把论文复杂的脉络理出个头绪。

白先勇说过，文学创作往往有地缘，某个作家写某个地方特别传神。其实，文学翻译，甚至读书研究又何尝不是如此？当年，研习巴尔扎克的《人间喜剧》，傅译巴氏的各种名著，乃至于日后翻译《傅雷家书》中的英法文信件，冥冥之中似乎都有一线相连。

　　环顾书架，层层叠叠，密密麻麻，都是多年来搜集所得。每一册特别的书，都使我联想起一段特别的历程，从上海到台北，到香港，到美国，到加拿大，到巴黎。书架上没有秘密，只有生命的轨迹。书缘，地缘，都是缘。

2011 年 6 月 7 日

亲
情

历史长河的那一端

"金信民先生虽然是个商人，但是心底里是个浪漫诗人"，这是讲座一开始，主持人张伟先生在开场白里对我父亲的介绍。讲台上依次坐着我、费明仪、张伟、柳和纲四人。

今年八月，刚成立不久的上海电影博物馆举办"子归海上——国宝级经典电影回顾展"，重头戏就是民华影业公司在上海孤岛时期摄制的创业巨献《孔夫子》。为隆重其事，博物馆经香港电影资料馆联系，特别邀请当年的制片家金信民和导演费穆各自的女儿，以及电影资料馆节目策划傅慧仪女士到上海来参加八月九日的开幕礼。第二天，博物馆更特地举办"我们的父亲"讲座，除了费明仪和我，还请来了当年电影首映时金城戏院老板的后人柳和纲。主持人张伟先生是位史学专家，也是上海图书馆研究馆员学术带头人。他在讲座上把七十三年前《孔夫子》摄制的缘起、过程、放映，以及日后的失落，大半个世纪后重见天日的经历，娓娓道来，不但令听众对这部传奇名片的背景有所认识，也使我对当年父

二〇一三年于上海"子归海上"开幕式致辞

亲摄制影片的客观环境及种种细节增加了解。

原来这部影片于一九三九年刚开始拍摄时的预算是三万元，预定摄制时间为数月。以当时一般行情来算，拍一部电影的成本大约是八千元，时间则为六或七天。据说当年即使天皇巨星胡蝶的片酬也只不过五百元，却已是群星之冠了。结果，这部由年轻制片家金信民不顾一切，倾力投资的历史巨片，在凡事要求完美的导演费穆"慢工出细活"的执导下，足足拍摄了一年有余，完成时共耗资十六万元。一九四〇年十二月十九日，民华公司终于把创业作《孔夫子》在"国片之宫"金城戏院隆重献映。

根据张伟先生所赠《孔夫子》首映说明书影印本，我发现除了本事、广告、插曲之外，在字里行间、书页纸边上，竟然还有不少信息的宝藏：例如《孔夫子》是在夜场九时一刻首映的；而"十二月廿五六七日三天上午十时半加映，座价上下一律七角"，据知金城大戏院当年楼上楼下共有一千六百个座位，即使场场客满，以当时《孔夫子》放映的档期来算（原本院方答应放映至一九四一年初，结果，临时抽下，换上了戏院老板制作的《红粉金戈》），无论如何是无法还本的，更遑论盈余了。奇怪的是，不惜工本的制片家似乎从未考虑到影片发行后的盈亏问题。在父亲的心目中，投资拍片根本与扬名谋利无涉，正如他在《孔夫子》首映特刊的《序言》中所说："人类走在'向上'与'向善'的路程上，电影应是'导上'与'导善'的工具之一。于此，我们希望对中国电影事业能继续'尽其所能'。"这样一个只求付出、不问收获的制片人，在抗日战争孤岛时期的上海，全心全意要摄制一部振奋人心、激励民情的历史片。这种做法，今日看来也许匪夷所思，但其实跟他的时代背景和豁达性格

一九四〇年《孔夫子》影片特刊

息息相关。父亲生于末代皇朝，出生后历经辛亥革命，洪宪称帝，张勋复辟，军阀混战，北伐胜利，种种巨变，喘息未定，又发生"九一八"事变，国难当头，为爱国心切，乃积极投入他热爱的文化工作——方兴未艾的电影事业，民华影业公司就是在一九三九年"九一八"纪念日成立的。即使如此，为拍片不惜一切，甚至倾家荡产而无怨无悔，除了对导演及其团队极端信任，以"知其不可为而为之"的精神无限支持之外，确实与他毕生"视富贵如浮云"的浪漫情怀不可分割。

记忆中，从小到大，父亲从来没有跟我谈论过财经金融的事。小时候，他带我去看京戏，观话剧，出入明星红伶的厅堂。刘琼、赵丹、王人美、黄宗英的美誉如雷贯耳，梅兰芳、言慧珠、麒麟童、金少山的大名耳熟能详，甚至连我的启蒙书都是京剧《大戏考》。我也看过他自己为募款赈灾而粉墨登场，先后义演过京剧《打渔杀家》和话剧《秋海棠》。这样的父亲，四九年后远赴台湾，五十年代南来香港，千金散尽而居然笑看人生，不改其乐。在香港，有一回，他满头大汗从外归来，忽然感慨万千："今天经过天星码头，看见报摊上的报贩在数报纸，厚厚一叠，一张，两张，三张……就像有些人数钞票似的，一张张数，数完了放在银行里，不懂生活，存折里多了个圆圈，有什么意思！"这使我想起了法国名著《小王子》的故事。圣埃克苏佩里创作的小王子在天际众星之间游荡，来到第四颗商人居住的行星，对商人埋头算账的行径大惑不解。"你在忙什么？"他问。"我在数天上发亮的东西。"商人回答。"啊！数星星，数来干什么？""我可以拥有它们。""拥有了干什么？""我可以变得富有，富有了可以买更多的星星。""有花可以摘，可以戴，你又不能摘星星。""我把星星的数目写在一张小纸上，再把小纸锁在银行里。"原来世界上多的是数星的人！今年，《小王子》正好诞生七十周年，想当年作者在法国成书之际，远在中国上海，有个商人未读此书而早已参悟书中含蕴的真谛——父亲不做数星的人，他是个赏星的人！

在大会讲座结束后，主办单位安排大家参观博物馆，由常务副馆长范弈蓉女士陪同，上海大学影视艺术技术学院教授石川博士亲自导赏。石博士知识渊博，对中国电影发展史了然于胸，如数家珍。博物馆规模宏大，设备新颖，一行人由四楼漫步而下，经过了"光影记忆、历史长河、电影工厂、荣誉殿堂"四个展区。由于石川博士的引领，迄今百年中国电影史上先驱的付出与血汗，努力和成就，历历在目，重现眼前。博物馆中珍藏着一本《孔夫子》拍摄当年的剧照，望着照相本泛黄的纸，起皱的边，神思恍惚中恰似进入了时光隧道，历史长河上的雾霭慢慢散开，视野渐渐明朗，长河的彼端，赫然站立着一群年轻的爱国者，他们有勇气，有魄力，干劲冲天；不知天高地厚，无视世道艰险，为了实现理想而勇往直前。小时候，听父亲谈论摄制《孔夫子》的种种事迹，总觉得是遥远的故事，模糊的逸闻，如今，目睹当年工作人员的斑斑心血，这一切都变得立体明确，眼前呈现的是真实的文献，历史的明证！父亲与他的团队，曾经辛劳过，挣扎过，奋斗过，努力过！七十三年前摄制的《孔夫子》，经历超逾半个世纪的跌宕坎坷，七十三年后终于回到了它的诞生地——上海！

这次影展，一共放映了两回《孔夫子》。第一回于开幕式后在艺术影厅上映，第二回则在博物馆"五号摄影棚"放映。"五号摄影棚"建于上世纪六十年代，重建于二〇一二年。据石川教授所言，当年父亲租借联华影业公司拍摄《孔夫子》的第三号片场，就在棚外马路的对面，如今场址已经建起了一栋栋巍巍巨厦。"五号摄影棚"里设有目前为止全国最大的三百平方米巨幅银幕。在这样设备齐全的场所放映经典名片《孔夫子》，可谓相得益彰，历史巨献的古朴韵味与雄浑气势皆巨细无遗地呈现出来。悉心观赏之际，父亲当年细述的故事一一重现脑海。"那一场雪啊！导演带领整队人马出外景，等了好几天才等到。"陈蔡之厄解围后的漫天风雪，在冬天难得下雪或数年方得一见雪景的上海，就是这么等出来的。"《陈蔡绝粮》夫子操琴的那场戏啊，拍了个通宵，我也陪着看了一宵。"父亲说来犹有余甘。孔子抚琴为征夫操，子路随乐起舞，古琴之声庄严肃穆，动人心弦，原来当年所配的音乐和乐舞，部分取材于明代朱载堉所著的《乐律全书》，而演奏的又是古乐名手，难怪仅仅音乐一项就已经耗资三万元有余了。原以为电影不必连看两遍，谁知每次重看《孔夫子》都有崭新的体会，导演费穆的拍摄美学和编剧手法，都功力深厚。此外，父亲与他的团队在七十三年前不但具有国际视野，在电影制作时聘请外国翻译负责英文字幕，他们在推广时的种种构思，如制作特刊，邀约广告，放映前举办征文比赛，"孔圣杯"乒乓赛，放映时每天抽奖赠送九大头轮戏院戏票等等，如今看来，也都极富时代色彩。

为了怀旧与寻根，一行人特别要求于八月十日早上前往当年《孔夫子》首映的金城戏院参观。原来这家戏院也是《义勇军进行曲》的产生之地。戏院坐落在当年的北京路贵州路两条马路接口的转角处，七十三年来历经沧桑，而仍维持旧观，进口处是个前厅，由左右两条弧形的楼梯环抱。戏院的接待人员说，楼梯还是当年的楼梯，那么，一层层梯阶上必定留下了父亲当年的足迹。一九四〇年十二月十九日首映当天，年轻的制片家风华正茂，他是否怀着无比的兴奋，三步并两步跑上去观赏自己的心血结晶？说明书上写着"民华影业公司开天辟地敬谨贡献，中国电影有史以来第一惊人之笔"，如今看来并非虚言。金城戏院二楼放满了所有当年在院中首映影片的海报，许多儿时听父亲提起过的名片，都陈列眼前，其中最令人瞩目的，除了《孔夫子》，还有联华公司于一九三四年摄制的《渔光曲》，海报下列明此片于一九三四年连映八十四天，打破中国电影史上历来的纪录。看到这张海报，不禁令我莞尔，原来这破纪录事件的背后，竟也涉及我那年少气盛、好打不平的父亲。当年为了替主题严肃的《渔光曲》打气，他居然一掷千金，匿名在《新闻报》上刊登全版封面广告，以示支持。一千银元在上世纪三十年代并非小数，难怪多年后家中每次重提此事，我那贤良淑德的母亲总对我说："侬爹爹，专门喜欢做空头事体！"所谓空头事，就是不涉名利，无私忘我，世人眼中无法理解的大傻事！然而世事难以逆料，谁会想到当年亏了大本而又失落人间的《孔夫子》，由于香港电影资料馆的全力修复，会在二〇〇九年重见天日，迄今数年间更在世界各地的影展上大

二〇〇九年香港电影资料馆修复经典《孔夫子》

放异彩呢！

父亲到了晚年，乐天知命一如以往，他的确体现了孔夫子"乐以忘忧，不知老之将至"的精神。他不但知福惜福，而且满怀感恩。为了准备八月上海的讲座，我在行前找出父亲的手稿日记，发现他生前写下了不少感恩的话语。除了感谢上苍赐给他好儿女，他更感谢上天赐给他好太太，"爱护我，体谅我，关心我，一起生活了七十年之久，真可算是同甘共苦，白首偕老了！"其实到母亲弃世之日，他俩已经相依相守七十七载了。就是由于这位谅解他爱护他的贤妻无私的奉献和支持，才让父亲当年可以放怀寻梦追梦而无后顾之忧。

此文动笔之时，正值妈妈逝世七周年纪念。谨以此文，献给我挚爱的父亲母亲。

2013 年 8 月 14 日

想念你，爸爸！

紫红浅粉的牡丹，衬着碧油油的绿叶，一朵朵丰腴娇艳，插在白色的瓷盆里，煞是好看。上一回是什么时候笑对牡丹的？该有六年了吧！不知道为什么经常插花，偏偏这些年来没买过牡丹。上次的牡丹是参加一次豪华婚宴后由主人送赠的。那时想起了老爸爱美，第二天就急急把花送上。

自从二〇〇六年妈妈去世后，老爸就卧病在床。每隔一两天我们（我跟夫婿、女儿、儿子）就轮流去看他。听觉失灵，目力衰退，鼻孔插着氧气管，羸弱瘦削，倚着高枕的他，一看到我们就笑得开怀，我把牡丹凑近他的脸前，他说："好漂亮！很香吧！"其实他什么也闻不到。他那喜滋滋的模样，就似名士看到了宝剑，美人瞧见了明珠！问他可好，日间有何消遣？他叫我下次来时记得买一本太极拳谱。

"买这个干吗？""练拳哪！现在脚不能动了，手还可以动呀！我可以练'云手'啊！"接着，他就用手比画起来，一边口里说着："太极的一招一式都很有讲究，要耍得潇洒自如可不容易，从前我是经常练拳的。"忽然想起，老爸以前长年累月在西装内袋里揣着一样宝贝，那是他当年在上海参加"精武体育会"的会员证，上面写着"第一号"，我可从没见过他把美金港币如这般煞有介事藏得牢牢的。

为了在病床上消磨时间，爸爸决定开始跟菲佣丹丽学习菲律宾话。爸爸是长子嫡孙，虽然家境富裕，好学不倦，但因身负传承衣钵的责任，一早就跟太爷爷在上海葆大参行学做生意，不能如弟妹一般接受正规教育，所以他的许多知识都是日后自修得来的。他特别喜欢外语，怀中常揣着一本英汉小字典，一遇生字，就孜孜不倦翻阅起来。"柚子英文叫什么？"有一天他在病榻上考我，因为他早已失聪，我用笔作答，"Pomelo"；"枇杷呢？""Loquat"；"那石榴呢？"见我一时语塞，犹豫不决，他眉开眼笑，"那叫作Pomegranate！"这下可把这个当教授的女儿给难倒了！他乐得一时浑忘了病痛的煎熬，丧偶的哀伤。虽然听不见，但他喜欢讲，口中念念有词，把英文、法文、德文、俄文、日文、西班牙文、意大利文的"谢谢"与"再见"，都述说一遍。为了增强"实力"，他决定进攻菲律宾话。

耳聋了，怎么学习外语？我可真的想不通！有一回去探望爸爸，看到床头摊了一张皱巴巴的纸，上面密密麻麻写了一堆字，"Water？"，这是老爸的字迹，看得出一笔一画写来很费劲；"Tubig"，丹丽用拼音作答，一个个字母圆鼓鼓，胖嘟嘟。"Thank you？""Salamat"；"Beautiful？""Maganda"……如此这般，一位卧床两年，时近百龄的老人，想必在向晚的夕照中看到了片片"maganda"的彩霞。

老爸秉性豁达，凡事都往好处去想。躺在床上，无聊时常自找乐趣。没有好节目的时候，会开着电视，看看大厦住客在楼下大门出入的状况也自得其乐。一天，他兴致勃勃地告诉我："你看，那么多人进进出出，个个都记得密码，他们都是上等人哪！这地方真好，闹中取静，还是妈妈有眼光，坚持要买这个楼房，附近就是九龙兰桂坊呀！"九龙兰桂坊？这是他从报上看来的，其实饭店酒肆林立的处所，他早已经去不动了。

爸爸病中最大的安慰是看大哥从海外寄来的信件。大哥一日一信，每天从计算机上传递，由我打印出来，交到爸爸眼前。"计算机这东西真好，我要是年轻几岁，我也要学。"他对新事物的发展极有兴趣。"旸旸这孩子真不错"，看着信中描述有关曾孙女生活起居及学习的情况，他会深感欣慰。有时候我把刚发表的文章交给他看，因为没有大字版，尽管一字一句读来辛苦，他还是看得津津有味。"真是写来字字

'挣扎'呀！"老爸说。"我写文章哪里有'挣扎'啊？"我听了很不服气，在纸上回驳。"我说的是'斟酌'呀！"老爸急了。他年轻时很有语言天才，人一老，说起什么话来都带有家乡上海口音，原来他是在称赞我写作时"字斟句酌"呢！

爸爸爱美，也欣赏美。有一回，孙女带了美女牙医朋友来探望公公，老爸显得特别高兴说："人生得一知己而无憾，现在有这么漂亮的美人来看我，夫复何求呢？"爸爸一向都喜欢女孩子，不知道这是不是上海家庭历来的特色？小时候，常听到同学们说起各自的父亲多么严厉，慈母严父的角色，似乎已经定型。在我的心目中，却从来不觉得父亲有什么可怕，脑海里只有我发他脾气，没有他对我生气的记忆。我想，他跟我所熟悉的翻译家高克毅、名诗人布迈恪都是属于贾宝玉一类的人物，笃信"男孩儿是泥做的，女孩儿是水做的"，女孩儿生得水灵灵，再有些才情，那就更是"手中宝，心头好"了。从小到大，我所有结交的女朋友他都疼。

年幼时在上海，爸爸常带我出入演艺界名士美女的厅堂，梅兰芳、麒麟童、金少山的大名如雷贯耳；王人美、周璇、金焰、刘琼、石挥的事迹更是耳熟能详。长大了，才知道爸爸成立民华影业公司，拍摄《孔夫子》等片子的种种逸闻和故事。说起来，老爸为人毫不实际，千金散尽，他笑看

童年时与父亲合影

风云，有钱没钱日子一样过得舒畅；国家大事、社会要闻却
常常触动心弦，义愤填膺。二〇〇八年，他在病榻上念念不
忘的是马英九会不会当选，北京奥运中国会得几枚金牌。结
果他等到了马英九当选，等不到奥运金牌的记录。

　　爸爸缠绵病榻的时候，我问过他一生最失落伤感的时
刻是什么？他说共有三次：第一次，女儿出国；第二次，女
儿出嫁；第三次，女儿退休。原来一切都跟我息息相关。

当年出国一别经年，哪家父女不曾泪洒机场？这个我懂。女儿出嫁，婚宴过后登上那小子的汽车绝尘而去，不回老爸的家了，这个也懂。可是为何女儿退休了老爸会失落呢？过了这些年我终于明白，当时他惊觉心目中的心肝宝贝小女儿竟然已届退休年龄，这才醒悟岁月如流，尽头在望，那一份苍凉，那一种震撼，恰似我今日在儿女头上乍见华发初现！

老爸病中目力不济，不能长时间看书，有一回我跟林青霞在台北相遇，夜晚同游"诚品"，她挑了一本大字版《唐诗三百首》送给我父亲。一年后爸爸去跟妈妈相会了，我收拾他的东西，枕头下发现了这本诗集，好几处书页折角，再一细看，折叠处只见《春晓》《登鹳雀楼》《枫桥夜泊》等等，都是我年幼时他教我的名诗，至今我还记得他用沪语吟诵时深深陶醉的模样，而我当年跟着他摇头晃脑，虽不明所以也乐在其中。爸爸也是我英语的启蒙老师，当年在台北上初一时才开始学习英文，一个个生字要拼音熟记，其难无比，他陪我一起拼"Mosquito""Blackboard"……还记得他在台北"城中夜花园"里教我随着《蓝色多瑙河》的音乐跳华尔兹；我体育不及格，跳不过低栏，他在院子里两棵大树间绑一条橡皮筋，天天努力向我示范跳栏的诀窍。

爸爸一辈子有两大特点：第一，为人积极开朗，知足常乐，凡事只看到美好的一面，对人绝不吝赞赏，任何人要是失去自信，气馁沮丧，跟他交谈一番，必然会对自己重拾信心；第二，童心未泯，爱美如命。家中的小辈称呼公公为"老顽童"，婆婆为"老顽固"。这对奉"父母之命，媒妁之言"结缡的夫妻，虽然个性南辕北辙，却共度了七十七载漫长岁月，携手走过了人生的高岭与低谷。妈妈最后的一个生日当天，老爸嘱咐菲佣买花，结果佣人因事忙而忘记，爸爸急得不知所措，我在旁给他递上一张白纸，他在纸上用颤巍巍的手画下了一束玫瑰献给爱妻。两年后爸爸离世前跟我最后的话语是："你的项链好美，很贵的吧？"我说："爸爸，不贵，是旧的，很多年前在巴黎买的。"他听后笑着点了点头，感到十分满意。

爸爸是于二〇〇八年六月十三日在睡梦中安详辞世的。记得有一回费明仪提到她早逝的父亲费穆时，说他是个"伟大的人"；我想念爱我疼我的爸爸时，却很高兴他是个"可爱的人"，更幸运的是他陪我护我超逾了一个甲子，使我在人生道上饱涵了美，饱尝了爱。

2014 年 6 月 2 日

一方纸巾

那是件真丝夹克，一面黑，一面黑白花，穿上身，轻轻暖暖，挺舒服。顺手一摸，两侧有口袋，口袋里居然还有些什么。

是去冬留下的零碎东西吗？不知道多少回，曾经把零钱、饰物甚至钥匙都留在袋里，过了一年，再像淘宝似的掏出来，当下会感到意外的惊喜，失而复得的无比快乐。这一次，袋里又有些什么宝贝呢？这件夹克可是妈妈的，她走后我才承继下来，放在衣柜里好几年没穿过啊！

伸手掏袋，揪出来的竟然是一方纸巾，小小的，折得整整齐齐，那么沉静，那么毫不起眼，已经在袋里躺了好些日子了。有谁会这么折纸巾呢，除了我那已经不在的母亲？一张纸巾，切成小方块，再把方块折成更小的方块。

当年总觉得她太保守，太不够先进，现在是什么世界啦？还像农业时代那么节俭？简直不合经济消费的原则么！其实，我们家分两大派：一派，用完的纸巾跟没用时一样，折叠得方方正正的，像块豆干，那是妈妈，我的另一半和女儿的日常习惯；另一派，用完纸巾随手一捏，随桌一抛，像个馄饨，那是爸爸、儿子和我的指定动作。哪天只要看家里散乱纸巾的状态是豆干多还是馄饨多，就准知道是哪一派患了重感冒。

曾经大惑不解，为什么同一家人会养成不同的习惯，有的小心谨慎，有的大大咧咧？有一回坐"欧洲之星"过英法海峡，从巴黎上车，向加莱进发，一路上看到沿途的秋收景色，才恍然大悟。田里农夫正忙于收割，大捆大捆的稻草，卷成了一个个巨型的圆筒，散放地上，煞是舒闲；一过海到了英国，景观为之一变，映入眼帘的是另一幅图像，收割后的稻草给铺成一块块大型的方砖，鳞次栉比地排列成行。原来，人天生有别，不同的性格会导致不同的行事方式，何足怪哉！

妈妈出身于乡绅之家，由于外婆早逝，外公再娶，所以年纪轻轻就变得成熟懂事，循规蹈矩。记得我小时候，她总是教导说："吃花生米要先吃小的，再吃大的；好东西要留起来，慢慢用。"后来，等到妈妈年迈，经历过抗战、逃难、赴台、迁港等等的艰辛岁月，终于可以安顿下来享享儿女福时，她那克勤克俭的习惯始终没有改变。每次买衣服给她，越贵越好看的，她越不穿。问她为什么？她总是说："好衣服要 kang（收藏）起来，派用场时再穿。"（妈妈走遍大江南北，偏偏家乡上虞口音改不了）。什么时候派用场呢？例如喝喜酒啦，过年过节啦，偏偏到了这种时候，她又会找出种种理由来推托一番。于是，很多衣物就此长年累月待在柜子里，难见天日了。

这件真丝夹克，不知道是不喜欢还是不舍得，从来没见她穿过。她走后，满柜子的衣物，送了大部分，留了小部分，都是新簇簇的。谁知道这次我随意穿上，顺手一摸，居然看到这小小的一方纸巾，干干净净，静躺在左边的口袋里。霎时间，我知道是妈妈在喁喁低诉："女儿，这件衣服我喜欢，穿过了，没搁着，不过你来的时候没见我穿在身上罢了。"妈妈在的时候，虽然尽量每个星期抽空陪陪她，但是因为自己事多，总是有点匆忙。妈妈每见到我，老喜欢重提陈年旧事，一遍两遍……一百遍。当时还以为自己听熟了，听惯了，有点腻，有点烦，常显得心不在焉。现在回想起来，陈年故事中竟然有那么多细节详情，例如她当新娘时的凤冠霞帔，到底绣了什么花？嫁后三日下厨做羹汤时又如何手忙脚乱？我根本听了等于没听，又或者听过早已忘记，待到想再次求证，却已欲问无从。线断了，风筝飞走了，抬头望青天，只见一片茫然，再也找不着任何踪迹。可是，眼前这一方小小的纸巾，却使我寻回了什么，猛然醒悟，原来妈妈没走，她一直待着，在我身边，在我心底。

小心翼翼把纸巾握在掌心，泪水不禁潸然而下，不！我不能用这方纸巾去拭抹。"这件夹克，我穿了；这方纸巾，我要 kang 起来！"我在微风过处，轻轻跟妈妈说。

2011 年 7 月 2 日

忆·忘

那一条街，一边是房舍，楼上居家，楼下开铺，跟其他许多街道没有什么两样；另一边却沿着火车轨辟出了休憩的通道，婆娑的树影下摆放着一张张长椅，长椅前设置着一个个带有食物环境署标志的橙色垃圾桶，每隔几步就有一个为狗儿方便之用的沙堆，于是这里就成为人狗相聚的好去处。每天无论晨昏，只要不下雨，总有人牵着狗，大的小的，黄的白的，在通道上来回走；也有人木然坐在椅子上，昏花的老眼凝视着前方，身旁只有狗儿相陪，一坐就是几个钟头，心里不知道在想什么——是否在想："我的过去，一片朦胧"（薛立华翻译《暗店街》语）？

过去，谁没有过去？过去是模模糊糊的叠影？还是沉沉重重的心锁？该收起来，藏起来，放置遗忘的高阁？还是该掏出来，掘出来，好好审视，静静浏览？

二〇一四年诺贝尔文学奖得主莫迪亚诺（Patrick Modiano）曾经宣称："生活重在过去，而非未来"，他的作品大多数都跟记忆有关，其中荣获龚古尔文学奖的《暗店街》（*Rue des boutiques obscures*）更是一部追寻"记忆、身份、历史"的代表作。一打开书，就给吸引住了，不是为了身份独特的角色，不是为了错综复杂的情节，都不是！只是为了那种扑朔迷离、难以言宣的感觉，一个失忆长达十年的私家侦探在追寻自己的过去，那朦胧一片的往昔像一团纱，剪不断，理还乱，越想解，越失落，于是主角就不断穿梭在二战后的巴黎街头，寻寻觅觅，时而心悸，时而失望。巴黎是保育最佳的城市，书中描绘的一场一景，一街一道，数十年后依然不变，时至今日依然存在，于是，三十年前曾经在巴黎负笈数载的我，就追随着主角的足迹，走进了记忆曲折迂回的幽径，越走越深，越走越远。

记得——巴黎的大街小巷，巴黎索邦大学的雕像回廊，巴黎美术馆、博物馆免费开放的日子，巴黎的地铁站与站之间长长的通道……一个人独立生活的时候，再没有依赖，不得不神智清明。然而巴黎时光的记忆犹新，却正好凸显了香港岁月的倏忽难留。

那条街，初来香江的我曾经居住过的地方，当初是什么模样，早已经记忆模糊。在一次饭局中，当年的一位同窗忽然提起："以前你住过那条街，记得吗？我住在你楼下呢！"住我楼下？不记得，完全没有印象！"那我住在几号呢？""六号！"他说得毫不含糊。一个盘踞心中已久的疑团，半个世纪后终于得到解答。如今重临旧地，我在高楼大厦间寻寻觅觅，一个个门牌号码呈现眼前，六号！是六号吗？那"鸡立鹤群"，巍巍巨厦间唯一的矮楼！难道经过了悠悠五十载韶光，还没有拆去重建？如果真是如此，那么我相信，在楼房的入口处，必定"仍然回响着天天走过，然后失去踪影的那些人的脚步声。他们所经之处有某些东西在继续颤动，一些越来越微弱的声波，如果留心。仍然可以接收到"。(《暗店街》) 这似曾相识的情怀，是莫迪亚诺的话语，还是我的心声？

当年妈妈带我从台北来，和爸爸在香港会合。早岁在上海投资拍摄《孔夫子》的父亲，经过了战乱频仍，避祸逃难，早已经千金散尽，此时不得不在南国为生计努力打拼。分隔数年，一家终于在香港团聚。那一年我考取了培正高二插班生，于是父母就效法孟母三迁，搬到学校附近的小楼来。那时候的妈妈比我现在的女儿还年轻，初来香江的她，不懂粤语，没有亲朋，在那没有冷气机没有洗衣机的年代，每天在四层小楼爬上爬下，为一家人张罗饭菜，打点一切。从来没有想过当时的她，在操持家务之余，会否感到寂寞？

父母年轻时合照

她当会天天走过门前的街道,那么我现在时常经过的街砖上,必定留下了她的脚印处处,不知道她提着沉重的菜篮会否坐在对街树旁停歇?当年的树是不是眼前枝叶扶疏的凤凰木?不知道她是否像我一样怕狗?会否一个人看到迎头巨犬就东避西躲?一切都记不起,更问不清了。往事匿藏在记忆深处,早已经面目模糊了。

"历经沧桑之后，我又回到了源头"，莫迪亚诺如是写道。岁月悠悠，半个世纪之后，我再次踟蹰在当年日日经过的街头，那似水流年不驻留，难道真是春归如过翼，一去无迹？

2015 年 1 月 13 日

老伴颂

老伴到底什么时候变老了，实在不知道。

老伴是长守身边的那一半，让你觉得安心，觉得踏实，觉得在瞬息万变的世界中，居然有个小小的安乐窝可以躲一躲。你在外面茫茫人海中给冲得头昏眼花，回到家里，向老伴诉苦，他在一旁支支吾吾，听得进听不进不打紧，总胜于跟墙壁跟屋顶去饶舌。唠叨完，你累了，他困了，两人相对笑一笑，好好歇一歇，谁还在乎那窗外的疾风和劲雨。

老伴是潮流白痴新旧不分的人。你穿上新衣，戴上首饰去赴宴，他连眼尾都不会瞧一瞧。可是说不定哪天你穿上几年前的花格子旧衬衫，他居然会突如其来夸一番："啊！新衣服呀！真不错，没见过！"你把衣柜塞得满满的，如成吉思汗般把版图从亚洲扩展到欧洲去，他只会不断退守，直到只剩半壁江山，还自以为民康物阜，对着寥寥可数的衣物发愁说："领带太多了，红的黄的，到底该选哪一条？"

老伴是脑筋少转时刻健忘的人。过年过节漫不经心，生日结婚纪念日快到了，你左一个暗示，右一个明示，他还是没啥反应，于是照例如旧平淡过。孩子的年龄，既然年年不同如何记？于是，小孩十四岁时告诉人家他十二；过了一年告诉别人他十六。荧幕上的节目，更是千变万化难分辨。因此，每天不分昼夜，电视遥控握在手，左按右揿忙不停，转台如风车，旧片当新片。倒是各类球赛，无论足球网球橄榄球，凡是圆形的物体，不论规矩赛果，都如数家珍，过目不忘。

一九七〇年代与 Alan 摄于北美

老伴是数十年来跟你朝夕相对的人。同一张脸，今天比昨天多一根白发，昨天比前天多一条皱纹，哪怕岁月催人，俏容不再，老伴根本浑然不觉，只知道天冷了催你加衣，下雨了叫你带伞，天天啰唆你不记得关灯，不知道熄火，反复叮咛烦煞人。但是上山时他会牵着你，过桥时他会扶着你；人多时他会护着你，人少时他会陪着你。忧虑时跟你分担，快乐时与你共享。有老伴在身畔，老了就老了，反正"执子之手，与子偕老"，腰弯了，背驼了，脚下慢了，又如何？透过斑斑白发，昏花老眼，那数十年前年轻的他与她，不正在默默无语心灵相通吗？

于人生旅途上结伴共行了四十五载，听说这叫作蓝宝石婚，在此，就以最朴实的语句，写下感言，送给如蓝宝石一般敦厚的另一半。

蓝宝石婚

没有鲜花，没有钻石

没有甜言蜜语，没有惊喜派对

只有难以计数的点点滴滴，

在四十五载韶光中不断流淌

朝朝暮暮，他不声不响

吞下了多少酸橘子，硬面包

带腥的鱼，老得咬不动的肉

把好的一份，留给那"好的一半"

日日夜夜，他爬上爬下

换了多少灯泡，修了多少门把

削了多少苹果，倒了多少垃圾

关了多少滴水的龙头

年年月月，他管接管送

开了多少趟车

等了多长时间

在烈日下，寒风里

春去秋来，他忙进忙出

扛起了多少沉重的书，硕大的袋

巨型的衣箱

相伴走遍天涯与海角

不会投机敛财，不曾飞黄腾达

守着那一侧床沿，半边衣柜

他只知道

默默地付出，付出……

2006 年 3 月 12 日初稿

2011 年 6 月 5 日修订

盆与花

你是花盆，我是花，

盆子保护我，沃土滋养我，

雨来了，你替我盛着，

风来了，你替我挡着。

日出时，芽抽新叶，

晨光中，含苞闪亮，

盆儿笑盈盈："快快绽放！"

正午时，新苞茁壮，

骄阳下，顾盼轻摇，

盆儿兴冲冲："努力向上！"

黄昏时，绿叶满枝，

暮色里，花开灿烂，

一九八〇年代摄于加拿大

盆儿乐陶陶："再攀再攀，

——告诉我，窗外是否依然好风光？"

夜临时，花枝仍在，

星光下，花盆碎了，

花对盆说："你累了，好好休息。

相依相守五十载，你的情意，定不辜负

——我会挺下去！"

献给 Alan

圣华，2012 年 3 月 6 日

重新出发

那一回，也是岁末年初，也是圣诞花艳得照眼的时候，《明报月刊》总编辑潘耀明先生来电，邀约为即将每周出版的《明报》文艺特刊组稿开栏。专栏以《明采》为名，设想中可以借此遍邀文友赐稿，大家志同道合，相携笔耕，为寂寂文苑增添姿彩与缤纷。

那时候，老伴还在，举家正为他全力与癌魔抗争。多年来，每次我不为名不为利，无端参与一些活动，继而悉心投入时，他从来没有半句怨言，仿佛这是天经地义的事，他只会在一旁静静相守，默默支持。抗癌是一个无比艰辛的过程，原应全神贯注、心无旁骛的，陪着他出入诊所，喂药劝食，眼看他病情反复，内心的煎熬忐忑，难以言喻。这关头，纷扰繁忙中还要为了专栏而去不断组稿催稿，竟变成灰色常态里的一抹绿，苦涩中偶尔尝到了丝丝甘味。

一开始，我几乎把自己在学术圈、文化圈所有好友都请出阵来。记得专栏一开笔，就由名闻遐迩的"双林"——大才女林文月及大美人林青霞惠赐大作。文章登出来后，我交到另一半的手中。病榻上，他看得很慢，一字一句，歇歇停停才能阅毕，但是为了好友作品精彩而真心赞赏，也为了我开栏顺利而如释重负，他笑得灿烂。以往，我所有的作品他都是第一个读者，不是文科出身的他，看了文章后，最了得的本事就是在字里行间找出笔误，每每也会提出客观中肯的意见。那年，每当组稿不及，脱稿在即的时候，我都得亲自上阵，匆匆执笔填补空缺。六月底我们结婚纪念的日子，再也无法举家外出庆祝，我特地写了《老伴颂》，事前没有让他过目，刊出后悄悄塞给他看。对着文章，他一脸腼腆，难掩喜色，瘦削的脸颊上竟然显出久已不见的酒窝，口里却佯作不满，说我对他的描述不尽不实，要提出控诉。

那一年，我们面对着不知的未来，艰苦抗战，日子在黑与白，苦与甜，失望希望又失望的节奏中匆匆过去。原以为晚风中夕照下还有一段漫长的路，只要携手相偕共向前，哪怕颠簸坎坷无尽头？谁知道春暖花开的时候，来了一阵骤雨疾风，一个相伴半个世纪的生命竟戛然而止，随风而去。

两年来，尽量尝试从谷底爬起身来。这回应潘耀明之邀，又要写专栏了，栏目以《心田》为名，一方良田，四人同耕，能与林青霞、张晓风、郑培凯结为文友，诚为美事。

老伴若有知，一定会为我收拾心情，整装待发而高兴。怀念的时候，我写了下面的句子：

> 那时候，他还在
>
> 忽然走了，走向何方？
>
> 原来，他哪儿都没去，
>
> 牢牢守在我心田，
>
> 长夜里，常到梦中来相会。
>
> ★　★　★
>
> 这时候，他不在，
>
> 忽然来了，来自何处？
>
> 原来，他从未离开过，
>
> 默默留在我脑海，
>
> 白昼里，不时念中来相伴。

愿以这首小诗，跟所有痛失爱侣的读者朋友共勉之。逝者已矣，但梦魂常系。日子还得过下去，让我们一起在新春伊始重新出发，勇敢上路。

2013 年 12 月 6 日

与女儿同游

"你别站在当路口，人来人往的，小心别给人撞到！"女儿一面赶着去买地铁票，一面急急忙忙在旁叮咛。望着她负荷着背囊快步疾走的身影，怎么竟有些驼了？敢情是背囊太沉了吧？除了必要杂物和那本重重的旅游书，还得带上我的暖水壶，我的太阳伞，我的冷气外套，我拿不动的种种随身物品。原来所谓的随身，不是随我的身，而是随她的身，让我需要时予取予求。

跟女儿出门同游，是期待已久的乐事。这一回，原本打算在新春期间赴泰旅游，阴差阳错，竟然延到了五月母亲节的时候；而原来计划在五月底的行程，又因为她假期难得，也就按时进行，这么一来，五月里一头一尾母女二人出了两次门，从南国游到了北地。

自由行嘛！这是当今最流行的旅游方式，年轻人谁还耐烦去跟旅游团绑手绑脚？可是带老妈自由行，这自由度就得打折扣了。行程得预先设计好，按照老妈体力精力的能耐好好调配，哪里在脚程之内可以去，哪里在偏远地方不可去，总之一日一景点，不可造次；至于哪天酷热，哪天下雨，都得预先设防；而有关沿途的路线，在哪站换线，哪站上下，则更得事先研读，精心部署。于是，自由行就在一人辛苦领军，一人懵懂相随的状态下展开了。

一路上，走走停停，没有时间限制，凡事随心所欲，倒也闲适，只是地铁站里那上上下下的陡峭楼梯，可不是旅游书里清楚列明的。"你站着，别动！我去看看有没有电梯！"女儿每到一站，必然要到处视察，寻找快捷方式；找不到电梯的时刻，就会小心翼翼地扶着我爬上爬下，以策安全。"好了，到平地了，别搀了！"为了要表示独立，我急忙宣告。感觉上，自己刚才仿佛变成了慈禧太后老佛爷出巡似的，怪不好意思！可是忙乱中又偏偏不争气，顾得了脚下，顾不了手上，进地铁站时，竟然拿出旅馆卡当成地铁票，难怪拍来拍去也不生效！

就如张晓风所说的"羞赧的，仿佛小孩刚做过小坏事似的"，发觉自己在笑，讪讪笑，咭咭笑，不知如何，难以自抑的笑！这表情，该不陌生吧！妈妈在世时，凡事精明干练，就是没有方向感。每次出门，该向东的必向西，该向西的必向东，百试不爽。有一回要搭地铁时，她竟然一马当先踏足扶手电梯往上走！我们大家群起而攻之，数落她怎么东西莫辨上下不分，记得她当时就是这样笑的！

尽管事前筹划周详，身在异国，人生地不熟，总也有找不到目的地的时候。大热天，日头晒，我认为最好的办法就是随街找个当地人去问路，偏生女儿喜欢在背囊里掏出旅游书大地图来细细研读，这不是消耗精力、浪费时间吗？"你爱问你去问啰！"女儿总是不太积极。于是我就自告奋勇，拍马上阵，也碰到过爱理不理的，也找到过热心带路的，跟当地人用英语交谈，夹杂几句刚学会的本地话，加上指手画脚，摇头晃脑的一轮对答，有时顺利，有时不得要领。这边厢，女儿却早已经找到路线了。"你为什么总是不敢去问路呢？"我还在为刚才的表现洋洋自得，她却回答"不是不敢，你知道，在旅游时研究地图，自找方向，也是一种乐趣啊！"原来，这是乐趣，不是麻烦？

老伴还健在的时候，最爱旅游，有时跟团，有时自由行。他极有方向感，每到一处，无论大街小巷，只要走过一遍就牢记不忘了。要他随街问路，那可是强人所难，期期艾艾不肯就范。总嫌他性格内向，为人羞怯，谁想到原来一人的烦事，竟是另一人的乐趣呢？

有一回随旅行团去仙台旅游，一日中午时分到了一家拉面馆午餐。日本人做事特别周到执着，大队人马驾到，拉面居然还以一碗碗慢慢煮慢慢上的。老伴坐在进门口处，拉面上一碗，他向里递一碗，口里忙说"你们先来！你们先来！"结果团里年纪最大的是他，最后一个吃完的也是他！其他年轻的团友早在一个钟头前已经冲去大街"血拼"了。

曾经怪他多管闲事，太不顾自己了。这女儿的行止怎么就是他的翻版呢？在北国的地铁中，一个学生模样的年轻人埋头忙于弄手机，听耳机，下车时居然把装有信用卡的皮包落下了。车上多的是本地人，女儿这外来客一见，却赶忙拾起，说是要好好保管，到总站时交给管理员。到了总站，杳无人迹，一个当值职员也不见，这可如何是好？怀里揣着他人的信用卡，言语不通，求救无门，难道就此为了他人的财物痴痴地耗时耗力等下去？正彷徨无计时，看到车站一角有个图书室，室内有个书生模样的年轻人，我说找他吧！果然，通过他的帮忙，传译，折腾了一番，交出了失物，终于解决了问题。母女二人又可欣然上路了。

"我在想，将心比心，假如丢了东西，也希望有个善心人会帮我拾起。"女儿满足地笑了，这笑容似曾相识，怎么这么像她老爸？

2015 年 6 月 12 日

他喂鸟，她养虫

从香港直飞多伦多，十六个小时的漫长旅程，常使人望而却步，但为了探访年迈的大哥大嫂，也就只好勉为其难。八月下旬，多伦多暑热未消，窗外的大树，绿叶繁茂，在微风中轻摇。每天晨光初露，两位老人便轮流起床，作息起居，都有一定的程序，不求多样，不求变幻，经过了数十年动荡跌宕，熬过了一次次"运动"和下乡劳动、"文革"摧残等数之不尽的磨难，如今安居在宁静遥远的北国，谁还经得起惊心动魄的折腾？只求平平安安，与世无争，将阵阵疾风劲雨，摒隔在厚厚的窗外。于是，他与她相依为命，早上，她为他戴上助听器，体力尚够的那天，两人到楼下屋后，携手漫步碧茵上。曾经陪同他们穿越林间，一棵棵挺拔的松树高耸道旁，"加拿大的麻雀跟中国的不一样"，蓝天碧云下，大哥指着路边跳跃的小鸟轻轻说。他喜爱雀鸟，如今，历经浩劫，在家里种花饲鸟，让清越婉转的鸟语，洗涤往昔的伤痕，岁月的沧桑。他养了三只鸟儿，于是，她为他培育鸟食的小虫，一盘盘，一盒盒，放置饭厅的桌上。面包虫自出世到成长，经历卵、幼虫、蛹、成虫四个时期，她娓娓道来，如数家珍，脸上泛起欣慰的笑容，灿若春花枝头放。

在多伦多十七天，每日茶余饭后，坐在客厅里跟大哥促膝谈心，闲话家常。"我是在医院出世，还是在家里由接生婆接生的？"我茫然问道。"你是在家里由正式助产士接生的"，他确切回答。大哥比我年长很多，然记性特佳，他是我和往昔岁月唯一的联系，童年时期懵懂的图像，依稀的画面，像是一缕缕欲断还连、纠缠不清的细线，必须由他来衔接，来厘清，才能重新游弋在混沌一片的忆海中。

日复一日，望着窗外的绿叶逐渐变黄，分别的时刻终于到来。人生为何总要骊歌高唱？但是有聚必有散，其实未聚时早已预期分手的景况。九岁时和大哥在上海离别，我去台，他留沪，临行时他把我高高抱起，让我在后门冬青树上摘下一片叶。原以为冬青常绿，谁知道不到半途已经起皱泛黄。二十九载后重逢北京时，当年俊朗的少年已头发半白，"总比全白了再见好"，大哥喟然说。又经过多年，大哥终于来港团聚，然而在香江共度的日子倏忽而过，九八年他们一家移民赴加，我们再次相距万里，天各一方。两年前赴加探访，作别那天，他双腿无力，只能送我到门口；这次他体力稍佳，送我到楼下。临别依依，彼此不敢凝望，"一定会再见的"，我在心中默祷——早晨的秋阳，暖暖照在我们的身上。

2016 年 10 月 5 日

友
谊

喜结牡丹缘

母校崇基学院创校六十周年志庆，为隆重其事，把白先勇这位大忙人给请来了。

这些年，白先勇为了弘扬文化，推广绝学，总是在世界各地东奔西跑，马不停蹄。香港已来了好几回，但若不是为了推出他监制的昆曲戏宝，他总是行色匆匆，很少会盘桓十天八天的。这一次，他不但在崇基驻校一周有余，还会主持连串讲座，一众白迷，莫不额手称庆。

去年，也是二月间，白先勇莅临香江主持《玉簪记》上演事宜，正巧天地图书公司为拙著《有缘·友缘》举办新书发表会，于是就邀请白教授以嘉宾身份出席参加。这本书是由白先勇赐序的。会上，他率先发表演讲。他说，我们结识于二〇〇〇年，当时，我为香港中文大学文学院筹办第一届"新纪元全球华文青年文学奖"，把白先勇请来出任小说组的终审评判。为了激励青年学子用中文创作的兴趣，他不但

二〇〇七年与白先勇先生合影于青岛牡丹花前

欣然应允，而且大病初愈，就"奋不顾身"自美国远道来港了。因此，我们首先结的是文学缘。

其次，我们还结了电影缘。这缘分，说来十分奇妙，竟可以追溯到一个甲子之前。一九三九年，我父亲金信民先生在"孤岛"上海创办民华影业公司，为了振奋人心、激励民情，决定以《孔夫子》为创业巨献。这是一部主题正确、不同凡响的大制作，由费穆导演，筹拍年余，所耗经费，相当于一部普通影片的二十倍。影片公演后，轰动一时，惜后来因内战爆发，影片在动荡时局中辗转遗失，下落不明，直至半个多世纪之后，居然在香港发现一个拷贝。这硕果仅存、劫后余生的孤本，乃由匿名人士捐赠给香港电影资料馆，经努力修复，终于在二〇〇九年四月一日于香港文化中心以迹近原版的形式重现观众眼前。相信目前看过《孔夫子》原貌的观众已经为数不多了，谁知有一回跟白先勇聊起，他居然记得于一九四八年在上海大光明戏院看过此片。当年，他才约莫十岁，却对电影的细节印象深刻，连孔子见南子的场面也记得清清楚楚。说起来，白先勇的记忆力十分惊人，他第一次在上海美琪大剧院观看俞振飞与梅兰芳的《游园惊梦》不也是在十岁左右么？

跟白先勇自相识至相交，其实是拜昆曲所赐。二〇〇四年，白先勇监制的青春版《牡丹亭》在台北首演，林文月在电话中告诉我："白先勇的《牡丹亭》很好看，一连三晚演出，尤其是第二晚最好。"其后，青春版《牡丹亭》来香港沙田大会堂公演，看完三晚共九个小时，我仍觉意犹未尽，戏后瞥见白先勇，忙不迭上前告诉他："太美了！"这以后，我就不知不觉变成了昆曲小义工，跟着很多有心人一起追寻起牡丹的踪迹来。

白先勇制作的青春版《牡丹亭》，据章诒和在一次饭局上说起，如今在中国大陆，人称"白牡丹"。这朵"白牡丹"魅力惊人，所到之处，无不引起轰动。二〇〇七年五月，青春版《牡丹亭》在北京演出一百场，同年十月，更在刚落成的国家大剧院应邀试演。我问林青霞要不要一起去北京观赏，她问："要连看三晚，一共九小时吗？"我答："这出戏，虽然一共三晚，但是讲的是梦中情、人鬼情、人间情三部曲，每一晚都独立成章，没时间没兴趣的话，看一晚也可以，更何况，晚上看戏，白天我们可以一起去拜访季羡林和杨绛。"她一听，也就欣然应允一起赴京了。

第一晚，在国家大剧院戏曲厅坐定，灯光一转，乐声一起，观众马上就受到吸引，投入戏中了。在《惊梦》一折中，柳梦梅手持柳枝上场，请丽娘题诗，两人邂逅不久，即在花神庇护下进入牡丹亭中缱绻，只听得"湖山畔，湖山畔，云缠雨绵。雕栏外，雕栏外，红翻翠骈。……三生石上缘，非因梦幻，……"不久，柳、杜携手同上，柳梦梅唱道："这一霎天留人便，草藉花眠。则把云鬟点，红松翠偏……"正聆听细赏之际，青霞忽在耳畔悄悄问："他俩，做了没有？""做了做了。"我赶紧回答。到了第九折，杜丽娘因伤春病到深秋，药石无灵，离魂在即，拜别母亲养育之恩，情真意切，令人感伤。虽然看过好几遍了，一到这场，我还是心为之牵动，当时只觉眼睛一热，也不好意思去看旁边的青霞，正在此时，竟听到窸窸窣窣的声音，原来她也在开皮包，掏纸巾。不一会儿，隔壁递来纸巾一方，"给你！"她说。

第二天下午，我们一起去拜望当时在医院中养病的季羡林，日后，青霞写出了她为这次访问季老而撰的名篇《完美的手》，深获各方赞赏。那天虽然时间很紧，她还是赶去国家大剧院观赏了《牡丹亭》中本人鬼情。看完戏，她不但兴冲冲去后台探班，还决定要留在北京看第三场。到了第三晚看完全场后，青霞邀请全体演员去消夜庆功，男女主角俞玖林及沈丰英，连同其他角色，刹那间都由戏中人变成了小影迷，跟在天皇巨星身边团团转，听青霞娓娓讲述她从影的故事，通过《牡丹亭》，双方结下了诚挚的情谊。

二〇〇七年在北京观赏《牡丹亭》演出后与男女主角以及白先勇、林青霞合影

　　二〇〇七年四月间，我曾经跟白先勇一起应王蒙之邀前往青岛海洋大学访问。我们分别演讲后，次日由校方陪同去游太清宫。这天，风和日丽，繁花似锦。一路行去，但见樱花、桃花、玉兰、茶花、紫藤、海棠等，竞相绽放，果真是姹紫嫣红开遍。一行人边走边赏，忽在转角处瞥见一株牡丹，几十朵国色天香，竟然含笑相迎在眼前！据悉，四月中的青岛，一般牡丹尚未盛开，为什么这一株却艳丽至此呢？还记得《事物纪原》中记载的故事：话说当年武则天称

帝后，醉游御花园，意气风发之际，曾下诏曰："明朝游上苑，火急报春知，花须连夜发，莫待晓风催。"第二天，百花乖乖领旨开放，唯独牡丹傲然不屈。想不到当年不为武媚娘所动的花中之后，如今欣闻再世柳梦梅踏春前来，竟然含娇吐艳，尽显美态。我深信，那牡丹花是心甘情愿为白公子提前盛放的，要不然，为何山坳里，群芳间，竟然独自一株笑盈盈伫立中庭，喜滋滋烂开如霞？当时，白先勇看到牡丹花开，大喜过望，急步迎上前去，埋头细赏。只见随后的王蒙、迟子建笑得蹊跷，问他们何事开怀，他们说："瞧瞧白先勇的模样，他可恨不得冲着牡丹叫'姐姐'哩！"玩笑过后，大家在牡丹丛中留影作为纪念，尽兴而回。

白先勇曾经跟我说："我这一辈子，似乎都跟《牡丹亭》息息相关！"不错，童年时观看《牡丹亭》而深受感动；成长后创作《游园惊梦》而脍炙人口；而立之年制作舞台剧《游园惊梦》而领创风潮；年过耳顺更制作青春版《牡丹亭》而名闻遐迩。白先勇在拙著的序言中说，我们的友缘可总结为"牡丹缘"，诚然，能在观剧赏花、谈文说艺中广结友缘，岂不悦乎！

2011 年 1 月 12 日

"我才七十九！"

    这次去台北，老是听见他说这句话："我才七十九！"有时，带点抗辩，带点不服，就在别人说他已年届八旬，得享遐龄的当口；有时，带点辞让，带点腼腆，就在众人推崇备至，替他庆生的场合；但说来总带点稚气，带点童真，就仿佛是个青少年在向众人理直气壮地宣称："我才十九岁！"

    这就是白先勇，你无论如何都没法把他跟"老"扯上关系。看见精神抖擞、活力充沛的他，无论是台上台下，人前人后，什么"老人家，老前辈，老教授"这样的称呼，怎么说得出口？充其量只能叫他个"白老师"，其实心里想着的是"白公子"——永远童颜不老童心未泯的白先勇！

    这回是应邀前去参加白先勇《细说红楼梦》新书发表会暨八十岁暖寿宴的。两场盛会都安排在七月七日，一在下午，一在晚上。行前，白先勇兴冲冲地来电说，各地好友都会齐集台北，相聚一堂。早就知道他为这本《细说红楼梦》的出版，花了无数心血，在短短时间里，要赶出五十七万字的最后校阅（其间还要抽出时间来为我的新书《树有千千花》撰写序言，实在铭感在心）。如今，新书终于如期出版了，不但如此，时报出版社还同时再版了早已在台湾绝版的经典"程乙本"《红楼梦》，要重新复刻，全新校印这部卷帙浩繁的名著，涉及庞大的经费和无比的魄力，若无背后推手白先勇几年来的不懈敦促，大力推动，又岂能成事！

整装待发的时候，忽然听到台湾将有超大台风"尼伯特"吹袭的消息，不由得心情忐忑，但是为了好友的盛情邀约，仍然如期前往，唯有心中暗祷，祈望天公作美，使一切能不受影响顺利进行。

到台北那天是七月六号。报纸、电视都在预告超级台风即将来袭，全城风声鹤唳，人心惶惶。那第二天要在"国家图书馆"举办的白先勇新书发表会呢？当晚在台北世贸联谊社举行的八十寿宴呢？会如期举行吗？这时候不由得使人想起了粤语里"望天打卦"这句话。

七月七日那天台北竟然微风细雨，据报台风将在晚上吹袭，于是主办机构决定一切按原定计划展开。下午不到两点，"国图"偌大的国际会议厅已经陆陆续续坐满了来宾和听众。两点半准时开始，这是一场"八十岁白先勇遇上三百岁曹雪芹"而心灵相汇的盛会，也是一场海峡两岸的文化旋风，论气势的浩荡，不输给即将来台的"尼伯特"！只是台风带来的是肆虐破坏，而这场文化旋风吹起的却是天下第一书《红楼梦》荣光再现，魅力重展的勃勃生机和熠熠华彩！

主办机构负责人、赞助人、各位学者专家一一上台致辞，大家都情真意挚，为白先勇推广中华文化的努力和执着而动容。其中最叫人印象深刻的是画家奚淞的讲话。奚淞是白先勇超逾半个世纪的挚友，在读了白先勇的《细说红楼梦》后，却对这位老友有了崭新的认识。他说白先勇论"红楼"，就像后世专家把达·芬奇名画《最后的晚餐》慢慢拭拂干净，除垢去污，使其恢复原貌一般，尤三姐、琪官、晴雯等书中要角，随同个性鲜明的主角，都在小说家的仔细拭抹、悉心剖析下，一一展现出各自玲珑的本色；而白先勇最称道的环节，是宝玉最后出家的一幕——寒冬清晨，舟旁岸上，但见有一僧人，光头，赤足，白雪，红袍！此人向着贾政缓缓一拜，自此缘绝尘世，飘然而去！这一幕是多么令人震撼！坊间都说《红楼梦》后四十回是高鹗续作，不予重视，张爱玲对之尤为厌恶，而白先勇却独排众议，对程伟元和高鹗整理出来的一百二十回全本《红楼梦》推崇备至，认为是震古烁今的绝世杰构！白先勇此说，会不会遭受各家的围攻和抨击？作家对此坦然处之，因深信文学是心灵之学，就像当年撰写《孽子》一般，"我的心是个马蜂窝，所有人都可以进来！"白奚二人是知交，白先勇曾在《走过光阴，归于平淡——奚淞的禅画》一文中说过，"在熙熙攘攘的人生道上，能有好友互相扶持共度一段，也是幸福"；奚淞在结语中则谓，"以认识先勇为荣"。的确，认识白先勇，与有荣焉，这岂不是所有白氏友人共同的心声？

主角白先勇终于出场了。首先，他表示能够在台风前夕举办新书发表会，以文会友，看到各地好友云集，风雨故人来，内心无比感动、感激，认为是一种难得的缘分和福报。他曾经在美国加州大学圣塔芭芭拉分校东亚系授课二十九年，期间悉心教授经典名著《红楼梦》，退休之日以为自此飞鸟出笼，不执教鞭了，竟然把多年来认真备课的讲义丢弃殆尽。幸好二〇一四年台湾大学邀请白先勇开设《红楼梦》通识课，一连三学期十八个月由才子讲解才子书，使得台湾的莘莘学子，能有机会重新认识这部旷世巨著的精彩面貌。当天发布的新书《白先勇细说红楼梦》，就是台大授课的导读，"不仅对《红楼梦》的欣赏与理解，指出一条康庄大道，更带给读者对传统、对文学、对文化、对人生的感悟与启发"。

由于白先勇当年授课时所采用以程乙本为主的1983年桂冠版《红楼梦》早已绝版，作家乃积极募款，努力推动，终于促成了程乙本一百二十回足本的重新面世。发表会上嘉宾获赠的两套大书：《细说红楼梦》三册共一千零三十八页；经典"程乙本"三册共两千零四十七页，两套书加起来足足有七点五公斤重！

当晚的暖寿宴虽台风逼近，但是满堂宾客热情高涨，雅兴不减。风度翩翩的寿星公更是笑意盈盈，满怀欣喜。白先勇在典雅的中式礼服上挂了一块美玉，看来更具怡红公子的气韵和神采。坐在主家席上，趋势教育基金会执行长陈怡蓁和名书法家董阳孜中间的主人翁，开席不久，就在众友起哄下，与奚淞联袂高歌一曲，为大家助兴。早知道白先勇擅舞，不知道原来也能歌。当晚他唱了白光的《如果没有你》《魂萦旧梦》，还唱了闽南语歌曲《孤恋花》，一众好友也纷纷献唱贺寿，满堂宾客，气氛热烈，谁都不记得窗外的风风雨雨。坐在我身旁，从香港远道前来的实业家刘尚俭低声说："他原本就出自名门，是个贾宝玉、纳兰性德一般的人物！"

其实，他岂止是一位贵介公子，他更是个最具有悲悯心怀的认真作家。他最喜欢的头五部文学作品，依次为曹雪芹的《红楼梦》，陀思妥耶夫斯基的《卡拉马佐夫兄弟》，普鲁斯特的《追忆似水年华》，托尔斯泰的《战争与和平》，以及詹姆斯·乔伊斯的《都柏林人》。这些名著都是内容严肃，含蕴丰富的作品，触及人性的深处，生命的真谛，而白先勇自己的作品，虽然端秀精致，却也是如此沉重悲怆，令人读后心为之恸动！他矢志要借着写作，"把人类心灵中无言的痛楚转化为文字"，其作品的凝重深沉和性格的开朗乐观，是个强烈的对比，因而使白先勇其人其书形成了环顾文坛独一无二的完美综合体！

第二天七月八日，台风登陆，台北市虽然没有首当其冲，但全市休学休班，"国家图书馆"和世贸联谊社，自然也闭馆休业。只有一日之差，原定的两场盛会都可以碍于不测风云，消失于无形。白先勇常谦称，他推动的文化事业，全靠众人相助，天意垂成，也许是他的善心善行感天动地，故获得上苍的恩宠眷顾，连风也姗姗，雨也悄悄，使一切都顺利进行，圆满结束。

八号晚上，由董阳孜做东，白先勇邀约海外返台的友人共叙晚餐。

当晚我们欢聚五月雪客家私房餐馆，席上言笑晏晏，宾主尽欢，历时三句多钟，直至店家打烊，方尽兴而归。巷子口临别依依，白先勇送我出来，在身旁轻轻说："影响我一生，最贴心的两本书《牡丹亭》和《红楼梦》，总算都为它们做了些事，了却这辈子的心愿了。"

　　这次台北之行，前后两天，在各种场合见证了白先勇这位文坛巨擘的赤子之心，悲悯之情，旷世之才，渊博之学！大家对他期许甚殷，有人请他领军制作昆剧《红楼梦》，有人央他挥笔撰写长短新小说，种种要求，不一而足。对了，他才七十九，呈现前面的是辉煌的文化大业，无尽的契机奇缘，正有待这位跨媒体、跨艺术的大才去开创，去发掘！

2016 年 7 月 28 日

书香，自两岸飘送

暑热，开了冷气关上窗户的室内，闻不见窗外绿荫深处的蝉鸣。出门，累！不出门，闷！幸有两岸飘来的书香，冉冉轻放，沁人心脾。

六月下旬，罗新璋自北京来电，说是七月中将有香港之行。此行是代表柳鸣九来主持香港书展上的《柳鸣九全集》首发式，他邀我出席发布会，并在会上发表谈话。罗为知名翻译家，有傅译传人的美誉，更是相识多年的好友；柳为外国文学研究的权威，也是我一向敬重的前辈，有了这双重关系，尽管暑气逼人，又岂敢辱命！

在发布会上，罗新璋替我捎来了两册柳鸣九的赠书：《文学史：法兰西之韵》和《名士风流》。柳的学术论著，早已不时参阅，他的散文，倒是很少拜读，收到赠书就忙不迭翻看起来。

《名士风流》有个副题——《中国当代"翰林"纪事》，"翰林院"指的是"中国社会科学院"，而书中记叙的对象都是"人文领域中的名士大儒",如李健吾、卞之琳、闻家驷、钱锺书、杨绛等。打开书,当然先看《君子之泽,润物无声——心目中的钱锺书、杨绛》一文,因为对两位前辈不但认识,且十分景仰,故迫不及待想进一步了解柳鸣九与钱杨之间多年来的同事之谊,交往之情。

看过很多谈论钱杨的文章,从来没有一篇写得这么详尽细腻。在这篇洋洋四万字的长文中,钱的智者本色,杨的高雅气质,伉俪二人的学养风范,待人的宽厚慈祥,菩萨心肠等,都描绘得淋漓尽致。难怪老同学罗新璋笑言:"同样的材料,我来写,只有一两千字,给柳鸣九写,就可以发挥出几万字来!"阅读这位以"鹤鸣于九皋"为名,而享有"法国文学破冰人"及"萨特研究第一人"称号的学者之文,不啻是一帖夏日解暑的清凉剂!

六月中原拟赴台参加余光中翻译作品学术论坛,因事不克成行,诗人特地从高雄捎来最新的诗集《太阳点名》,并附上信笺说:"本月十二日第一科技大学之盛会,你未能光临,真是扫兴……我的最新诗集《太阳点名》原拟见面时面呈,现寄上求教。""求教"? 太客气了,"赐教"倒是不折不扣的事实。每次收到余先生的新作,都是一种心灵上的享受,展卷披阅之际,令人愉悦,也使人获益良多。

书名就取得妙，为何叫《太阳点名》？原来，诗人"专写春回大地，太阳来点澄清湖岸特有花树的名"。余光中不采平铺直叙的描述，而用生动拟人的手法，春天请太阳以"唯美的光谱主持点名的仪式"，于是，一串串粉红樱花，一朵朵黄金风铃，一球球火焰木，一簇簇羊蹄甲都纷纷应声报到，只见湖畔姹紫嫣红，一片斑斓，全诗洋溢着无比的幽默和喜悦！

在慵懒的午后读诗，不是为研究，不必写论文，随兴翻阅，率性浏览，就如在诗国诗境中自由行，因为心无挂虑，反而跟诗心童心贴近。喜欢诗集第二辑《唐诗神游》中的《空山不见人》。诗人说："空山不见人 / 但峭壁多回声 / 一声咳嗽 / 似远又似近……空山无人 / 才真是自在 / 鸟声，没关系 / 瀑布声，更没关系 / 但一声不明的咳嗽 / 就乱了整幅禅机 / 你说是吗，王维"。这首小诗，令我回忆起二〇〇六年跟诗人同游青岛崂山的往事。诗人童心未泯，曾经在山上购买鸟笛三枚，分发王蒙和我斗技吹笛作鸟鸣，忘龄三人组玩得不亦乐乎。小诗也让我想起去年与诗人同游西安参观兵马俑的情景。诗人所到之处，必定有主办单位邀请题字留念，当天也不例外。只见余光中在纪念册上提笔写道："一锄锄，找回 / 一个失踪的帝国 / 我似乎听见始皇在咳嗽"。《太阳点名》内容丰富，是余光中所有诗集中分量最重的集子。阅毕全集，令人看到的是一位热爱华山夏水，精神仍然抖擞，风趣幽默，豪情不减，"诗心仍跳，尚未老定"，才思敏捷，缪斯永沐的诗翁！

盛夏，幸有书香自两岸飘送，缕缕书香，恰似阵阵清风，轻轻吹来，缓缓抚平了浮躁起皱的心页。

2015 年 8 月 7 日

勤勉不懈"守夜人"

　　正月里，一连收到了两包邮件。在如今"言而无信"的年代，平时收到的多是账单、广告、银行信件，朋友之间只有短讯来去，不见鸿雁往返，于是，这两份来自高雄的邮件，宛然夺目，何况信封上填写寄件人和收件人处的字体端端正正，一丝不苟，更显得特别珍贵。一包是余光中教授寄来的新书，那熟悉的字体，苍劲有力；另一包则字体娟秀，寄件人是"范我存"。

　　余光中夫人寄来的是一套桌垫，大红的牡丹，配上鲜艳的翠叶，尽显喜气，是新春期间最好的摆设。去年底为祝贺师母八五高寿赴台造访余府时，偶尔看到府中摆放的红色椅垫，随口称赞了一句，谁知道师母就牢记在心，一日上街，见到花色相似的精品即买下寄来。余先生的那本《守夜人》则是他去年不慎摔跤后，在养伤期间仍勉力校阅完成的新书。两个邮包，看来是两老一前一后各自张罗的，从买到寄，不知道耗费了多少力气！桌垫摆上了，新书要用心细赏，两个信封，也会好好地收藏。

余先生这本《守夜人》是独一无二的杰构，有异于一般诗选，内容包括诗人的自选集，以及各首诗的自译，因此全书是以中英对照方式刊印的。精通中英双语的作家，自撰自译，按理说，应该驾轻就熟，事半功倍。有谁比作者更了解自己全神写作时的用心所在？有谁比诗人更擅长自己潜心吟诵时的造句遣词？因此，作家诗人自译，应比他人操觚更胜一筹。然而事实又是否如此？

余光中是深谙个中要诀的。他在《守夜人》第一版"自序"里谈到书中选诗准则时言："《守夜人》有异于一般诗

二〇一六年与余光中先生合影于高雄余府

选，因为译诗的选择有其限制……一首诗的妙处如果是在历史背景，文化环境，或是语言特色，其译文必然事倍功半。所以这类作品我往往被迫割爱，无法多选。"诗人明白自译作品，好处在不可能曲解原文，有所"误"译；苦处则"因为自知最深"，而由于两种语言、两种文化的隔阂实在太大，故再无论如何悉力以赴，也难以尽达原意。诗人为了弥补这种先天的缺陷，翻译时"不得不看开一点，遣其面貌，保其精神"，这大概是所有认真的译者，在翻译的过程之中都心领神会的妙诀吧！

《守夜人》初版于一九九二年，再版于二〇〇四年，当时诗人曾经宣言："感谢永远年轻的缪斯，尚未弃一位老诗人而去。"果然，其后余光中诗兴不绝，笔耕不辍，再经过悠悠十二载，于二〇一六年重新修订全书，发排了最新的第三版。这个新版经悉心增删，共编收诗歌八十多首，占诗人毕生总产量十四分之一。

披卷展阅，在赞叹诗人下笔烟飞云动，落纸鸾回风惊之际，如果悉心细赏，当会发现中英两种语文之间的差异，是何其巨大，而诗人为了使两者之间的鸿沟拉近距离，又何其用心！譬如说，余光中诗是最最善用叠词的，在《车过枋寮》一诗中，诗人用了大量的叠词："甜甜的甘蔗甜甜的

雨 / 肥肥的甘蔗肥肥的田"，"雨是一首湿湿的牧歌 / 路是一把瘦瘦的牧笛"等等，让人吟诵起来朗朗上口，并有歌谣的感觉，这些诗句一译成英文，除了重复用词，如"The sugary rain on the sugary plain... The juicy rain in the juicy fields"之外，也善用英文里的头韵（alliteration），如"The rain is a swishing sheperd's song/The road is a slender shepherd's flute"这种译法，是因为译者深谙在翻译的过程中，由于两种语言的转换，两种文化的抗衡，必有所失，也有所得，只要失得互补，有所平衡，就已经尽了翻译的能事了。又譬如中文里的量词多姿多彩，而余光中又是个中高手，然而在他脍炙人口的《乡愁》中，原诗中的"一枚小小的邮票 / 一张窄窄的船票 / 一方矮矮的坟墓 / 一湾浅浅的海峡"，这"一枚，一张，一方，一湾"，一旦译成英文，任凭诗才再高，文思再盛，也都得转换成英文里毫无个性的"a"！又譬如中文里的称谓一向复杂多变，《冰姑，雪姨》一诗的题目，用英文表达，也无可奈何地变成了"Aunt Ice，Aunt Snow"，而不再有"姑""姨"之分。

新版《守夜人》的封面上，附系了醒目的横条，诗人宣称："再过十二年我就一百岁了，但我对做'人瑞'并不热衷。所以这第三版该是最新也是最后的《守夜人》。"想诗人毕生孜孜矻矻，克勤克俭，冷夜里，孤灯下，以一支笔，守护着祖国五千年的瑰宝，让中国文字的净与美，能够伸展下去；中华文化的深与广，能够延绵不绝。

"最后的守夜人守最后的一盏灯／只为撑一幢倾斜的巨影／做梦，我没有空／更没有酣睡的权利"，诗人曾经如是说。如今在米寿高龄，余先生依然勤于译著，昂然以挥剑之态，手握健笔，勇猛前进。

让我们展卷之余，向这位苍茫中巍然独立、勤勉不懈的"守夜人"致以崇高的敬意！

2017 年 2 月 12 日

待人以诚，治事以敬

"你到了吗？还没能上房？先在大堂休息一会儿，我大约半小时后过来"，林文月在电话另一端说。她在台北的寓所跟我住的会馆很近，只隔一条街。大约三年前，她来香港时下榻的旅舍也在我家附近。更有一回，我们分别去东京，由于行程紧凑，原以为碰不上头，最后发现大家竟然不约而同订了新宿京王酒店，吃早餐时就可以见面交谈。这也是一种缘分吧，我想。

她来了，黑色长裤配浅绿上装，风姿嫣然，一如往昔。看见我，她体贴地说："就在会馆一楼有一家咖啡馆，人不多，静静的方便说话。"于是我们找到了安静的一隅坐下，她要我点丰盛的午餐，两人可以慢慢吃，慢慢聊。趁菜没上桌，我们掏出各自的著作交换起来。她送我一本纪念《源氏物语》诞生一千年的作品《千载难逢竟逢》，我送她一本近作《笑语千山外》。两本几乎一样开本的书放在一起，都是紫色的封面，分别附有作者的照片。"好像啊！真的好像！"她轻抚着书页频说。

接着我们天南地北、无所不谈地聊起来。她告诉我前一天正好得了由"日本交流协会"颁授的奖项。这一回得奖的还有翻译《平家物语》的郑清茂。郑与林是当年台大中文系的同窗，两人在校时期就开始日译中，以为工读。"这次能够跟老同学一起得奖，比自己一个人得，还开心得多"，林文月由衷说道。问起在美国的生活，得知她一切如常，平日与学者友人如张洪年、李林德等时相往还，彼此照应，倒也闲适，反而每次回到台北就忙得不可开交。由于两天后她就要回美了，我趁这次回台参加由笔会主办的"纪念严复诞生一百六十周年文学翻译研讨会"之便，特地于十一月二十八日提早一天抵台，跟她会面。我们畅谈了足足三小时，"把三年来要说的话都说了"，这是林文月的感叹。想董桥知道了一定会羡慕不已。

终于过了三点可以入住了。林文月见到文教会馆没有行李员，坚持要帮我一起把行李搬去房间，再合力抬上行李架，接着又替我校好空调，洗净水壶，装满水，插上插头，这才放心离去。

十一月二十九日晚，彭镜禧教授设宴邀请外地来客，由于大陆学者罗新璋、许钧等均因事未能成行，饭局上的宾客只有我和主讲嘉宾余光中教授两人。这一回余师母因腿伤未愈，不能同行，余先生竟是独自一人坐高铁自高雄前来的。当天得知余先生刚和齐邦媛教授两人同得了行政院的文化大奖。第二天十一月三十日就是会期，余先生和我相约共进早餐。由于前不久应邀撰写余光中译德译绩一文，我正好在餐桌上向余先生讨教有关问题。余先生认为文学翻译到了更高的层次，不是讨论对错，而是在乎如何体现原著风格的问题，这也就是他当日所要发表论文的主题。十点一刻，我们在彭教授的带领下，一起前往会场，车程中，大家对当今文坛译坛欧化语泛滥成灾的现象不胜惋惜。

余光中的主题演讲一如惯常般内容丰富，条理分明，最难得的是这次把两篇从未刊印过有关翻译的英文论述披露出来，其中一篇是答词。这篇文情并茂的答词，乃余先生当年在我担任香港翻译学会会长期间领受学会荣誉会士衔时所撰的。年过八旬的诗人，在整天的会议中腰板挺直，全神贯注，直到五时过后，才提起沉重的公文包，独自上路，返回中山大学，以迎接第二天繁重的学术生涯。

赴台之前，林青霞与我相约，我们要在十二月一日星期一下午去台湾大学听白先勇讲《红楼梦》。她千叮万嘱，这次专程来台听课，要我事前保密，只跟白先勇说与友人数名结伴，以便到时给他一个惊喜。当日下午天色阴沉，气温骤降，但是一行人依然兴致勃勃，如约前往。车子进了台大，青霞跟同行的女儿说："好好看看校园，这是我当年考不上的大学。"我心想幸亏如此，否则中国影坛上就少了一颗天皇巨星！

三点半的课，白先勇三点钟就到了。推开休息室的大门，跟白老师打声招呼，我们就匆匆退出，到课室静候。我深深明白一个认真严肃的教师在课前必须凝神屏息，好好备课，哪怕这门课他已经传授多年，已经耳熟能详，至于寒暄待客的事得在课后才能处理。旁边的讲堂足可容纳四五百学生，听说报名的有两千人，向隅者众。那天白先勇讲及的是《红楼梦》第六十六到六十八回，足足三小时的课，把尤氏姐妹的悲楚哀怨，酸凤姐的泼辣阴险，讲述得绘影绘声，淋漓尽致，说到动容处，眉宇中透显悲悯，声调里流露真情，偌大的讲堂鸦雀无声，瞬息间使听者悠然神往，不知身在何处，仿佛已超越时空，回到了数百载前的岁月。

旅台四日，先后与多位好友相晤相聚，时短而情长，念及他们对人的诚，处事的敬，特为之记。

2014 年 12 月 12 日

有缘一线牵

——林青霞探访季羡林的缘起与经过

二〇〇七年十月上旬，白先勇监制的青春版《牡丹亭》要在北京国家大剧院上演了。为了这桩盛事，昆曲义工团的团员都在各尽其能，倾力相助。

"喂！青春版《牡丹亭》要在北京上演了，你要不要去看？"一通电话过去，对方略为沉吟。

"这次是在国家大剧院上演，这号称'巨蛋'的剧院，还是首次对外开放呢！"对方仍然犹疑未决。

"到了北京，我们晚上看戏，白天一起去拜访季羡林、杨绛两老好吗？"

"好呀！我去我去。"

这就是赴京前，我跟林青霞之间的谈话实录。

对青霞来说，昆曲是中国文化的瑰宝，她极想欣赏及进一步了解，白先勇更是多年好友，当然乐意支持及打气，尽管如此，青霞前不久刚从山东还乡之旅归来，行装甫卸，倦意未消，原来拿不定主意，可是一听到季羡林、杨绛两老的名字，就如魔术一般，马上变得精神奕奕，随即又兴冲冲踏上赴京之途了。

青霞曾经告诉过我，四十岁之前，她忙于拍戏，晨昏颠倒，看书的时间不多。息影之后，生活极有规律，她不但开始看书，而且越来越爱书。朋友知道后，都会纷纷把好书介绍给她，而她自己看了好书之后，也会买来赠送友人。

几年前，我送了一本杨绛翻译的《斐多》给青霞。这本书是杨绛在钱锺书过世后，于极度哀痛中开始翻译的疗伤之作，书成付梓之时，正好是钱先生的周年忌辰。《斐多》讲述的是苏格拉底受刑之日，在服鸩前与众门生讲述生死之道的事迹。原以为这一本严肃的书，未必会引起青霞的兴趣，谁知她看了头几页就深深受到吸引，一口气念完后还就买了几十本送给她所有的好友。这以后，她开始接触杨绛的其他作品，包括《干校六记》及《我们仨》等。杨先生隽永精致的风格、炉火纯青的笔法，令她折服，自此，杨绛的名字，在我们不时的茶聚中，经常会出现在青霞的口中。

有关季羡林教授的作品，更有一段渊源。二〇〇二年冬，香港中文大学决定颁授荣誉文学博士学位予季羡林教授，那年十月，我前往北京专访季老，以便撰写校方颁授典礼上的赞辞。事前，我曾经在图书馆中借阅季老的作品，谁知馆藏的竟有一百多种，有专著、有译作、有论述、有散文，林林总总，不一而足。为了不辱校方委托的使命，即使难窥全豹，总也得翻阅五六十本啊！季老的专著，就如肃穆的书斋，季老的散文，却似缤纷的后园。每当我在书斋中沉浸时久，就会到后园中去溜达观赏，发现此中姹紫嫣红开遍，往往使人流连忘返。"我生平最讨厌论理的文章。对哲学家们那一套自认为是极为机智的分析，我十分头痛。……我喜欢写的是抒情或写景的散文，有时候还能情景交融，颇有点沾沾自喜。"（季羡林：《病榻杂记》，香港，和平图书有限公司，2006，页26）就因为如此，季老的文字，层次井然，节奏分明，一字一词，质朴而优美，下笔如潺潺清泉，自心中自然流溢而出。

二〇〇五年，我把所撰的四十多篇赞辞，择其部分，结集出版，由高克毅先生为我取名为《荣誉的造象》，其中每篇赞辞之后，更附以一篇侧写，把准备及专访过程中，最令我感动的点点滴滴记录下来。我在描写季老的那篇文章中写道："在人生的漫漫长途中，季老既走过阳关道，也跨过独木桥，如今洞悉世情，看透一切，最珍惜的是人间真情意与真学问。"这本书在天地图书公司举行新书发表会时，青霞在百忙之中也抽暇出席了，她那天一如往常，素净打扮，静静坐在来宾席上，于四壁皆书的环境里，沉浸在浓厚的文化氛围中，根本浑忘了自己是万众瞩目的巨星。

常言道"文如其人"，然而事实未必如此。文坛上下笔仿似恳挚而为人实则矫情的例子太多了，简直是不胜枚举。以季羡林教授当今的地位，他原可以高高在上，唯我独尊，可是在他的作品中，可以见到的却是对生命的喜悦，对自然的礼赞，对猫、对花、对孩子的关爱，对医护人员的感激，以及对故人挚友的怀念。他讨厌的是虚情假意、沽名钓誉。就是这种胸襟，这种气度，触动了千万读者的心，也引发了青霞的孺慕之情。

近年来，青霞开始写作。她的每一篇文章，词藻朴实，篇幅不长，却都是自出肺腑的真诚之作。她写故友黄霑，写好友徐克，描绘的人物只要三言两语，就栩栩如生，呼之欲出，让人看后发出会心的微笑。她也写参加文化之旅的感想，如《小花》《家乡的风》，在字里行间每每渗透出对人生的感悟。她写的《父亲》，撰述对亡父的亲情，更是情真意挚，令人动容。青霞是个要求完美的人，律己甚严，每次写完文章后，必定会求教于身边好友，除此之外，她更不停躬身自问："我这样写行吗？见得人吗？哪些地方还需要改进？"为了鼓励她，朋友们会纷纷提出意见，想方设法为她打气，于是有一天，我给了她季老描述爱猫的那篇散文。看完之后，青霞高兴得如获至宝。她说："原来季羡林这么鼎鼎大名的学问家写文章都这么亲切，这么诚恳，那我可以放心向他学习了。"此后，青霞就孜孜不倦地谈起《牛棚杂忆》以及季老其他的文章来。

季老今年生日的前几天，青霞在报上看到了他的消息，恭恭敬敬地在一张生日卡上写了祝贺词，然后跟我一起签了名寄去北京。信寄出后，我说不如我们找一天去北京拜访季老吧！青霞却道："不知道他认不认识我，肯不肯接见呢！"

十月初决定赴京后，为了确保万无一失，我赶紧打电话去南京找译林前社长李景端先生为我们安排一切。说实在的，我知道季老目前正在住院疗养，但弄不清楚探访的手续如何。我曾在北大朗润园专访季老，几年前又在北京与季老的助手李玉洁大姐晤面共膳，谁知现在李大姐自己也患病入院了。多亏李先生的联络接洽，我们探访季老的心愿终于顺利达成了。（杨绛由于外游未返，此次缘悭一面）

行前，青霞忙于准备礼物。对朋友，她一向心细如发。对长辈，她更加无微不至。这使我想起几年前她为她父亲筹备生日宴会的情况。她为父亲订酒席、买新衣、准备致送客人的礼物，还亲自作词，央刘家昌作曲，谱成《只要老爷笑一笑》的曲子，让两个女儿在席间对着外公献唱……这一次，她亲自去连卡佛挑选了一条米色的围巾，希望从遥远的香港，给北方的季老送上温暖，她更带上了电影《东方不败》的盘片，上书"您才是世界的东方不败"，献给这位在学林与文坛上，如松柏常青的世纪老人。

到北京看完青春版《牡丹亭》的首晚演出，第二天下午，我们就依时去了 301 医院探访季老了。青霞跟我两人不

二〇〇七年于北京 301 医院探访季羡林

约而同，都穿上了鲜色的衣服。青霞一向喜欢素白，但为了老人，她要带上喜气洋洋的感觉。秋高气爽，温度适中，在驱车前往的途中，我们都怀着兴奋的心情，期待着与季老会晤的时刻。

季老的病房，与我想象中相去不远，床侧有书架、书桌、字画、照片与盆栽。午后的阳光，暖暖照射在小室，倘不是那张置于房中的病床与种种医疗仪器，几乎使人产生置身家居的错觉。

季老早已端坐在小桌前等我们了。招呼过后，李景端问季老知道来客是谁吗？季老望了望青霞开口道："全世界都知道。"好像在说，这样的问题未免太逗趣了。这时候，助手杨锐抱出了厚厚三叠书，是季老事前早已题签好，分赠给来客的宝贵礼物，包括最近出版的《真情季羡林》《病榻杂记》《季羡林说自己》等。青霞也捧出自己准备的礼物，见杨锐代老人收下了，客客气气收在一边，她立即要求季老打开，体贴地亲自替季老围上。杨锐说，早前还带着季老到医院外吃过一顿饭。那么，这条柔软的开司米（cashmere 的音译，山羊绒的俗称）围巾，在天气渐凉的北京，季老下一趟出门溜达的时刻，不正好派上用场？

大家与季老之间的交谈，由此自自然然展开。青霞最念念不忘的是季老的真性情与真学问。李景端提到季老在《病榻杂记》中说过要摘掉三顶帽子，即"学术泰斗""国学大师"与"国宝"；而青霞平时在言谈举止之中，也从来不以"大明星""大美人""演艺天才"自居。我在心中想，真正有成就、有才华的人物，何其像也！他们必然是虚怀若谷、毫不自满的。季老在各种作品中，经常提到"天人合一"的理念，并提到人与自己、与社会、与自然都要达致和谐。季老说："良知，就是自知之明。"这时，我插一句说："也就是苏格拉底求神谕时所得的答案'know thyself'。"季老点头称是。我记得青霞最喜欢这句话，有一次在闲谈时，曾经把"know thyself"抄录下来。这次从季老口中听到印证，一定感悟更深。季老接着说："良知，就是知道自己的能力所在，不要不自量力。"

我们轮流要求跟季老合照，季老都一一含笑欣允。接着，季老对我说："你也是搞翻译的，我们是同行呀！"于是，他又让杨锐去取出《季羡林论翻译》和《非凡人生——季羡林》两种书送给我们，并逐本为我们签名。这时青霞忽然说："季老，我可不可以摸摸您的手，沾一点文气？"我看到她用双手握住季老的手，就如虔诚的信徒，满怀敬意与真情。这时，我忽然想起青霞怀念父亲的文章——年幼时，父亲牵着她的小手，对她呵护备至；父亲年迈了，她牵着父亲的大手，反哺尽孝。事后，我读了季老的《病榻杂记》，才知道他当初进301医院治疗时，就是因为饱受手脚发炎之苦。他曾经因为双手起泡，不敢与人握手，不肯伸手照相，"我一听照相就觳觫不安，赶快把双手藏在背后，还得勉强'笑一笑'呢。"（《病榻杂记》，275—276页）那么，十月九日午后，看到季老的双手细润光泽，季老的笑容开朗自然，这一幕，超级美人向世纪老人握手讨文气的场景，岂非更加难能可贵，令人欣悦？

意气相投、真挚诚恳的有缘人，尽管地处南北、年龄悬殊，冥冥之中，总有一线相牵，让彼此相遇，相晤，进而相交、相知。但愿美丽的人与美丽的事，不断在世间展现、搬演，令这个世界美好胜昔。

最后，谨以季老的一首美人诗，为本文记述的美事作为总结：

中华自古重美人，西施貂蝉论纷纭。

美人至今仍然在，各为神州添馨淳。

2007年9月14日

白金双林会

（一）

去年年底，林文月来电说，今年初她会来香港一趟，我们又可以见面了。我把消息告诉林青霞，她听罢显得跟我一样兴奋。

跟林文月相识相交三十年，是学术圈文化界的挚友；跟林青霞认识超逾十载，虽然圈子不同，却因性情相投，成了无话不谈的好友。而林青霞跟林文月无论在公在私，都素未谋面，尽管她们都来自台湾；尽管一位是公认的大才女，一位是公认的大美人，在众人（各自崇拜者）心目中，地位都无可比拟。

"林文月来了，她几时有空？我们见个面吧！"青霞兴冲冲地提议。她是在文字书籍里认识林文月的。自从开始写作以后，她爱上了阅读，总觉得自己根底不厚，要在名家的作品里吸收养分；每次看完什么文章，就会来电讨论，通常是凌晨过后夜阑人静时。她最喜欢的作家是沈从文、杨绛和林文月，欣赏他们朴实无华的文风，真挚细腻的感情。林文月的《午后书房》，她看了；《饮膳札记》，也看了，书柜上还放着《作品》，至于大部头翻译巨著《源氏物语》，则准备拨出空当，静下心来时，才好好拜读。

约林文月见个面？怎么约？我心里头琢磨着。自己跟文月是一定要会晤的，但是在她来港出席文化活动之余的有限闲暇里，要抽出时间来跟一个素未谋面的朋友相见，弄不好

二〇一六年白金双林会

会变成应酬，我怎么忍心给她施加无形的压力呢？于是，频频去电台北，询问她来港的日程与安排。文月说，现在女儿思敏变成她的贴心秘书了，一切由她接洽联系，就这样，又跟思敏通上了电邮。

台湾目宿媒体的《他们在岛屿写作》这次要来港宣传，由于规模宏大，活动频密，所以安排方面也是繁复多变的，几乎每天都在不定的状态之中，连当事人也往往弄不清楚。思敏的电邮，跟目宿负责人的电邮常有出入，加上香港光华文化中心的参与，情况更一日一变了。

这边厢，青霞在兴高采烈地悉心安排，"一月七号活动完后来我家晚餐吧！"她说要叫最好的厨师到会，准备最好的红酒待客。当然，还要邀请一起来港的白先勇共聚。那边厢，林文月来港后到底哪天有空？会不会愿意做客？完全不得要领。电话来来回回，电邮往往返返，穿梭联络于双林之间，心中不免有点焦灼，这情况似曾相识，不由得想起了十年前的一桩往事。

那一年香港翻译学会成立三十五周年，我正好出任会长，为了会庆，为了郑重其事，特地举办了一连串活动，包括一系列的学术讲座，并邀请名家如林文月、龙应台等来港出席。记得那是五月的某一天，正准备去机场接文月，电话响了，是青霞打来的，声音低沉沙哑，哀伤之情难掩。她说父亲在台湾过世了，而她因为家里装修，暂住在香港半山的一座公寓里，说连日来心情落寞，想见见我。听完电话，抬头一望时钟，我跟先生说："你赶紧开车去机场接林文月，我这就去看林青霞。"于是，我们兵分两路，夺门而出。

以往，每次邀请林文月来港讲学，无论主办机构谁属，都是我们夫妇俩亲自去接机的。文月到现在还记得："你的先生 Alan 真好，每次把我接上，行李还放在车厢里，就让我们争取时间去逛街了，你总是叫他把车停在会所去打球什么的，耐心等候我们好半天。"那天，Alan 一人前往接机，想必让文月感到过意不去，不知谦逊的她和腼腆的他在车上曾经怎样交谈礼让呢！

在青霞暂住的公寓里，看到形容憔悴的她，相对良久，都不知道该怎么开口去安慰痛失至亲的好友。终于打开话匣子了，她说要为父亲好好办理后事，但不知道在追思会上该说些什么，然后她开始缓缓诉说着和父亲相处的历历往事。"小时候，我总是蹲在眷村的巷口等爸爸，他一回来，我就扑上去抓住他的大手，"说时眼神迷茫，似乎失落在遥远的时空，记忆的雾霾中；"后来，伯父老了呢？"我轻轻问她，"啊！那时候，是他牵着我的手了！"不久，青霞就写出了动人心弦的《牵手》，文章里描绘着："最后一次陪父亲到中山纪念馆去散步，父亲紧紧地握住我的手，脸上呈现出来的神情既温暖又有安全感，就仿佛是我小时候握着父亲大拇指那种感觉一样。"

最近重读文月的作品，看到了她说起另一半的文章："很多年以前，我遇到一双赤手空拳的手，那双手大概与我有前世的盟约。"看完内心触动，有谁可以把宿世的姻缘说得这么含蓄而真挚？如今，这两位分别以"手"的意象来书写至亲之间父慈女孝和鹣鲽情深的作者，即将越洋相逢，握手言欢了，岂不是一桩让人期盼的美事？而我在促成其事的过程中，不免会小心翼翼，唯恐不周。

（二）

终于约定了——这双林之会的日期与时间。

日期定在一月七日台湾名作家来港出席香港大学文学座谈会的当天，时间是座谈会后约九时左右。形式呢？晚宴太迟了，不得不改为消夜。

傍晚时分，先去青霞处会合，等她打扮停当。平时性格低调、穿着素净的她，每次要见心仪的文化界前辈时，总喜欢穿上讨喜的鲜色，拜会季羡林时她穿鲜绿，探访黄永玉时她穿大红，那天，她穿上红绿相间的外套，配上翠绿的长裤。

座谈会开得精彩，气氛热烈，时间也久。好不容易散会了，作家们步下舞台，这一边，香港大学的工作人员立即上前，团团包围，簇拥林文月母女而去；那一边，白先勇给书迷重重围拢索求签名，忙得不亦乐乎，良久不能脱身，使台下等待的青霞与我有点顾此失彼，措手不及。忙乱一番，终于把客人找齐，在夜色苍茫、寒风凛冽中，白先勇、林文月及女儿郭思敏，加上我，坐上主人家一早准备的七人车，登山而去。

青霞待客的消夜设在她的"半山书房"，这是她最近才装修完毕的雅舍，专用来招待友好。雅舍由张叔平负责室内设计，线条简约，陈设舒适，柔和的灯光下，可以瞥见四壁悬挂的画作，有张大千的仕女，常玉的水彩，还有吕寿琨的荷花。窗外是视野辽阔的维港夜景，掩映在半山的薄雾中仍显得璀璨明亮。

一进门，青霞就殷勤招呼客人，一会儿斟酒，一会儿倒茶。明知道她一向喜欢朋友，也曾介绍她先后认识董桥、傅聪和余光中各位学术文化界名家，但是从来没有见过她像当晚那样忙进忙出，片刻不停，生怕怠客。看来，她真的很在乎当晚的贵宾，连消夜的菜式都费煞思量，曾经想过准备鲍参翅肚，又以太刻意而改变念头。结果，她以饺子、炒面和家里的名菜来招呼客人。那饺子原是台湾的出品，小店当年经她一捧场，立即门庭若市，如今都开设分店到香港来了。虽然来客都很满意，主人频频说这饺子还是不够台湾空运来的好，又不断为炒面不够水平致歉，接着还搬出了大堆瓜子来佐酒。这种瓜子特别香脆，白先勇说一吃就停不了。青霞一听大乐，告诉大家这是前一天特别从楼上邻居那里要来

二〇一七年与林青霞合影于中文大学何善衡书院

的，神情喜滋滋像个受了夸奖的小女孩。

五人围坐在圆桌上，慢慢说，轻轻聊，天南地北无所不谈，气氛随意而闲适。突然，青霞用手指着我，开口问文月："为什么她老是说你很害羞？""我的意思是低调。"我急忙解释。"哪里！你是说过害羞啰！"她可偏偏要拆穿我！文月却不以为意，其实，温文有礼、谦逊优雅的她，从来不喜欢炫耀夸张，为人真挚诚恳，下笔含蓄细腻，连回到二十年前居住过的京都也会心中"情怯"，连跟暂居一季的西雅图都刻意保持冷漠，"怕走时徒增眷恋之情"。这样一位文心婉曲、情思细密的女性，在言行举措中，有时也许会让人觉得她秉性内向羞怯吧！

于是，"害羞"就成了桌上的话题。白先勇说自己中学时代非常害羞，木讷寡言；林青霞说自己一向十分怕羞，不敢面对群众。"那你为什么要去演戏？"思敏不解地问道。"我喜欢演戏，因为可以幻化成各式各样的角色，而不是在演自己"，这是青霞的解释。听说历来中外的杰出演员，多半是很怕羞的，包括香港的梁朝伟在内，大概是因为对自己要求很高，一切都期望完美的缘故。其实，演员在扮演他人，忘乎所以的时刻，跟作家专注伏案，振笔疾书，进入忘我的创作状态时，大概也心境相近，神情相若吧？

眼前的双林，一位是著作等身的名作家，最近为台湾目宿媒体拍摄了一部叙述个人写作生涯的影片；一位是拍片百部的大明星，近年写作出版了两本剖析内心世界的文集。邀请林文月拍片，绝非易事，本来不愿意出镜的她，三年来经两位导演锲而不舍地游说，持之有恒地追访，才首肯摄制《读中文系的人》。网上记载，文月曾经说："我是林文月，不是林青霞。我不是演员，我演我自己，可能演得更不好。"此话不知是否属实，假如真有其事，文月说时，当还不认识青霞，哪里知道这位演戏经验丰富的巨星，原来觉得最难演的角色就是自己，直到去岁，年届六十的她才开始真正释放自己，接受自己，在参加真人秀《偶像来了》的过程中，坦然在公众面前展现自我。而另一方面，要鼓励林青霞在繁忙的日常生活中摈弃一切，潜心写作，也并不容易。这些年来，眼见她才华渐露，进步神速，总希望她继续向前，笔耕不辍。经常以名家之言共勉，而青霞最受用的一句话，就是林文月的名言："我用文字记下生活，时过境迁，重读那些文字，惊觉如果没有文字，我的生活几乎是空白的。"不错，哪怕拍摄了一百部影片，饰演的都是他人的形貌，而真正的自我世界，绵绵情思，款款心曲，不托付文字，沾染墨迹，他日韶光流逝，又何处留痕何人知？

　　林文月的《读中文系的人》上演时，我和青霞结伴共赏。跟她一起看过不少电影，从来没有见她这么入神，这么专注。目宿的赠券近在第二排，抬头仰望得十分辛苦，开场后十分钟，发现最后一排还有两个空位，我们急忙起身换位，拾级向上时，青霞一步一回头，连银幕上的一分一秒都不愿错过，眼前的她，的确如笔下文章《你现在几岁》中所说，是一个卸下包袱、虚心求教的"新生儿"；而银幕上的林文月却演得从容自然，戏如其人，人如其文，戏里戏外，都是真我。

　　两位好友，她，有才而美；她，美而有才。前者人淡如菊，后者清丽脱俗，使人不禁嗟叹上天的不公，为什么历来才女美人皆姓林？林徽因，林海音，林文月，林青霞，还有那绛珠仙草林黛玉？

　　无论如何，能安排才情绰约、蕙质兰心的双林在香江聚首，相见言欢，诚为佳话，而当时白先勇和我都在场见证，可说是一场"白金双林会"，特为之记。

2016 年 1 月 31 日

未必可忧，安知非美

——怀念"散淡的人"杨宪益先生

　　十一月初，原定去北京参加中国译协的第六届会员代表大会，开会倒次要，主要是想去什刹海小金丝胡同看杨老，两年没见，惦着他。结果，因事忙未能成行。十一月中，搬出一堆杨老的赠书以及历年来跟他的合照，放在案头，想写一篇纪念乃迭的文章。一晃眼，她已经去世十年了，杨老一个人不知怎么挨过来的。文章写完后，得打个电话告诉他，心里这么想着。

　　还未动笔，看到多本赠书中杨老的题签，不禁莞尔。他一会儿叫我"兄"，一会儿称我"嫂"，有时只写名字，又有时却称"同志"，各种上款，多姿多彩，尽显赠书人活泼跳脱的性格。这位千杯不醉的酒仙，原来在四岁时就曾拿家中一瓶上好白兰地去喂鱼，结果把一池金鱼给活活醉死。我再看照片，照片不少，二〇〇七年冬拍的那批真有意思。杨老坐在一张大红沙发上，精神奕奕，看来已从前些年的一场大

二〇〇七年与杨宪益先生合影于北京杨府

病，恢复了元气。问他还喝酒抽烟吗？他答得很神气，"烟照抽，酒还喝一点"。的确，医生下令严禁的事，怎么管得住向来视清规戒律如无物的杨老？问他拍张照好吗？他从来不会拒绝，这回，却出了个新点子，他叫我别站在后面，或坐在旁边，就跟他一起挤在单人沙发上吧！拍完照，杨老俏皮地说："这照片，你先生看了会不会吃醋？"他的顽童本色又回来了。看到杨老显出多时未见的开朗笑容，我的心也踏实些。一九九四年他跟乃迭来中大讲学时，曾经给我看过他生日时写的一首诗："逝者如斯亦等闲，虚抛七九不相干，黄河终要归东海，前路还须二十弯"，那是他七十九岁时写下的豪语，以二〇〇七年冬他九十二岁的情况看来，前路应该还有许多弯呢！

十一月二十三日下午，正在忙着，《明报》记者忽然来电，告诉我杨老走了，万想不到的事！当时心中黯然良久，叹不该不去北京，懊不该不早几天跟他通个电话。一切都太晚了，想念他竟变成了怀念他。

跟杨老相识在上世纪八十年代中。那一次，香港翻译学会的执委组团去北京访问交流，结识了许多译界名家，包括萧乾、叶君健、钱锺书、杨绛，当然，还有鼎鼎大名的杨宪益和戴乃迭伉俪。别的名家都只在会上交流，不知怎的，我们一行人居然给邀请到杨府做客。那时候，杨宪益夫妇住在外文局百万庄的宿舍里。客厅不大，但布置雅洁，墙上挂满了名家字画，长几上放置着大小不一的美石。甫相识，杨老就显得特别好客，让我们一人挑选一块他的收藏珍品。我挑的那块玉石，如今还安放在书架上，多年来一直伴着杨老的著作，光泽温润幽微。

一九八六年，香港翻译学会颁授荣誉会士衔给杨宪益与戴乃迭，由我撰写赞辞。当时，我曾经写道："四十多年来戴乃迭女士与杨宪益先生不但在生活中同甘共苦，在译事上更合作无间。……翻译恰似一座桥梁，一端为原文，一端为译文……翻译时如能有两位分别以原文及译文为母语的专才，而彼此又精通对方的语言，就好比两员猛将，各镇守桥梁一端，互相呼应，彼此声援，则译起来必定更加得心应手，译出的作品亦必定更精彩传神！戴乃迭女士与杨宪益先生以中英文学的高深造诣，夫妇同心的合作精神，携手同步于译途之上，诚然可说是中国译坛史无前例的天作之合！"我当时觉得杨与戴珠联璧合，两人不但译著丰硕，译途也应该一片平坦吧！直至数年后杨宪益伉俪再次来港，经盈月相聚，多次畅谈，我才真正体会到他俩毕生耕耘译坛所历经的辛酸与坎坷！

一九九四年初，我向中文大学新亚书院提出申请，邀请杨宪益伉俪分别以"新亚书院龚氏访问学人"及"明裕访问学人"身份来港作为期一月的访问。杨老与乃迭来了，大家都很兴奋。那整整一个月，除了演讲、交流等种种正式活动，我们有许多共聚的时光。杨老跟我谈了很多，包括他的生平、经历、译绩、人生观等等，当然，最有意思的还是那许许多多穿插其中的逸闻趣事，令我至今仍回味无穷。

那时杨老与乃迭住在大学的宾馆。通常，在没有活动的日子，中午我给他们做了三明治送过去，晚上，他们过来我家坐坐。饭前饭后，杨老会跟我讲故事。他总是点一支烟、慢悠悠地细说从头。问他跟译事结缘五十年，心得如何，他说："岂止五十年，在天津念中学时，就喜欢逛外文书局，十六七岁时，还把弥尔顿的诗《欢乐颂》和《沉思颂》译成中文古体诗，还翻一些朗费罗、爱伦坡的东西。"杨宪益出自名门，父亲是天津中国银行的行长，杨是家中的独子，自小在姐妹群里长大，可说是"现世贾宝玉"。幼年时家中请了塾师来教四书五经，给他打跑了四个。后来，请了第五位，除了教古书，还教他作诗，杨不到十二岁，就写了一副对联歌颂春色："乳燕剪残红杏雨，流莺啼断绿杨烟"，大受称赞。上了中学（新学书院），由于是教会学校，一切课本都用英文，家里又替他请了一位教英、数的家庭教师，早熟的公子居然还跟女老师闹了一场恋爱。在高中时他读遍名著，平均每天读一两部，到中学毕业，早已中英兼通，运用自如，为日后成为翻译大家打下了扎实的基础。

凡是认识翻译本质的人，大抵都知道，中译外、外译中是两种不同的才具，一般译家只涉其一而不能兼擅其二，杨宪益是个少数的例外。中学毕业后，他自费去牛津进修，攻读的居然是拉丁文及古希腊文学，问他学习生活如何，他坦然说:"我不是个好学生,平日常跟朋友喝酒、玩耍,考试倒没什么问题。"他说得倒轻松,其实,当年到英国之后,他可是只补习了五个月拉丁文和希腊文就考上牛津的。校方得知他的背景,大为惊奇,着他再去补习一年,才可入学,谁知这一年,他倒用来到处旅行,还买了头等船票在地中海遨游,一直逛到埃及去。很难想象,在我尚未出世的年代,眼前的译家,早已周游列国,足迹遍全球了。他是在上世纪三十年代初先坐船经日本、夏威夷,绕道加拿大、美国,再去英国负笈的,船上还有英籍老师随行,到英国后又有闲暇再游欧洲,这种年轻时就行万里路增广见闻的际遇,读万卷书涵泳今古的学养,环顾中外译坛,实属少见。以才学超卓论,钱锺书也许足以相比,钱当年跟夫人杨绛也一起在牛津攻读,但他并不算是真正的翻译家,而且也比杨年长。杨宪益当时是众人的学弟,大家都叫他"小杨"。

虽然年轻,不久杨宪益却当选为中国学生联合会的会长,并且邂逅了英籍的金发姑娘戴乃迭,两人一起听课,后来,杨决定选修英国文学,戴则成为牛津大学攻读中国文学荣誉学位的第一人。在牛津时,杨宪益就为抗日宣传不遗余力,一九四〇年毕业后,立即返回祖国,投入抗战的行列,多情的乃迭追随未婚夫同返中国,自此,在遥远的异域落地生根，跟夫婿展开了日后波澜壮阔而又磨难重重的翻译之旅。

一九四三年，杨宪益在四川北碚加入梁实秋主持的国立编译馆，开始翻译《资治通鉴》的工作，那一段日子，虽在抗战时期，生活却较为安定，业余结交了许多文化界的朋友。当时，他还翻译了钱穆的《中国文化史稿》，因纸张缺乏，没有出版。四五年日本投降，四六年举家迁回南京，一九四九年，中国政权更迭，就像大多数爱国心切的知识分子一般，杨宪益不受域外高薪厚禄之诱，坚持留在中国。五二年调往北京，随后加入外文出版社，从事中国古典文学的翻译。"我们两人就一起在那儿工作，一晃就是几十年。每次遇上政治运动，挨挨批评，做做翻译，就这样，跟翻译结缘五十年。"半个世纪的业绩，在杨老口中，就如此轻描淡写地总结了。

每次提到翻译，杨老总是虚怀若谷，曾经自嘲为"卅载辛勤真译匠，半生漂泊假洋人"，可是他与夫人合作英译的经典名著无数，包括《诗经选》《楚辞》《史记选》《宋明平话小说选》《老残游记》《儒林外史》《红楼梦》，关汉卿《戏剧选》及《牡丹亭》节译本，昆曲《十五贯》，京剧《打渔杀家》《唐宋诗选》等，译作总字数达几千万之多，问他到底有多少字，他却道既说不清，也记不得，连自己毕生的译著表也没有一张，这一方面固然是杨老生性淡泊、为人洒脱使然，另一方面也是生逢乱世、长年坎坷所致。譬如说，"大跃进"时代，上头要求什么都"翻一番"，于是本来一个月译三万字的，就得译六万；本来译六万的，就得译十二万。鲁迅的《中国小说史略》就是两人合作，于一星期之内匆匆译完的，所幸，外国的评论相当不错。又如古典诗的翻译，也必须以"人民性"为标准，不符标准的不能选。至于脍炙人口的《红楼梦》英译，那是江青指派的任务，一九六四年就开始翻，完成一百回草稿，六五年停译，六八年夫妇双双坐牢，七二年出狱后再译，断断续续，前后花了将近十年，这跟霍克斯以十载之功，精雕细凿，潜心译事，两者际遇的差异，不啻为天渊之别。

论者常喜将杨译与霍译比较，杨老自己倒说得十分平实："他在国外译，自由度比较大，可以随便选各种版本，我们在版本的选择上，比较忠实，比较严谨。他的翻译，译得像英国文学作品，所以译作的英文很漂亮，他的译本求雅，在信的方面要作较多的牺牲。……总的来说，霍克斯译得很不错，喜欢他的译本的人多一些，当然，也有人喜欢我们的译本。"原来，霍克斯译《红楼梦》，是根据各种版本撷长补短来译的，杨宪益与戴乃迭则需根据上级指示，一时要译一百二十回通俗本，一时要译脂砚斋本。霍译随心所欲，杨译则束手缚脚，为势所拘。今年，霍克斯与杨宪益两位大译家都先后弃世，不知他们在天国相遇时，会否再就《红楼梦》的译事切磋一番？

杨老把中译外喻为"公事"，外译中喻为"私事"。他是少数能从多种外文直接译成中文的译者，例如从拉丁文翻译弗吉尔的《牧歌》、普劳图斯的《凶宅》，从希腊文翻译阿里斯托芬的《鸟》，从英文翻译萧伯纳的《卖花女》《凯撒与克里奥佩特拉》，从法文译《罗兰之歌》等。尽管如此，他对自己的翻译成就却并不怎么看重，年轻时喜欢发表文史考证笔记，后收编在《零墨新笺》（改版称《译余偶拾》）中；晚年则喜欢写诗，自称为打油诗，收集在《银翘集》中。

《银翘集》是本奇书，收编杨宪益自早岁至晚年所写的旧体诗逾百首。杨老把这些诗自嘲为打油诗，曾谓"学成半瓶醋，诗打一缸油"，但是从这些诗中，不但可以窥见杨老的奇才绝学，更可以感受到他那貌似洒脱不羁、实则刚正耿直的性格。早在上世纪九十年代拜访杨府时，就看到厅中高挂一副对联："久无金屋藏娇念，幸有银翘解毒丸。"在《银翘集》的自序中，他解释曰："银翘是草药，功效是清热败火，我的打油诗既然多半是火气发作时写的，用银翘来败败火，似乎还合适。因此我想就用《银翘集》作为书名好了。"
可见，杨老虽说是个"散淡的人"，晚年隐逸如卧龙岗的诸
葛孔明，但是他却是非分明、嫉恶如仇，凡事有所为、有所
不为，该说的时候，他一定会站出来说话，绝不退让。在一
首名为《无题》的诗中，他说："释道基督不一门，世间只有
一言真。莫谈天下人负我，不可我负天下人。"游杜甫草堂
时，他曾赋诗："历代词人过万千，而今都觉不新鲜。位卑未
敢忘忧国，工部诗名永世传。"这不是在自勉自励吗？除了赋
诗述志，杨老平日在言谈中似乎不甚透露感时忧国之思，他
在诗中说："我自闭门家里坐，老来留个好名声。"这种清言
不俗、浊酒忘愁的生活，撷菊取鱼、不谈时事的情怀，是自
愿？是无奈？叫人思之怃然。

记得那次杨老在我家中闲坐，谈起"文革"时的遭遇，
问他书不译了，干些什么呢？杨老说："参加体力劳动，打扫
厕所。"他说得慢悠悠挺闲适的，又加上一句："北京的公厕
一向很脏，我学了很多本事，可以把厕所冲洗得很干净。这
一点很满意。"到了一九六八年，他跟乃迭以特务之嫌给分
别关到监狱里去了。问他铁窗生涯如何？"从六八年到七二
年，一共坐了四年牢，挺好玩儿的，我教年轻人念英文，背
唐诗；他们教我很多稀奇古怪的扒手技术。""挺好玩儿的"

是杨老的口头禅，实情则是他在四年中不断受到审讯，逼他认罪，说是坦白从宽，否则可能遭受枪决的厄运。四年后，由于罪证不确，两人获释了，杨先回家打扫，"我们被关时，家给封了，屋子让给耗子做窝，里头住了三四家耗子，日子过得挺好。老鼠见我回来了，挺不高兴，一个个溜走了。"这个家，到处满布尘埃，当年种的一株仙人掌，只有一两英寸高，因乏人照顾，为了吸水，拼命往高处长，长到一两英尺高，谁知杨回来后，手轻轻一碰，那仙人掌竟颓然倒下，变成了一摊灰。

平反后，杨老和乃迭过了一段平静的好日子，从一九七九年至一九八六年间，曾多次应邀出国，驰誉远近，可惜其间大儿子杨烨因在"文革"时精神饱受打击，难以复原，最终在英国自焚去世，使两老在晚年因痛失爱子而哀痛逾恒，乃迭的健康更因此江河日下。九四年两老来中大讲学时，生命中的风风雨雨早已遍历，表面上，我只看到杨老的豁达洒脱，乃迭的乐观善良，恰似冬阳一般温煦照人，其实那时杨老的心境，在另一首九〇年所撰名为《无题》的诗中已表露无遗："母老妻衰畏远行，劫灰飞尽古今平。莫言天意怜幽草，幸喜人间重晚晴。有烟有酒吾愿足，无官无党一身轻。是非论定他年事，臣脑如何早似冰。"在杨老的晚年，与他相依相守数十载的爱妻乃迭，才是生命中的支柱，生活中的良伴，此外夫复何求？记得在一九九四年他们访港期间一个周末的早晨，原定载送杨老与乃迭去香港翻译学会的午餐聚会上演讲，谁知乃迭忽然不适，呕吐大作。于是，我们就把她急送沙田韦尔斯亲王医院诊治。在急症室中折腾了好半天，排队轮候，照肺验心，到一切妥当，乃迭住院

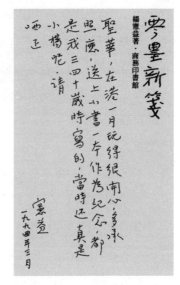

杨宪益先生题签

观察时，已是下午三四点了，这才发觉大家仍未进午餐。我们把杨老带去丽豪酒店的餐厅，杨老叫了一碗"云吞面"，面来了，当年面对枪决威胁而无惧的老人，此刻似乎已经虚脱了，手指颤抖，根本夹不起一根面条。抬头一望，只见他眼中流露出来的神色，带一丝劫后余生的欣慰，一点犹有余悸的仓皇，叫人欲慰无言，心为之酸。

一九九四年回北京后，两老从百万庄迁往西郊的友谊宾馆，以便女儿女婿就近照顾。那时，年迈体弱的乃迭已经不

能行动，要坐轮椅，一切生活起居都由杨老亲自料理。九九年十月我登门拜访的时候，除了敬烟奉酒，也为不能再沾烟酒的乃迭带上巧克力。她把糖紧紧揣在怀中，笑得像孩子一般灿烂。谁知这次探访，竟成永诀。十一月下旬，乃迭就与世长辞了。多少年来，她与宪益相濡以沫，不离不弃，最后无怨无悔，终老是乡。杨老的哀痛可想而知，这以后，他再也不愿出远门，更不想动译笔了。杨老悼乃迭的诗哀婉动人："早期比翼赴幽冥，不料中途失健翎。结发糟糠贫贱惯，陷身囹圄死生轻。青春作伴多成鬼，白首同归我负卿。天若有情天亦老，从来银汉隔双星。"

不久，杨老迁居什刹海小金丝胡同，在一座翻新的小洋房里与女儿女婿同住。二〇〇三年，杨老编了一本集子《我有两个祖国——戴乃迭和她的世界》，纪念亡妻，我去探望他的时候，他把集子送给我。二〇〇七年冬我最后一次去看他，只见墙上仍挂着他俩的画像，几上仍置着两人的结婚照。我逗他说："杨老，你年轻时看来长得不怎么样，怎么给你追上美若英格丽·褒曼的戴乃迭的？"他听了很不服气，说是乃迭很赏识他的才华，对他可是十分钟情的。我让他拿起结婚相揣在怀里，拍下一张照。白发苍苍的杨老，看来似乎比青春正茂的小杨更神态潇洒，气度雍容，但是眉宇间那丧偶的落寞之情，却挥之不去，窗外，几缕爬墙的绿茎，疏疏落落，正在晚风中轻轻颤动。

　　杨宪益鳏居十年之后，终于走了。此时，不由得想起他在中学时代赋就、以《死》为题的一首古诗。在诗中，他写道："小儿畏暗处，差似人畏死……未必死可忧，未必生足喜。安知人死后，不较生为美，生时历忧患，一死万事已。千载此长眠，不受人驱使。"这首诗，数十载后看来，竟成了杨宪益如今的写照。诚然，浮生匆匆，终须归去，人逝后"未必可忧，安知非美"，也许，此时的杨老，正与乃迭相会在天上，但愿这位"散淡的人"天天作好诗，日日饮美酒，再也不要为了俭省而宁弃佳酿，改喝"二锅头"了。来，干一杯吧！杨老！

2009 年 12 月 4 日

诺贝尔文学奖得主赫尔曼·黑塞心目中的傅聪

——为傅聪乐坛演奏五十周年纪念志庆

　　钢琴诗人傅聪自幼受父亲傅雷熏陶，热爱音乐，启蒙老师是傅雷的中学同学数学教授雷垣。傅聪直到八岁半才开始正式跟国立音专的教师李惠芳学琴，其后又追随李斯特的再传弟子意大利钢琴家梅百器学习三年。后因老师去世，以及受个人升学问题影响，中断学琴，直至一九五一年才跟苏籍钢琴家勃隆斯丹夫人再继续学习。

　　傅聪年轻时的学琴道路波折重重，并不畅顺，但是凭借特殊的禀赋及过人的毅力，终于克服困难，迈向成功之途。一九五三年初，傅聪应邀与上海交响乐团合作演出贝多芬的《第五"皇帝"钢琴协奏曲》，自此崭露头角，声誉鹊起，因此，一九五三年可以说是傅聪漫长演奏生涯的起点，意义深远。同年，傅聪参加在罗马尼亚首都布加勒斯特举行的"第四届国际青年与学生和平友好联欢节钢琴比赛"，获第三名。一九五四年，应邀赴波兰学习，师从著名钢琴教育家杰维茨基教授。一九五五年获"第五届肖邦国际钢琴比赛"第三名及肖邦《玛祖卡》演奏最优奖。当时的评委一致认为傅聪弹奏的肖邦,最"富有肖邦的灵魂",而意大利评委阿高斯蒂教授则说:"肖邦的意境很像中国艺术的意境。"傅聪此后在乐坛载誉五十载,足迹遍布世界各地,巡回演出不计其数,不但赢得音乐巨匠的美誉,而且对发扬艺术、培养年轻音乐家更是不遗余力,极有贡献。

傅聪为人谦逊低调,不喜自我吹嘘,历来音乐界对他琴艺的美言赞辞,多不胜数,他不但从不刻意宣扬,更不在乎好好收集整理,唯一例外的可能是一九四六年诺贝尔文学奖得主德国作家赫尔曼·黑塞(Hermann Hesse,1877—1962)对他的看法。一九六〇年某一天晚上,黑塞打开收音机,偶尔收听到电台播放的音乐节目,这节目是由一位陌生的中国钢琴家傅聪演奏的,黑塞听后,大为感动,写下一篇《致一位音乐家》的文章,兹将全文翻译如下:

致一位音乐家

赫尔曼·黑塞(诺贝尔文学奖得主)

太好了,好得令人难以置信!

★　★　★

在一次聆听收音机时，我有过这样的经历。那是播放肖邦乐曲的晚间音乐节目，演奏者是位中国钢琴家，叫作傅聪，一个我从未听过的名字。对于他的年龄、他的教育背景或他本人，我一无所知。由于我对这美妙的节目深感兴趣，也自然而然好奇，想知道我年轻时代最心仪的肖邦如何由一位中国音乐家去演绎。我以前听过很多人演奏肖邦：如年迈的帕德莱斯基（Paderewski），费歇尔（Edwin Fisher），利巴蒂（Lipatti），科尔托（Cortet）及许多其他的大师。他们演奏的肖邦，各具姿彩：精确冷隽，融浑圆通，激越热烈及充满个人色彩，有时专注于华美的音色，有时着重于细致的韵律，时而带有宗教的意味，时而奇特，时而慑人，时而自我得如痴如狂，但极少演奏得符合我心目中的肖邦。我时常以为，弹奏肖邦的理想方式一定得像肖邦本人在演奏一般。

不消几分钟，我对这位名不见经传的中国钢琴家已充满激赏，继而更由衷喜爱。他把他的音乐掌握得出神入化，我原本就料到演奏必定会完美无瑕，因为中国人向来以刻苦勤练及技巧娴熟见称。从技法来看，傅聪的确表现得完美无瑕，较诸科尔托或鲁宾斯坦而毫不逊色。但是我所听到的不仅是完美的演奏，而是真正的肖邦。那是当年华沙及巴黎的肖邦，海涅及年轻的李斯特所处的巴黎。我可以感受到紫罗兰的清香，马略卡岛的甘霖，以及艺术沙龙的气息。乐声悠扬、高雅脱俗，音乐中韵律的微妙及活力的充盈，全都表现无遗。这是一个奇迹。

我可真想亲眼会晤这位天才横溢的中国人。因为听完演奏后心中泛起的疑问，可能得以从他的本人、他的动作及他的脸庞，得到答案。问题是，这位才华过人的音乐家是否从"内心深处"领悟了欧洲、波兰以及巴黎文化中所蕴含的忧郁及怀疑主义，抑或他只是模仿某位教师、某个朋友或某位大师，而那人的技法他曾一一细习、背诵如流？我很想在不同日子、不同场合再聆听同一节目。我这次所听到的是否是珍如纯金的音乐？而傅聪是否如我心中所想的那样一位音乐家？若然，则每一场演奏就会是一个在细节上崭新独特、与别不同的经验，而绝不会只是旧调重弹而已。

也许我可以得到这问题的答案。我强调这问题在我聆听这场美妙的演奏时并未出现，而是事后才想到的。当我聆听傅聪演奏时，我想象一位来自东方的人士，当然不是傅聪本人，而是我幻想出来的人物。他像是出自《庄子》或《今古奇观》之中。他的演奏如魅如幻，在"道"的精神引领下，由一只稳健沉着、从容不迫的手所操纵，就如古老中国的画家一般，这些画家在书写及作画时，以毛笔挥洒自如，迹近吾人在极乐时刻所经历的感觉。此时你心有所悟，自觉正进入一个了解宇宙真谛及生命意义的境界。

这篇稿子，初译于今年七月中旬，当时正在赴哥本哈根途中，在伦敦希思罗机场转机时，有好几个钟头闲暇，于是就定下神来，诚心诚意地去尝试译出这段两位大师神交的经过。从欧洲回港途中，又经过伦敦，乃在机场致电傅聪，问他："黑塞当年想结识你，结果你们到底见过面没有？"他说："从来没有！"原来，黑塞完成这篇文章后，于一九六二年就去世了。傅聪从来不知道有这回事，直至七十年代初他重返波兰时，才由一位极负盛名的乐评家告诉他，并给了他这篇文章。听说，黑塞写完《致一位音乐家》后，在那个复印机尚未发达的年代，亲自把文章印了一百多份，分发给知心朋友，因为知道傅聪大约在波兰，就这样把讯息传了过去。

黑塞与傅聪，一位是心仪东方精神文明的文学巨匠，一位是沉浸西方古典音乐的钢琴大师，两颗热爱艺术的心灵，就这样凭借肖邦不朽的传世之作，在超越时空的某处某刻，骤然邂逅了。这两颗心灵的契合，彼此间的相遇相知，穿越俗世的层层屏障、重重阻隔，互相观照，直透胸臆。

当年的黑塞，不但了解年轻时代的傅聪，更了解四十年后今日的傅聪。傅聪自出道至今，悠悠岁月，历经半个世纪，最难得的是对音乐的热诚与执着，丝毫未减；对艺术的追求与企慕，与日俱增。故此，每次演奏，都是一次崭新的经验，自艺术的活水源头迸发而出，一泻千里。每一趟都是由内至外，洗涤心灵的历程。正如书法名家或丹青妙手的杰作，笔走龙蛇，气势如虹，每一次挥毫，都兴会淋漓，力透纸背，虽神形俱在，却绝不雷同。

当年的黑塞，聆听傅聪而领悟肖邦的音乐，未晤傅聪而了解傅聪的情怀。艺术到了最高的境界，原是不分畛域、心神相融的。文学大家以笔写胸中逸气，音乐大师以琴抒心中灵思；两人因而成为灵性上的同道中人，素未谋面的莫逆之交。这一段艺坛佳话，鲜为人知，故特此译出，以为钢琴诗人傅聪演奏生涯五十周年志庆。

2003 年 8 月 31 日

赤子孤独了，会创造一个世界

那一天，十月二十七日的浦东，阳光和煦，金风送爽，没有一丝素秋的萧瑟；那一处，远离市区的喧闹，芳草碧树，花开处处，像休憩消闲的胜地，不像阴森幽暗的陵园。

人几乎到齐了：有各地来的专家学者，有亲朋戚友，有一大群年轻的学生，还有数之不尽的媒体采访人员。时间还没到，大家都在等，绿茵上布满了张张白色的桌椅，帐篷下摆放了供人取用的水果饮料，人影晃动，悄声细语四散在空气中。

终于来了，绿荫下，曲径上，看到了父子的身影远远走来：他，步履沉重，微微有些驼背，毕竟是望八的年龄了；他，英伟挺拔，高逾六尺，身旁随伴着的是一样颀长的夫人。是傅聪跟儿媳二人，他们会同了早已等候的傅敏夫妇，缓缓来到了墓穴和墓碑前。

典礼开始了，仪式一样一样按序肃穆进行。多少年了？从傅雷伉俪于一九六六年九月三日在"文革"中以死明志，到二〇一三年的今天，四十七年漫长的岁月过去了，如今再来举行骨灰安葬仪式，经历了这几乎半个世纪的等待，其间究竟发生了多少周折，承载了多少不为人知的辛酸？

当年，仍在"文革"初期，傅雷夫妇因不堪受辱蒙冤，双双自尽，那时傅聪傅敏都不在身边，傅雷在临终前，写下了周全详尽的遗书，向内兄朱人秀一一交代身后事，这封遗书如今陈列在傅雷纪念馆中，墨迹斑斑，一字一泪，读来令人唏嘘不已。傅雷在遗书中说："因为你是梅馥的胞兄，因为我们别无至亲骨肉，善后事只能委托你了。"委托事共有十三条，第十一条这么说："现钞53.30元，作为我们火葬费。"在那个严霜寒剑相交逼的疯狂年代，傅雷夫妇弃世了，但是并没有得到从此应得的安宁。他们的骨灰，因长子傅聪在外，次子傅敏在京，结果由一位素不相识的女青年江小燕，冒着生命危险前往火葬场，以自认"干女儿"的身份给领取并保存下来，整个过程可说是一个奇迹。一九七九年四月二十六日，傅雷夫妇得到昭雪平反，当年的一捧寒灰，终于移入了上海龙华革命烈士公墓。傅聪回国跟傅敏一起参加仪式。照片上的昆仲二人，满怀哀伤，一脸悲怆。那时候，傅聪才四十五，还风华正茂，如日中天，"钢琴诗人"的美誉远近闻名。如今，琴艺愈纯，两鬓添霜，三十四年后再一次来参加父母的骨灰安葬典礼，心中的悲痛沉郁，万千感慨，岂是局外人可以真正体会得到的？

安葬仪式开始了，兄弟二人捧着父母的骨灰，那从龙华革命烈士公墓墙骨灰堂移出的骨灰盒，在和风丽日中，慢慢垂放在鲜花围绕的墓穴里。那一刻，小小的骨灰盒仿佛有不胜负荷的千斤重，凌霄见状，赶紧踏前一步来相助。

凌霄，傅雷夫妇素未谋面的长子嫡孙，这天来到了祖父母的墓前。傅雷夫妇去世时，凌霄只有两岁。一九六六年八月十二日凌霄生日的前两天，傅雷寄出了一封给儿子媳妇的英文信，这是傅雷所写的最后一封家书，信寄出后不过三周，就和夫人双双走上了不归路。记得这封最后的家书，是我多年前翻译成中文的，重阅《家书》时，每每不忍卒读："有关凌霄的点点滴滴都叫我们兴奋不已……你们眼看着自己的孩子一天天的成长，真是赏心乐事！想想我们的孙儿在你们的客厅及书房里望着我们的照片，从而认识了远方的爷爷奶奶，这情景又是多么叫人感动！尽管如此，对于能否有一天亲眼看见他，拥抱他，把他搂在怀里，我可一点都不抱希望……妈妈相信有这种可能，我可不信。"接着，傅雷提到夫人为宝宝手织毛衣，说在无奈中"只能借此聊表心意"，又提出想要一张凌霄两周岁的照片，一张正面的照片等等。当年不知道这张期待中的孙儿照片寄到时，傅雷伉俪是否仍然在世？而今四十七年之后，孙儿来了，不是两岁的宝宝，而是昂藏六尺的男儿，亲自来到墓前，带上终身伴侣，来向祖父母献上虔诚的敬意和深深的怀念。凌霄的外祖父是著名小提琴家梅纽因。凌霄幼年时，身在国外，接受西方教育，后来由外公梅纽因亲自带回北京学习中文。听说他目前居住中国，常说中文，那么，除了傅雷的英法文信件，他一定看过爷爷当年所写的一封封情真意挚的中文家书，而奶奶当年手织的婴儿毛衣，如今不知是否还收藏在某处笼底柜中？

骨灰安葬完毕，由傅敏代表在双亲灵前致辞。傅敏对父母说，这不是什么答词，当年你们不堪受辱，以死明志，如今你们终于回到了故里，这么多年过去了，大家今天在此追忆你们，怀念你们，但是最要紧的是不要忘了把那当年迫害你们的邪恶源头铲除。傅敏含泪呜咽，强忍悲痛，道出了动人心弦的肺腑之言。

一撮土，两撮土……兄弟二人在墓穴撒上黄土，工作人员接着铺上鲜花，傅雷夫妇的骨灰终于入土为安。观礼的众人手持红玫瑰，怀着虔敬的心，默默列队上前，向傅雷夫妇献花致敬。

覆着大红条幅的墓碑揭开了，灰色的碑石上，刻了两行字：“赤子孤独了，会创造一个世界。”是傅雷的字迹，从当年的手稿中逐字采集得来的。原先设计的墓碑上，有傅雷伉俪的浮雕，就像其他的名人一般，因傅聪竭力反对，经与傅敏商讨，而改为如今最朴素、最低调的样貌。的确，傅雷生前不屑沽名钓誉，死后又何须浮夸雕饰？傅雷说过，赤子之心，永远不老。其实凡是真正的艺术家，在潜心创作的过程中，谁不摒尘嚣、弃浮华，谁不孤独？贝多芬于一八一四年致李希诺夫斯基的乐曲中，高喊“孤独，孤独”，林文月耗时五载译完《源氏物语》之后，频呼寂寞，但是赤子孤独了，却会创造一个崭新的世界，一个不属于凡俗的世界，从而在此中与许多心灵的朋友相交相接，相契相抱。这样的墓碑，才能真正体现傅雷的精神。傅聪与傅雷，父子同心，无怪乎傅雷提到傅聪，曾经这样说过：“他的一切经历仿佛是另一个‘我’的经历。”

墓碑的背面，刻着傅雷和朱梅馥二人的简单生平，不炫耀，不夸张，平平实实，将一段轰轰烈烈的史实淡淡道来。傅雷的碑文是：“傅雷，字怒安，号怒庵，上海浦东人氏。早年留学法国，归国后投身文学翻译，卓然成家。赤子之心，刚正不阿，‘文革’中与夫人朱梅馥双双悲怆离世”；朱梅馥的碑文：“朱梅馥，上海浦东人氏。毕业于晏摩氏教会女校。

一九三二年与傅雷结为伉俪，相濡以沫三十四载，相夫教子，宽厚仁义，贤良淑德，与傅雷生则相伴，死则相随。"陵墓旁建了一座凉亭，亭子两侧，分别刻上"疾风""迅雨"的字样，这四个字是当年傅雷印在稿纸上的用语。

今年是傅雷诞辰一百零五周年，夫人朱梅馥诞辰一百周年，安葬仪式完毕，众人散去，但是那一颗永远不老的赤子之心，必会泽被后世，影响深远；而那由赤子创造出来的世界，亦将浩瀚无垠，伸展无涯。

2013 年 11 月 3 日

爱美的赤子

——怀念永远的乔志高

星期天的上午，四周静悄悄的，我怎么会写起纪念他的文章来？这时候，我不是正该在跟他通长途电话的吗？

高克毅先生走了，在二〇〇八年三月一日那天。

消息传来，令人伤感，但不愕然。其实，在我心底，一直隐隐然害怕这一天的到来。我知道，这是无可避免的，但又不愿意去多想，去面对。

今年农历新年前后，高先生的健康日差，他开始食不下咽，于是，就从马里兰州回到佛罗里达冬园镇来，在这养老小区的医疗中心接受治疗。中心不设私人电话，因此使我仿佛感到突然间跟他失去了联络。在这以前，有好几年工夫，我跟高先生一直保持密切联系，几乎每个星期都会互通音讯，有时因为事忙，没打电话去问候，他的电话也一定会打过来。我们最后一次通话是在今年二月中旬，高先生的声音从远处越洋传来，低弱却又清晰。他说："我好些了，现在开始吃得下一点东西，体重也增加了些，希望不久就可以出院了。"这对我来说，是一个令人振奋的好消息，当下急忙去转告林文月跟白先勇，我知道他们两位非常关心高先生，也是高先生十分喜爱的朋友。谁知道，那次与高先生通话，竟成了永诀？

认识高克毅先生，已经有很多年了。一九七〇年代初期，我开始踏足译途，在香港中文大学翻译系执教，而高先生也刚从美国来到香港中大，与宋淇先生一起创办《译丛》。那时候，只知道笔名乔志高的高克毅先生是位中英俱佳的译坛前辈，对他，只有躲在远处仰慕的份儿，后来，在各种场合见面多了，才发觉他为人风趣幽默，平易近人，他坚持要我们这些后学叫他英文名字 George，而且，他居然还是说上海话的，这就增加了不少亲切感。

当年，在中大翻译中心工作的有三位鼎鼎大名的人物，即宋淇、蔡思果及高克毅，一群年轻的女同事促狭地把这译坛三宝称之为"三老"，并且各冠以绰号曰"宋老板、蔡老师、高老头"。大概因为宋淇不苟言笑，像位老板；思果循循善诱，像位老师；至于乔志高呢？因为傅雷早有名译《高老头》在先，就让人沿用其名，变成不老的"老头"了。后来，我跟高先生稔熟了，把这外号转告之，他听后很不服气。这也难怪，原本，他就是三人之中最温文儒雅、风度翩翩的，当年也正值创意旺盛的时候，怎么会无端端给人称为"高老头"呢？

其实，在我的心目中，高先生跟"高老头"根本沾不上边，一来因为他外貌永远不老，二来因为他心境始终年轻。高克毅生于美国，长于中国，一九三三年毕业于燕京大学新闻系，一九三七年获哥伦比亚大学国际关系学硕士学位，此后一直从事传媒与文字工作，毕生孜孜不倦，为促进中英文化交流而努力。由于训练有素，他的新闻触角特别敏锐，对于所有的新事物、新风尚、新文化、新潮流都耳熟能详，了如指掌。早在一九二〇年代末，他就跟文字结下不解之缘，开始跟兄长一起替电影杂志撰稿了。后来，他到了美国，在中国抗战时期，为争取国际友人的支持，替国家出了不少力。

高先生记忆力之强令人诧异，如烟往事，点点滴滴，他都记在心头，而且把事件中的时、地、人，都在文章里交代得清清楚楚。"你是不是有写日记的习惯呢？"有一次在电话中问他。他说："我在念燕京时，倒是写过日记的。那是少年不识愁滋味的年代。不读书，天天在想怎么去追女孩。"我急忙问："那你这些日记还在吗？可以发表呀！"高先生这下可腼腆起来了，连说："不行不行，这怎可公开。"我继续磨他："你该好好写一本自传。"心想，像他这样的人，一辈子生活在中英文化之中，见多识广，交游遍天下，加以文笔优美，妙语如珠，写出来的传记一定很好看。高先生却又显出他那谦谦君子的本色来："我这辈子一无所成，不值得写什么传记。""你经历过那么多事，交往过那么多朋友，一定要写呀！"说起朋友，高先生可来劲了："对了，我想写一本关于朋友的书，书名已经想好了，叫作《忆中人》。"

《忆中人》？这是"意中人"的谐音，一语双关，又是乔志高的绝活之一。乔志高出了很多本书，其中最脍炙人口的是"美语新诠"系列，而系列中有一本，就叫作《海外"喷"饭录》。原来"喷"就是"Pun"（双关语）的意思，乔志高不但在书中汇集了许多中英"喷"例，还举出讲究"喷"术的要点，即"要适逢其会，要用得其所，要措辞典雅，要甘犯众怒，要迂回曲折"。不仅如此，他更身体力行，在日常生活、言行举止中，不断表现他那运"喷"自如的绝技，这本领也往往使用在翻译上。例如，他说自己常在晚饭前小酌，最爱喝一杯"马踢你"（Martini）。又如他翻译的三部名著《大亨小传》《长夜漫漫路迢迢》《天使，望故乡》虽然都是翻译界公认的名译，他却谦称自己对文学翻译，只是个"爱美的"（amateur，即"玩票"、业余之意），谈不上专业。

　　说起"爱美的"，高先生可真是当之无愧。他爱美丽的文字，美好的心灵，爱一切美善的人与事。翻译，对他来说，绝不是搬字过纸，字字对译，而是一种爱好，一种对美的追求。他说过："我译的都是自己爱的书，对原文很熟悉，很喜欢，才动脑筋去翻。"由于他对中英文化了解透彻，加以精通双语，翻译时每每先通读全书，待掌握了原著的精神与气氛，才开始落笔。他这种特殊的禀赋与才能，在翻译《大亨小传》时，最表露无遗。他却认为因自己在纽约住过很久，菲茨杰拉德所经历的时代事物，他都耳熟能详，因此译来很不费力，并谦逊地表示："翻一本小说有这一类的'准备'，怎能期望一般中文译者都办得到呢？"（《大亨》和我——一本翻译小说的故事）的确，有哪位《大亨》的译者，曾经在抗战胜利那年陪着当年的女友，后来的太太，并肩坐着敞篷马车，在纽约"中央公园"里慢慢兜圈，共度过浪漫的时刻，就如高先生与高夫人梅卿一般？

　　高先生爱美，所以才娶到如高夫人一般美而贤慧的妻子。高夫人雍容优雅的气度，一向为人称道。一九九九年，我专程从香港去美国佛州冬园镇拜访高先生，并写了一篇访谈录，名为《冬园里的五月花》，发表于《明报月刊》。那一年，高氏伉俪虽已届高龄，却仍然精神奕奕，看不出一丝老态。我在佛州冬园盘桓的几天，承蒙两老热诚招待，过得充实而有意义。记得高先生的寓所，收拾得一尘不染，餐桌上插满了鲜花，桌后摆放着中式屏风，还有很多幅中西画作，包括高先生的自画像，四壁更挂上于右任、叶公超、梁实秋、余英时等名家题赠的墨宝，令人一看就觉得这是一位中国高雅知识分子的府第，不浮夸，不炫耀，充满了儒雅的书卷气。我们当时谈了很多，使我更进一步了解高先生的内心感触与思想境界。他说："双语生涯是我一生的矛盾！不但是中、英语文之间，也是中国、美国之间的矛盾……我处于中美两种文化之间，首当其冲。"正因为如此，他当时说已把下一本书的题目想好了，叫作《一言难尽——我的双语生涯》。的确，高先生丰盛的双语生涯，是一般人无法领悟的，他毕生在中英双语中穿插出入，折冲往返，他的学识，他的经验，他对促进中西文化交流的努力与贡献，岂是一言可以尽道？

想当年，诺贝尔文学奖得主赛珍珠（Pearl Buck）选了老舍在重庆写的一部戏《桃李春风》，想搬去百老汇上演，那剧本就是请高先生译成英文的；老舍去美国访问期间，也跟高先生时相过从；目前，大家都对文坛才女张爱玲推崇备至，而张是因为在美国的夏志清教授著书推荐，才一举扬名的，可是有谁知道夏济安、夏志清昆仲，还有陈世骧教授，当年在华盛顿与张爱玲初次会晤，还是高克毅居中安排的呢？类似的美事，实在不胜枚举，很多事促成了，众人只看到事情表面的光环，而看不到幕后有心人穿针引线的辛勤与付出。高克毅先生，他也许没有出版过什么家喻户晓的畅销作品，他也许没有发表过什么脍炙人口的旷世杰构，可是这么多年来，他一直默默耕耘，在编、译、写三方面努力不懈，一共出版过逾二十种作品，包括别开生面的《最新通俗美语词典》——这是他多年来的力作，自称为"与人无忤的苦工"，却编来乐在其中。

高先生是我们众人心目中的活字典，凡有任何涉及中英双语的疑难杂症，大家都会不期然想起要去请教高先生，而他也几乎有求必应，乐于普度众生。白先勇翻译《台北人》时，请了高先生当顾问；我三十多年前的第一部译作《小酒馆的悲歌》（*The Ballad of the Sad Café*），译名是高先生提议的，我于二〇〇五年退休前出版的《荣誉的造象》（*A Gallery of Honour-Portraits and Profiles*），中英文题目也是高先生代拟的。此外，我筹办"新纪元全球华文青年文学奖"时，高先生不但慨允出任翻译组决审评判，而且为我们出题，改卷，并亲莅香港，出席颁奖典礼。这么多年来，他一直在译道上扶持我，引领我，为我一路上遮风挡雨，指示方向。

高先生最爱才惜才，也最关心文坛、译坛的动向。自从夫人梅卿女士去世后，他在生命中痛失爱侣，倍感孤单，加上年事渐高，往往有不胜寂寞之苦。正因为如此，我开始经常给他打电话，想方设法希望他提起兴致来。有几回，在电话里，高先生免不了要叹息自己健康日差，这时候我就急忙转移话题，跟他谈一些文化界盛事，文坛、译坛近况。令人诧异的是高先生"秀才不出门，能知天下事"，他是老一辈学者之中，最早使用电邮的人，不但能用，还用得出神入化，

二〇〇〇年与高克毅伉俪于中文大学合影

弄得半夜不睡，眼睛都累出了毛病。多年前，我还曾经调侃过他："劝君少看伊妹儿，劝君多伴美娇妻"呢！每当提到一些共同朋友的近况，如林文月又出了一本新书，白先勇的青春版《牡丹亭》再传捷报，余英时得了美国国会图书馆大奖等等，高先生就比谁都高兴。常挂在他口中的还有一些其他文化界的朋友，如傅建中、黄碧端等等。有一回，他发现了一位新进作家，好像是姓蔡的，住在大屿山，在报上写专栏（可惜我不记得她的名字了），高先生兴冲冲告诉我，就像在文学的银河中，发现了一颗灿烂的新星似的。这时刻，他把自己的病痛与寥寂，已经忘记得一干二净了。他还说，很希望有一天能见见这位年轻的朋友呢！

多年来，我时常在翻译课中选读高先生的译作，学生看后都心悦诚服，每年临近五月我都会买好贺卡，让学生一起签名，并写下他们心里的感佩之言。又有一回，因为明知高先生是"爱美的"，而林青霞最崇敬长者，我就请青霞跟我一起写一张贺卡，遥祝高先生"生日快乐"。高先生收到后，果然非常开心，他还回了一张卡片给青霞——蓝绿色的透明卡纸上，紫蝶翩翩。这张卡，是年逾九十的高先生亲自驾了车去店里挑选的。青霞告诉我，有史以来收到的卡片之中，最美最高雅的就是这一张，她会珍而藏之；高先生则说，一辈子只收到过两次大明星的照片，一次是首位闯进好莱坞的华裔女星黄柳霜，另一次就是林青霞了。他把青霞的照片放在案头，可就近欣赏。

自去年下半年开始，高先生虽然仍像候鸟似的，奔波往返于马里兰与佛罗里达之间，但是毕竟有点力不从心了。他有时会把近况电传给我，称之为"健康简报"，但是他又十分体贴，往往会提醒道："我这样告诉你，省得你打电话来慰问，也请不要转告别人，大惊小怪。"接着，他又说："林文月如果通电话，倒不妨提一句。"高先生就是这么一个人，一方面十分喜爱朋友，一方面又不好意思麻烦人家。在他身上，中国文化中的温柔敦厚，以及美国文化中的活泼开朗，竟然糅合得这么奇妙，这么融洽无间。

二〇〇六年五月初我们通电话时，高先生兴致勃勃提起孙女将跟哥伦比亚大学的一个学术团体于暑假去访问今日的北大、当日的燕大。高先生说燕大是他的母校，而当年在燕大度过的两年是他的黄金岁月。足见这位译界前辈，纵使一生历经过近百年大时代的洗礼，兼且足迹遍天下，可是在心底深处，令他魂牵梦萦、缅怀难忘的，却仍然是故国岁月少年情。高先生又说，北大不久前刚出版了他的词典《最新通俗美语词典》，编排醒目，令他很高兴，同时，四川成都有个博客读者，居然在 Blog 上大赞乔志高，使这位不老的"长者"看后大感欣慰，认为"海内存知己，天涯若比邻"，此话当真不假。

他又提到老朋友赖恬昌（书法家，香港翻译学会顾问）给他题了两幅字："大人者不失其赤子之心者也""爱人者，人恒爱之"，他特别喜欢。我想，高先生之所以特别喜爱这两幅出自《孟子》的题字，大概是因为这两幅字，正好是他自己及梅卿夫人的写照吧！

高夫人五年前先走，现在高先生也去了。我把消息告诉林文月时，她黯然良久，轻轻说了一句："他去找他太太去了。"我想起那年在冬园，两老带我出去游览，高先生驾驶时，高太太在旁用吴侬软语不断叮咛："乔治，侬慢慢来，勿要开得脱快！"如今，两老已经重新在天国相会，梅卿不必独自在天上担心，乔治也不用一人在地上寂寞了。

高克毅是爱美的赤子，最美的长者，在世时，他脸上没有一点老斑，心底也不沾一丝尘垢。他是永远的乔志高——永远活在他的著作、译作与词典里，也永远活在众多朋友的心中！

2008 年 3 月 30 日

记劳公两三事

劳思光教授年轻的时候，因为身材瘦削，面容清癯，看来显得有点老，认识他的人很早就叫他劳公了。他的身体似乎也不是特别好，吃东西的习惯又不同一般——有营养的蔬果不爱碰，没好处的甜食天天吃，朋友私底下都颇为担心，这可不是什么健康之道啊！谁知道日子一天天地过，劳公在中文大学退休后，一九八九年应聘到台湾教书去了。这以后，二十多年来他不断著述，到处讲学，每次回港时跟友人相聚都精神奕奕，当年的同侪都显老了，他倒反而变年轻了。看到他活力充沛的模样，大家都很放心，认为这位哲学巨擘老当益壮，一定会长命百岁的。

十月二十二日一早，打开报纸，赫然见到劳公在前一天病逝台北的消息，只觉心中一沉，这令人神伤的噩耗，在初秋阳光明媚的清晨传来，何其突兀！是真的吗？劳公走了，享年八十有五，也是高龄了，但又多么出乎意料！多年来跟劳公相识相处的情景，犹历历在目，然一切已成过去。人生于世，每一分每一秒的停驻，都会在时间的长河中汩汩流逝，抓不住也挽不回，能够留下的，只有心坎深处永不磨灭的记忆。

最记得劳公的什么呢？当然是他那五十年不变穿西装打领结的形象。其实老早就认识劳思光教授，算起来，应该超过五十年了。记得那年，还是我念大一的时候，当时中文大学还没有成立，我在中大前身崇基学院就读，忽然来了个大专院校辩论比赛，分粤语及国语两组。因为语言条件，我给崇基选上当国语组的辩论代表之一。当时的题目是"男女是否应同工同酬"，这样一个如今看来理所当然的命题，居然在当时成为辩论题目，而且辩论队要在赛前十分钟抽签决定是辩正方还是反方，难度倒是挺高的。我队初赛是正方，复赛是反方，到了决赛有幸又抽到正方。我年纪最轻，却是校队主辩，当然感到身负重任，战战兢兢。当时的首席评判是一位来自珠海书院的教授，坐在席上，看不到他的身量，只觉得他精明干练，目光如炬。记得正反双方展开激辩，对方搬出凯恩斯的经济学理论，身为"新鲜人"的我，对此一窍不通，只好避重就轻旁敲侧击，想方设法把对方的注意力引到另一个论点上，再予以迎头痛击。辩论途中，窥见评判席上那位教授微微带笑，频频颔首，不免定下心来。结果，我方得胜，夺取了全港冠军。事后，主席评判在《感言》中把我夸了一番，《感言》后署名"劳思光"。那是我跟劳公结缘的开始。

意想不到的是劳公竟然认识父亲。有一回放学归家，发现客厅中有客人在攻打四方城，其中一位是导演张彻，另一位就是劳思光教授了。时光荏苒，大学毕业后赴美留学，学成返港，加入母校中文大学宗教哲学系任教。当时大学的资源不如现在丰足，不可能每位同事都享有个人办公室。上班的第一天，发现自己不但成为劳思光先生的同事——他当讲师，我是助教，我们竟然还在同一个办公室内面对而坐。当时崇基学院规定每一位同学都必须修读中国文化，由于教材缺乏，劳先生遂着手编写《中国文化要义》，我负责导修课，在编排所有学生复杂的时间表之余，因悉心细读劳公的著作而获益匪浅。

劳公不但知识渊博，而且平易近人。他不太注意日常生活中的烦杂琐事，却特别关心年轻一辈的努力方向与学习前途。由于了解我的兴趣爱好，他遂向系里提出让我以助教身份独立开课。在劳公的指导下，我开始涉猎 Kant、Schelling、Hegel、Croce、Heidegger、Santayana 等名家的理论，从而开设了"美学"的课程。我们时常在课余闲聊。

除了讲学问，讲哲理，往往天南地北无所不谈。讲累了，每到中午时分，劳公就会对我说："来，替我打一个广东电话！"所谓的广东电话，是要我替他用粤语叫午餐。劳公食量不大，午餐只吃一份鸡蛋三明治，一杯咖啡，可是就这两样东西，要用粤语来说，还是把他给难倒了。那时的中大，校园里餐厅不多，像样的菜式更欠奉，于是，哲学大家就天天以咖啡面包果腹，那一段美食欠缺而精神食粮丰盛的岁月，就在一日一次"广东电话"的常规下慢慢流逝了。

到了上世纪七十年代，也许我终究不是钻研哲学的材料，校方把我调到老本行英文系教翻译去了。这一调派，我从隶属崇基变成了新亚中人，而新亚校舍恰好又从农圃道迁入马料水。当时崭新的校舍，建立在中大的山巅，与联合书院遥遥相对。院方为了同事用膳方便，在校园中辟出一方，创置了"云起轩"，并在美食家逯耀东教授的调教下，开设了小而精致的面馆，供应的是地道的北方面食。"云起轩"的名字是饶宗颐教授取的，那雍容优雅的牌匾，也是饶公的墨宝。进门口走过通道，是一张张小圆桌，那在一口时钟下的小桌，俗称"第一台"，也就是闻名遐迩的"国语台"。每届中午时分，各路英雄就会齐集此地，把"面"言欢。劳公虽然不是新亚人，却是"云起轩"常客，北方面食加上国语对白，对于劳公来说，实在吸引力太大，自此他不必再为"广东电话"而操心了。

劳公家学渊源，其祖父劳崇光出任两广总督，父亲曾参与辛亥革命，家族与名将左宗棠、李鸿章等均为世交，因此劳公自幼即饱读诗书，满腹经纶。在众人心目中，他是一位无所不知、无所不晓的万事通。"云起轩"的"第一台"，只要有劳公在座，平时只坐五六人的台子，一定会挤上八九人，大家在吃喝之余，聚精会神听劳公针砭时局，畅论国事。"香港前景怎么样？"问劳公；"中英谈判怎么啦？"问劳公；"台湾选举又如何？"问劳公。无论是天文地理，古今中外的学问，劳公都了然于胸，不但如此，他还会审时度势，洞悉先机，在做人处事方面，乐意给后学指点迷津。劳公也擅长旧诗，心情好的时候会即兴赋诗，好几回他曾经随手拈起桌上的纸巾，提笔写下新作给我欣赏。

劳公虽是学贯中西的哲学巨擘，却也是不折不扣的性情中人。只要跟他熟稔，他一定会真诚相待，有话直说而毫不掩饰。有一回，当着众人面前，劳公忽然对我说："你呀！你可真是少时了了啊！"也许，他曾经对十八岁的我期许过高，对二十八岁的我不以为然吧！劳公跟我的另一半相当投契，在我赴法进修期间，两人时常结伴同游。别以为哲学家只懂学问，劳公讲起财经投资来，却比经济学家更在行。好几次劳公都看准市场，可惜外子为人谨慎，不敢冒进，往往错失良机。事后劳公频频叹曰："这个 Alan，胆子太小！胆子太小！"劳公童心未泯的性格经常表露无遗，一大帮同事去沙田饮茶时，他会率先坐下，匆匆点好甜品数样，咸点（通常为虾饺）一笼，放置面前说："这些都是我的，你们要什么，你们自己去叫。"说罢我行我素举筷享用，旁人点的珍馐美食再堆满一桌，也不屑一顾了。

劳公常年忙于做学问，在众人以为他大概会无暇成家的时候，却跟师母共偕连理。师母原籍广东，擅长药膳，婚后对劳公悉心照料，呵护有加，劳公却似乎不太领情。他经常说："喝汤是喝汤，吃药是吃药，广东人真奇怪，偏偏要在汤里放药材，真是莫名其妙！"但却是这"莫名其妙"的料理，使劳公羸弱的体质于婚后渐渐变强，甚至晚年罹患痨病时也在师母调理下逐渐痊愈。劳思光伉俪育有女儿一名，自小聪颖过人。相信很少人看见过哲学大师为人慈父的模样。记得延韵小时候劳先生带着她到外子开设的京宝酒楼饮茶，小女儿生得乖巧，大人说话时她在一旁自娱，便急了就拉拉父亲的耳垂，就像拉身旁的警钟一般，劳公随即应声而起，带女儿离席，把小人儿照顾得妥妥帖帖。听说，延韵自幼精通紫微斗数，可说是虎父无犬女。

　　劳公自中文大学退休后，在台湾各大院校执教，每年都会定时回港。二〇〇〇年回中大出任访问学者，二〇〇四年获颁中大荣誉文学博士。劳公欢庆八十诞辰时，中大同仁为他开研讨会并设宴祝寿，此时劳先生的洋洋巨著已先后面世，其中尤以《新编中国哲学史》成为两岸莘莘学子的必读宝典。席上但见劳公精神饱满，步履轻快，总以为天赐遐龄，百岁可期。

二〇〇四年劳思光先生获颁香港中文大学荣誉文学博士后合影

谁知道劳先生突然走了。他的未竟之业、未述之作呢？他那杰出的才华、满腹的学问呢？难道就这样随风而逝了吗？何谓生？何谓死？生命的终极意义是什么？尘世的终结，是否是永生的开始？如今哲学家又魂归何处？重重疑问，种种谜团？由谁来开解？问孔子，他说"未知生焉知死"；问苏格拉底，他在《斐多》中的话语也晦暗不明，这时候，心中升起一个念头，这问题，像往日一般，我很想去——问劳公！

2012年10月24日

"经受折磨，就叫锻炼"

——怀念杨绛先生

初次会见杨绛是在上个世纪的一九八五年，已经是三十多年前的事了。那一回，香港翻译学会的执行委员发起两岸交流活动，也许因为是第一次举办这种活动，也许是因为内

一九八五年与杨绛先生在社科院

地改革开放不久，这么一个没有财力、没有后台的民间学术团体，居然在两岸都得到了高规格的接待。在北京我们拜会了各种机构，包括了地位超卓的社会科学院。当天出席的有名闻遐迩的钱锺书、杨绛伉俪，还有翻译高手罗新璋等人。我的座位恰好安排在杨绛和罗新璋中间，因此会上可以尽情向译界前辈讨教。杨绛十分谦逊，说是正在构思一篇有关翻译的文章，准备以慢镜头来剖析翻译的过程，探讨翻译的要诀。这篇文章后来发表时以《失败的经验》为题，阐述翻译时选字、造句、成章的步骤，及后改名为《翻译的技巧》，是我在翻译课上要求学生必读的精彩论述。

　　坐在杨绛的身旁，自然会谈到她的经典名译《堂吉诃德》，那时候年轻学浅，一出口就把书名中的"诃"字念成"kē"了，杨先生立刻纠正我，这字念"hē"，不念"kē"，说时，声音轻轻软软的，温柔而坚定。多年后，读了她的《我们仨》，才知道鹣鲽情深、极少龃龉的钱氏夫妇，居然曾经为一个法文字"bon"的发音，好好吵过一架。杨说钱的发音带有乡音，又经法国友人论断属实，弄得钱很不开心。自此夫妇俩决定凡事互相商议，不再争吵。由此可见两位大家历来对语言、对学问、对文化的执着和认真。我当时初识杨绛，就出了个洋相，虽甚觉尴尬，却衷心感念前辈不吝指点后辈的真诚与坦率。

那时候，内地开放不久，一切都很保守，杨绛却穿了一身旗袍，配上她的优雅举措，诗书气韵，显得一派雍容，与众不同。从她的外貌，无论如何都想象不出眼前的大家闺秀，文坛翘楚，竟然曾经遭受过"文革"的摧残肆虐，罚过扫厕所，剃过阴阳头，更下放过"五七干校"。

这以后，我们保持书信往返。一九八八年香港翻译学会决定颁授荣誉会士衔予杨绛先生，由我撰写赞辞。虽经竭力劝勉，杨绛还是恳辞邀请，不肯前来出席颁授典礼，当时不解，如今我终于明白，历经"文革"，饱尝忧患之后，不求有名有声，只求有书有诗的钱杨二老，再也不愿意浪费共处的时间，去跋涉奔波、远离北京了。杨绛写了答谢词，要我替她在会上宣读。她的答词很短，但十分精彩，言语返璞归真，情感恳挚动人，最能表现出她那独特温润的风格，也最能体现出翻译的真谛和内涵："翻译大概是没有止境的工作，译者尽管千改万改，总觉得没有到家。世界文学杰作尽管历代都有著名译本，至今还不断有人重新翻译，表示前人的译本还有遗憾。所以译者常感叹'翻译吃力不讨好'，确是深知甘苦之谈。达不出原作的好，译者本人也自恨不好。如果译者自以为好，得不到读者称好，费尽力气自己叫好，还是吃力不讨好。"答词言简意赅，文如其人。的确，杨绛能用最平实浅显的文字，表达最深邃奥妙的含义，恰似她常以最温柔敦厚的态度，坚持最刚正不阿的原则。

颁奖典礼完成之后，杨绛给我来了封信，信里说："承费神为写赞辞，不胜惭汗感激。顷得范君转来证书和你的来信、照片及剪报。照片上看到你这样漂亮的人物代我领奖，代我答谢，得意之至！专此向你道谢。"

杨绛待人宽厚，"文革"中欺凌他们一家的恶人，她都一一原谅，称之为"披着狼皮的羊"；对于她的后辈小友，她则喜欢称为"漂亮人物"或"小姑娘"，这是我每次登门拜访或电话问候她时，常听到的昵称。她的确是个内外兼美的典范，内心美，也欣赏美。每次拜访，只见她寓所中尽管陈设简约，朴实无华，但总是莳花不断，清芳四溢，与盈室书香交融相衬，哪怕是她九十大寿，因钱先生和爱女钱瑗弃世未久而心情落寞的当天，小楼上不见喜幛高挂，却有鲜花悦目。

曾经四访三里河，第一次去拜访就是杨绛九十大寿的日子。那天，她原是闭门谢客的，听到我来了北京，就答应让我登门造访。但是老人却在宽容中见执着，有所为有所不为。她知道我因为在北京"人生地不熟"，必须找个同伴前往，但我连说了几个名字，都遭否决，后来提到罗新璋，听到是这位社科院的老同事，翻译界出名有真才有实学的老好人，她欣然首肯说："罗新璋？好啊！"这以后，我每次去北京必定探望杨先生，四次中倒是有三次都是罗新璋陪同的。

前后四次，相隔数年，杨先生给我的感觉却是越来越健康，越活越精神。二〇〇〇年她九秩华诞（以阴历计算）的那天，杨老形容憔悴，情绪低落，频频说别人过生时儿孙满堂，自己却形单影只，怎么劝她，都拒绝跟我们外出庆祝，连去吃碗简单的寿面也不肯。当时我们还在替她心中暗暗着急，不知道此后杨老丧女孀居的日子该如何排遣。二〇〇三年金秋时节再访三里河时，杨先生已经精神抖擞，重拾欢颜了。那时，她的《我们仨》面世不久，风行一时；而出版社前一天才送来《钱锺书手稿集》的样书，这才是她几年来孜孜不倦、努力不懈的成果。她兴冲冲地拿样书给我们看，只见书页上挤满了密密麻麻的小字，都是当年钱锺书钩稽史料的斑斑心迹。细看之下，发现这些批语和心得，竟然遍及中、英、法、德、意、西、拉丁等多种文字。这样如蛛网纠结、纵横交错的蝇头小字，若非杨绛在哀伤落寞的岁月中，收拾心情，悉力整理校阅，怎么可能有面世的一天？这使我忆起杨绛曾经说过，钱锺书先走一步，细心想来是件好事，因为她可以留在现场，打点清扫。别看杨绛外貌娇小柔弱，

二〇〇四年在北京拜访杨绛先生

实则内心刚毅坚强，是个不折不扣的"女中豪杰"。早在杨绛当年生孩子进产院的那段时间，钱锺书一个人过日子，难免天天"干坏事"：第一天打翻墨水瓶，第二天搞砸了台灯，第三天，弄坏了门轴，于是天天愁眉苦脸去向夫人诉说，扬眉女子听罢回答："没关系，我会修"，让夫婿高高兴兴放心而去。就是这种"天塌下来让我顶"的精神，使当年的神仙眷侣虽历经浩劫，因彼此勉励，相濡以沫，而在极端简陋困顿的环境中渡过难关，并著述不断，创作不辍；也使晚年折翼、年届九十的杨老昂然坚挺下去，在夕阳余晖中，重新焕发出灿烂耀目的生命力！

谁会想到八十七岁时病歪歪，走路得扶着墙壁的杨绛，在钱锺书逝世后，竟然独自一人守护小楼十八载？三里河的寓所，曾经让坎坷一生的杨绛欣然说道："好像长途跋涉之后，终于有了一个家"；也让她在晚年痛失亲人之后怅然慨叹："三里河的家，已经不复是家，只是我的客栈了。"杨绛就是在这个"客栈"中，发奋图强，八十九岁时翻译柏拉图的《斐多》；九十二岁时，发表《我们仨》及整理出版《钱锺书手稿集》，九十六岁时出版《走到人生边上——自问自答》，一百零三岁时，发表小说《洗澡之后》。

除了写作，杨绛还天天勤练书法，每次登门拜访，总看到她那书桌上宣纸四散，大楷小楷布满纸上。有一回，罗新璋看到杨绛的墨宝随处乱放，就替我悄悄拿了一张，叫我藏好。谁知杨绛一回头，我就老老实实地招供，说时慢那时快，老人居然手脚伶俐地一把抢了回去，咭咭笑着说"我的字老是练不好，等练好了再送你"。虽然那次抢不到她的墨宝，十分遗憾，却得到了最亲切的款待。她让我坐在身旁，跟我慢慢聊天，轻轻闲话家常。"你妈妈几岁了？"她问。"她是一九一一年出生的。""那不是跟我同年吗？几月生日？""阴历六月。""那不是同一个月吗？"结果一算，两人都属猪，同年同月生，杨绛只比我妈妈大一个星期。她们都生于那个国家多难、充满忧患的年代。妈妈不在了，眼前的老人却健朗如松柏常青，冥冥之中，让我觉得跟这位才学超卓的大家，除了景仰敬佩，又添了孺慕之情，她不再是高山仰止的偶像，而是常惦心中的长辈。

杨绛在《干校六记》中说，"经受折磨，就叫锻炼"。在我经历人生最痛时，总是想起她那睿智的话语，心底明白，有她在前面领路，这条路尽管难走，也一定走得下去。不错，阅读可以忘忧，写作可以疗伤，杨绛多年来身体力行，给我们示范了最佳的榜样。

如今一百零五岁的老人已飘然远去，但是灵魂不灭，精神长存，我深信，她仍会以毕生辉煌的大业，继续在前面为后学引领，照亮我们的迢迢人生路！

2016 年 6 月 2 日

文艺活动

泛光溢彩颂乐韵

——写在罗铮"看音乐、听绘画"展出之前

　　一九九八年十月赴北京参加中国译协第四届理事大会，正巧傅聪也在北京，于是相约会晤于傅敏家。见面时，畅谈甚欢，闲话间无意中瞥见客厅一端有幅绘画复制品，色彩绚丽，风格独特，一望之下，就给深深吸引住了。问傅敏夫人画家是谁，她说："一个可爱的孩子，名叫罗铮。"这是第一次接触罗铮的画作。

　　此后，知道罗铮是位先天愚艺术家，出生于"文革"时期，成长于音乐之家。父亲罗忠镕是中国知名作曲家，母亲李雅美是声乐家，姐姐罗莹则为钢琴家。罗铮自小与其他智障儿童无异，智力偏低；所不同的是他长年累月浸淫在乐韵琴声之中，在父母长姊全力照料与悉心爱护之下，蕴藏于拙稚外表中的纯朴心灵，乃逐渐萌芽、茁壮。一九九二年初，罗铮突然拾起画笔，开始绘画，其后又以罗忠镕的作品为题，绘出第一幅音乐画《爸爸的第二弦乐四重奏》。就这样，朦胧混沌的天地豁然开朗，愚昧鲁钝的心智突然开窍，一个与众不同的艺术天才，终于破茧而出，展翅飞翔。

一九九九年四月再度因公访京，甫下飞机，就经傅敏夫妇联络到罗氏一家，当晚在公务完毕后，直奔罗府，心中急欲一睹传奇人物罗铮的真面目，更渴望观赏那两百多幅歌咏生命、颂赞音乐的幻彩之作。

罗家坐落在北京城东一幢老房的四楼上。居室布置简朴，陈设清雅，除了琴、书，除了作曲用的电脑，沙发旁，书桌边，墙上门后，到处都放满了罗铮的画。放眼望去，仿佛在春寒料峭的夜晚，突然走进一座百花盛放的园林，悠扬的乐声，奔放的热情，随着数百幅色彩斑斓、恣意挥洒的画面溢泻而出，再缓缓流入来客的心田。迎接访客的，除了满室的画作，殷勤的主人，还有罗铮纯朴的脸，童稚的笑，笑脸中展现出来的是难掩的真，无比的诚！罗夫人对孩子说："有客人来看你的画了。"罗铮高兴地伸出手。轻轻一握，发现他的手特别软，特别厚。就是这只手，将音乐世界气势澎湃、抽象灵动的神髓捕捉下来，再现于泛光溢彩之中，是怎样的悟性与灵气，才能成为这绝艺巧手的主人？

罗铮自幼没有上过学，没有学过画。可是在全家爱的教育中，他不但认得字，还会看书，最喜欢看《飘》。罗铮对音乐的记忆力与领悟力更远远超乎常人。他对千百首乐曲耳熟能详，只要听上几段，就能准确无误地说出曲目与作曲家的名字。他喜欢欣赏音乐会，会上大师的演奏往往令他激动不已，潸然涕下。世人眼中的智障，其实摒除了画家生命中种种俗尘凡嚣，剩下的是不知名、不知利，直抒胸臆，渗透心灵，与艺术本源紧密契合的灵光心性。罗铮爱音乐，所不同的是他在画布上歌唱，以色彩线条来表达心中的喜悦，如诗的情怀。在他的笔端，印象派大师德彪西的名作，作曲家斯特拉文斯基的巨构，马勒的交响曲，利盖蒂的现代乐，以及许许多多其他的作品，都赋予了音符之外的崭新生命。艺术的最高境界原是抽象的，艺术升华到纯净无碍的层次，即会超越一切表达的媒介，音乐如是，绘画亦如是。罗铮以纯净的心灵，静静生活，默默感受，内心深刻的意蕴乃表现在绚丽多变、动静交错的画作中。摄人心魄的音乐从画中汩汩流溢，连绵不绝，伸展无涯。

罗铮的画，尤其是他的音乐画，已经传诵一时，驰名国际。他曾经在德国、法国、日本及国内各地举行画展，惜从未在香港展出。有鉴及此，乃决意将这位才华横溢的画家，推介给热爱艺术的"关怀行动"主席梁秉中教授。承蒙梁教授热心推动，罗氏一家鼎力支持，加以筹委会顾问赵曾学韫太平绅士的赞助及全体委员的合作，乃促成了这次慈善活动。活动以"看音乐，听绘画"为名，同时举行罗铮画展及音乐会（音乐会以启发画家创作的曲目为主题），使广大群众既可以在罗铮画作中品味音乐之美，又可以在乐曲演奏中体会绘画之乐，两者兼具，诚为匠心独运、别开生面的创举。在此谨祝画展圆满举行，音乐会演出成功。

2000 年 6 月 10 日于香港，

本文原载《大公报》，2000 年 8 月 2 日

世界四百位作家

——谈写作

常感到在世界上百行百业之中，有两种职业说难最难，说容易也最容易。这两种职业就是演戏与写作。

君不见许多涉世未深、初出茅庐的年轻小子或黄毛丫头，一旦选上了什么先生、什么小姐，不但一登龙门、身价百倍，而且竟然一个个晋身娱乐圈，当起演员来。也不见哪个接受过什么演技训练，学习过什么戏剧理论，反正只要生就一张俊脸，脸上会做做喜怒哀乐的表情，也就足以混口饭吃了。

当作家也一样。很少作家在进军文坛之前，是接受过正规写作训练的。很多名家年轻时干过各式各样的杂差，有的当海员，有的当会计，大致来说，一般是干风马牛不相及的行业出身的。反正任何人，干本行干腻了，只要拿起一支笔，一张纸，肯乖乖坐下来爬格子，爬满了格子，找到人肯出版，就马上可以自称为作家了。

所以说，当演员与当作家最容易。只要机缘到了，不必经过长时间的专业训练，要入行，随时随地可以入。

可是入了行，演戏演久了，写作写多了，这就发现，在这两个行业中，若想真正能出人头地，闯出个名堂来，那就比什么都难，除非天赋异禀或独具匠心，否则不可能脱颖而出，所有经过专业训练的行业，例如工程师、会计师、律师、医生，都要经过严格的训练与长期的学习才能入行；可是一旦入了行，只要按部就班，生活就有一定的保障。随之而来的是成家立业，攀着社会的梯阶，稳步向前，直上青云。你若问一位成名的医生或律师，他当初为什么要选择这一行业，答案若不是堂而皇之地为了要"悬壶济世"或"执法仗义"；就是切切实实地为了要"名成利就"或"光宗耀祖"。换言之，当初入行的目的是明白确切的，日后所得的成就，也是显而易见的。

可是当作家的就完全不同。你若问他们为什么会选择自己的行业，往往会得到形形色色，甚至出人意料的答案，有些人是糊里糊涂入的行，当初好比盲婚，日子久了，才对这一行培养出深厚的兴趣来，就像看到枕边人，日久生情，越看越可爱似的。有的人却自幼就立定目标、许下宏愿，非以写作为终身职业不可。某些作家以为写作是一种宣泄，是一种满足自我的需要；另一些作家却又认为写作是一种过程，其最终目的在于"文以载道"。有人自视甚高，以为自己的笔锋有雷霆万钧之力，能翻风覆雨，掀起滔天巨浪；有人却感到自己卑微渺小，若不写作，就不复存在。

作家们这种种不同的看法与心态，自然可以从他们个别的作品中反映出来，可是即使读了他们的作品，也必须在字里行间细心揣摩，方能有所领悟。要想知道作家对写作的看法，最好的方法，莫过于直截了当，让他们现身说法，把当初为什么决定要写作的因由，如实道出。

一九八五年，法国图书沙龙发起了一项有意义的活动，即通过法国驻各国使馆，遍邀各国著名作家以"您为什么写作"为题，撰文作答。答案由《解放》杂志专辑刊登，引起读者广泛的注意。应邀作答的世界四百位名作家中，当然亦包括中国的名家如丁玲、巴金及华裔作家白先勇、陈若曦等在内。这四百篇精彩纷呈、言简意赅的心得，如今通过各地译者历时数载的经营，终于得以全貌用中文呈现在读者面前。

承蒙谭仲夏先生邀请我为这本珍贵的文集写序，我有幸一卷在握，先睹为快。我发觉作家们的确是世界上最多姿多彩的一群，他们的"心得"，有长有短、有庄有谐；或道貌岸然、或荒诞不经，把这许多篇章并列起来，就犹如召开联合国作家联席会议，众人畅所欲言，各抒己见，煞是好看！

在翻阅之余，我发觉作家们为何写作的因由虽然繁复多变，但归纳起来，大致有以下四类：第一类的理由十分堂皇崇高，作家往往以天下为己任，为国家民族大义或为促进文化、解放人类而写作；第二类是较为智性的、冷静的，作家们为了寻求生命的真谛，探索内心的奥秘，以及研究语言文字的美感而创作；第三类是极其个人的、感性的，作家们感到生也有涯，岁月匆匆，数十寒暑之后，倘若没留下什么，这一世就像沙滩上的足印，浪涌浪退，瞬息间给冲洗得了无痕迹！因此作家写作，就是一种对自我的鞭策，对存在的肯定；第四类最简洁、最直率。作家往往答道因为"不为什么""不明所以""身不由己""不写作无以为生"而写作。

在写序的过程中，我做过一个小小的实验，尝试以一百位作家为对象，将其写作的动机，依上述四型分类，分别以彩色条签标出。第一类义正词严，我用鲜明的橙；第二类冷静理智，我用澄澈的蓝；第三类感情奔放澎湃，我用浪漫的粉红；第四类坦率真挚，我用简单的白。条签标好后，发觉一片斑斓色彩中，粉红条签的数目遥遥领先，依次为白、蓝及橙色。这现象反映出作家大都是感情洋溢的，写作时往往受驱于一种出自内心深处情真意挚、难以自抑的欲望。换言之，写作贵乎真，非至情至性，不足以感人肺腑，此所以任何以文学为宣传工具的作品，哪怕作家的动机再纯正、目标再崇高，也打不动读者之心的缘故吧！

这一册珍贵的文集，记录了来自世界各国文学名家的心声，也即是概括了全体人类共创精神财富的心声！我们在欣然开卷之余，不能不想到此时此地所得的阅读之乐，完全是无数翻译工作者辛勤努力的成果。没有翻译者的默默耕耘，世界各地的精神文明就无法交流与共享。

去年香港翻译学会成立二十周年纪念，我曾发起与巴黎图书沙龙类似的活动，虽然规模小很多，但意义相同。我曾邀请学会的荣誉会士及会士撰写各自对翻译的看法。现以余光中教授的话，作为序言的结语："如果原作者是神灵，则译者就是巫师，任务是把神谕传给凡人。"如今，通过这许许多多"巫师"的辛劳，四百位"神灵"的"神谕"已经陈列在各位眼前，面对这丰富多彩的隽言妙语，一方面可以窥见作家的内心世界，一方面又可以拓展自己的精神领域，各位读者又岂容错过！

1992 年 2 月 7 日

从意念到事实

——记傅雷纪念音乐会与展览会的筹划经过

十月二十九日在香港文化中心举行的"傅雷纪念音乐会"终于顺利演出；而同日，在铜锣湾商务印书馆举行的"傅雷逝世二十五周年纪念展览会"也圆满结束。这两项活动都是香港翻译学会为成立二十周年而举办的一连串纪念活动的高潮：音乐会由傅雷长子傅聪专程自伦敦来港演出钢琴独奏，展览会则由傅雷次子傅敏特地由北京来港主持揭幕仪式。这两项盛大的活动，由构思开始，到成为事实，虽说过程中遭遇过种种困难与艰辛，但由于各方友好的支持与鼓励，终于能一一克服。如今回想起来，其间历经不少曲折动人的故事，若不趁记忆犹新，及时记下，日子一久，就难免在思想中褪色了！

一、意念的由来

我这人自小便喜欢幻想，心中时常萌生一些稀奇古怪的念头，但由于天生是个梦幻派，不是个实践派，所以往往是想得多，做得少。几年前立下宏愿，告诉自己念头一起，必须即时录下，以免事过境迁，一切又消失于无形。

一九八八年五月二十日，午夜梦回，半睡半醒中，心中忽然涌起一念，想到再过几年，就是大翻译家傅雷逝世二十五周年了，香港翻译学会何不请傅聪来港举行一场"傅雷纪念音乐会"募集基金，筹款所得，作为推动翻译事业之用。次日起身，就把这念头记在一本记事簿中，由于时日尚早，不久，也就把整件事给忘了。

到了一九八九年中，忽然又想到这件事，于是就写信征询傅聪的意见。不久，傅聪来电，告诉我由于中国发生的大事，心中感到非常沉痛，其他一切都押后再谈吧！

一九九〇年初，傅聪来电表示一九九一年他决定来港演出纪念音乐会，当时我感到难以言喻的兴奋，因为两年来蕴藏心中的意愿，终于有如愿的时候了。其实，当初心中萌生意念时，是突如其来的，就

一九九一年傅聪为香港翻译学会义演后留影

如灵感般在脑海中一掠而过，事后回想，为什么偏偏发生在五月二十日，可能是潜意识中早已日思夜想的结果吧！

五月二十日是法国大文豪巴尔扎克的诞辰，而傅雷是法国文学的翻译名家，尤专注于巴尔扎克作品的中译，他翻译的《高老头》《贝姨》《幻灭》等名著，在中国读者心目中，就好比中文著作一般亲切。傅雷长达三十七年的翻译生涯中，曾经译出三十多部经典名著，而巴尔扎克的作品，就几乎占一半之多。傅雷译笔优美精确，深得原著神髓，可说是巴尔扎克在中国最忠实可靠的代言人！可惜翻译家于一九六六年，在"文革"初期含冤弃世，巴尔扎克《人间喜剧》中其他篇章的翻译，只有留待后来者去继续完成了。

傅雷先生一生高风亮节，他对翻译的认真与执着，专注与热诚，也同样表现在为人处世、交友教子等各方面，我在潜心研读过他的译著及翻译过《傅雷家书》之后，对他更增敬佩之意。由于自己从事翻译工作二十多年，更了解作为一个有良知、有水准的译者的艰苦。内心深处时常有个构想：翻译是传播人类知识、促进文化交流不可或缺的桥梁，可惜历来不论古今中外，一般人对翻译从业员往往不加重视，不予认可，因而使不少优秀的译员心灰意冷，纷纷转业。在翻译界中，很少有人像傅雷先生一般锲而不舍，将毕生的精力，专注于欧西名著的译介中的。我们如能以纪念音乐会的形式，筹集"傅雷翻译纪念基金"，用以推动中国译坛的翻译事业，不啻是对傅雷先生当年苦心孤诣的努力，致以一种最高的肯定与最深的敬意！

意念萌生之初，一切仍然茫无头绪，当时只有构想，不知如何去付诸实行，到一九九○年初，傅聪应允次年来港演出时，我正好当选为香港翻译学会会长，这筹办纪念音乐会的重担，就自然而然落在我的身上了。

二、筹划的过程

初担重任，心中未免诚惶诚恐，一来因为自己喜爱音乐，但对音乐素来没有研究，更遑论筹办筹款音乐会了；二来因为翻译学会是由一群热心人士组成的学术团体，以不牟利为宗旨，日常推动会务全靠微薄的会费，既没有全职受薪的事务人员，也没有可以灵活运用调动的资金，连每次召开执行委员会议，也得利用各委员公余之暇，自掏腰包边聚餐边开会的。因此，要应付筹备一次音乐会，尤其在文化中心举行的盛大音乐会所面临的种种繁杂事务，从填表、租场地、申请市政局补助，到设计海报、印制宣传品、节目表、纪念场刊，以至召开记者招待会、与各界人士接洽联络、找寻赞助人士及机构，直至最后的销票、排演等等，事无巨细，一切都得亲力亲为。由于每一桩事都是彼此相关、前后有序的，稍一不慎，时间就从手缝溜走，整整一年多，从筹备到演出，无时无刻不在既紧张又兴奋，不敢松懈、全神以赴的状态之中，个中苦乐，真不足为外人道也！

许多人都说，举办一个筹款音乐会，必须找专人筹划，例如经验充足的推广公司，凡事先有一套完整的计划，按部就班地逐项推出，就可以事半功倍了。此话的确有理，我当初也曾经接洽好几家推广公司，可惜都因收费太昂，学会财力负担不起而作罢。既然没有专业的公司协助，一切就只好靠自己赤手空拳，尽力而为了。

还记得在大热天时，为筹募宣传经费而到处奔波。所幸一开始就经好友俞霭敏女士协助，获得恒生银行及伟伦公司利国伟爵士大力资助，得以顺利地跨出第一步。此后陆续获得各界捐款，数目多寡不一，但每一笔款项，都像一支强心针，使我在日以继夜的劳与累中，再次振奋起来。

每当情绪低落的时候，往往会问自己："为什么在别人舒服享乐的时候，自己要这么劳碌？为什么自己要无中生有，想出这样的念头，到头来作茧自缚？"可是每次精疲力竭的时候，总遇到一些感人的事，使我对自己所做的一切，重拾信心。

曾经听到过一些经验未足、目光稍欠的年轻会友说："翻译学会办翻译活动倒也罢了，搞什么音乐会！"他们似乎认为翻译就是翻译，音乐就是音乐，两者毫无共通之处。其实，这次邀请傅聪以音乐会的形式来纪念父亲，是有多重意义的。在台湾出版的《傅雷家书》中，我曾应邀撰写"出版说明"。我记得说过，《家书》不是普通父子之间的闲话家常，在某一个层次，是"艺术家与艺术家之间的对话"，是"翻译大家与音乐大师在畅谈艺术、纵论人生"。换言之，翻译正如音乐，也是一门艺术，文学翻译尤其如此。翻译家对原著的领悟吸收，就好比演奏家对乐曲的领会消化，前者以文字表达原著的风貌，后者以音符奏出乐曲的神髓，再没有两种艺术形式，比翻译与演奏更为相近了。如今，翻译家父亲英年早逝，再不能以家书向远在异邦的爱子千里致意；演奏家儿子在二十五年后，以乐韵琴声来表达对父亲的怀念与追思；做父亲的当年对儿子悉心栽培，做儿子的如今茁壮成材，不负父亲的厚望，成为一个光明磊落的知识分子，一个名闻遐迩的钢琴家，并且以父亲喜爱的音乐回报哺育之恩，这一切，难道不是动人心弦的吗？使我感铭的是台湾的林文月教授，她在电话中说："请傅聪以音乐会的形式来纪念父亲，并且筹募'傅雷翻译纪念基金',实在是件十分感人的事!"幸而有知音人士的支持,使我坚信一切努力都不会白费!

在筹划过程中,另一桩感人的事是央得林风眠大师为海报题字。在设计海报之初,曾经征询过傅聪的意见。傅聪认为父亲当年与林风眠相交甚深,两人惺惺相惜,彼此敬重,多年后,为了纪念故友,相信林大师一定会答应为海报题字。我为了这件事,央友人辗转获得林老的电话,冒昧致电相求。谁知道打通电话之后,才得知林老抱恙进院,此后来来回回打了无数次电话,经过了几个月时间,终于在林老谊女冯叶女士的协助之下,获得了林老的题款,不久,林老就与世长辞了。如今海报上所见的,可能是林老最后的遗墨。难得的是林老病中挥毫,仍能写出苍劲有力的"傅雷纪念音乐会"七个大字。一张海报,左边是林老的字,右边是当年傅氏父子共研艺术的照片,中国杰出的艺术家、翻译家与音乐家的辉煌成就,都并列一处,也弥足珍贵了。

由于筹备音乐会,需要不少宣传资料,学会的执行委员会就想到也许可以同时举办一个"傅雷纪念展览会",将傅雷当年译著的手稿、家书、致友人函件、生活照片等等在香港展出。为此,一九九一年春,学会致函邀请傅敏前来香港,主持展出事宜。傅敏在北京立即着手整理资料及展品,一方面开始申请办理出境手续。在香港，由于我对傅雷的译作生平等较为熟悉，筹划展览会的任务又义不容辞地落在我身上。幸亏经罗志雄先生协助，邀请商务印书馆与学会合办，解决了场地的问题，一方面商务更派遣高敏仪女士直飞北京，与傅敏会面，将一切展品亲自带返香港，准备于十月二十五至二十九日展出。

从开始申请，到领取护照，傅敏足足奔波了五个月，经过了无数周折，其中又在大热天时，与夫人小明挥汗如雨，日以继夜地苦干了两星期，才把有关展览的各种文献资料照片等整理出一个头绪来，让高小姐带上。谁知临到展前一个星期，护照领到了，但到英国使馆签证，按一般程序，却要足足等上一个月之久！傅敏临时告急，托东京的朋友来电求援，我当时几乎是束手无策的。听说可以向北京的英国使馆要求尽速办理，好不容易从友人处得到电传号码，尽快送上电传，却发现北京必须经香港移民局首肯，始能签证。这一来，情急之下，只好贸然直拨移民局局长的电话了。手上拨通的是助理局长杨先生的电话，由秘书代接。谁说香港移民局办理人员态度傲慢？谁说移民局人员工作效率不高？若非我亲身经历，我不会知道香港移民局是如此为民服务的。我在电话中道明原委之后，立即获得移民局的全力协助，我再电传有关资料，不出三个钟头，事情就获得圆满解决，傅敏终于能顺利成行，如期到港。我对香港移民局，尤其是杨局长的协助，心存感激，更为香港人办事的效率，感到自豪！

三、终成事实

十月二十四日，在极其巧合的情况下，傅聪傅敏两兄弟，一个来自台北，一个来自北京，于同一日分别抵达香港。

这一天是既兴奋又辛劳的。早上，傅敏来电，自罗湖过境到港。从罗湖来，可以轮上几个钟头，也可以很快过境，一切都在未知之数，所以必须在家中守候，一边厢，傅聪于中午时分到港，答应了前往接机。所幸傅敏很顺利地过了境，匆匆把他送往展览会场，会见久候的记者，再急急忙忙过海，到启德机场，接了傅聪，等曾福琴行把练琴用的钢琴送上房间后，再尽快飞奔过海，接傅敏安顿在港大柏立基客舍中。

两兄弟已经数年不见，此次能在香港重逢，诚非易事。傅聪一早就表示，这次纪念父亲，除了表扬他在翻译上的贡献，也为了要纪念他一生不畏强权的风骨！傅敏到港后，第一件事就说出心中的感受，认为香港有这许多有心人士为纪念傅雷而任劳任怨、出钱出力，既不为名又不为利，完全发扬出傅雷无私奉献的精神！的确，香港社会大众人士，在傅雷逝世二十五周年的今天，举办了种种纪念的活动，如音乐会、展览会及话剧演出，正为了钦佩傅雷当年誓死不屈的傲骨！傅聪说得不错，他最反对个人崇拜，最反对矫揉造作、刻意经营，可是，我们今时今日在香港纪念傅雷，意义却是十分深远的。

展览会打动了无数人的心，音乐会也在全场满座的盛况下顺利演出。三年的构思，一年的筹备，终于都已成为过去。从意念到事实，若非得到多方面好友的鼎力协助，如芳芳、如毓文、如岭南的陈佐舜校长，来自国内的戈宝权以及来自海外的高克毅、余光中、蔡思果、林文月等各位荣誉会士的支持，若非获得各位新闻界、音乐界朋友的推动，各位专栏作家的报道，以及学会会友的通力合作，则不可能获得成功。

十月二十九日晚，音乐会开完后，兄弟俩终于可以松口气，坐下来聊聊天了。傅聪对傅敏说："要记得，我对政治毫无兴趣，但正义感却不可一日或缺！"这一句话，正可以反映出一个真正的知识分子光明磊落的胸襟。在纪念傅雷先生逝世二十五周年的今天，我们欣然见到：傅雷的风骨，早已体现在他爱子的身上！

（本文原载《星岛日报》，1991 年 11 月 28～30 日）

前浪滔滔，后浪滚滚

——记"新纪元全球华文青年文学奖"评审委员的邀约过程

正当世界各地为科技发展而如痴如狂全情投入的关头，要创设一个全球性华文文学奖，并以攻读大学的青年人为对象，似乎有点逆水行舟，不自量力。香港中文大学文学院其实在两三年前就有设置"新纪元全球华文青年文学奖"的计划，后来，经过了长时间构思、筹划、募集经营、邀约协办机构、邀请决赛评判等繁复的程序，终于在一九九九年十二月中旬，也即二十世纪末的重要时刻，顺利推出了这项创举。

早在一九七四年，有意推动文学的热心人士，已经设置了本港首届"青年文学奖"，二十多年来薪火相传，造就了不少杰出人才。中大此次创办文学奖，乃意欲秉承前人的优良传统，并将之发扬光大。新纪元文学奖的规模宏大，颇具特色，从地区而言，遍及全球各地；以评判而言，则更是阵容鼎盛，一时无两。

这次比赛共分三组，散文组的评判是柯灵、林文月、余

二〇〇六年主办第三届新纪元全球华文青年文学奖与著名作家评判合影

秋雨；小说组的评判是齐邦媛、王蒙、白先勇；文学翻译组的评判是高克毅（笔名乔志高）、杨宪益及余光中。

　　能邀得这九位文坛及译坛名家出任评判，诚属幸事，而进约的过程，既温馨又感人，使人心头暖洋洋，原来，不论科技怎么发达，人间绝不会变得冷冰冰。世界上只要有这些对文学真心爱护、对后进全力扶掖的有心人在，文学不但没有死，也永远不会死。吾人伫立岸边，极目望去。但见前浪滔滔，后浪滚滚——文学的长河必将汹涌澎湃，永不干涸！

以下，且将邀约九位评判的经过，略述如下，以飨读者。

一、余光中

余光中毕生从事文学创作与翻译四十余年，著译丰硕，影响深远。如今身处两岸的读者，只要关心文学及翻译的，没有谁不知道余光中的大名。

余先生的文学生涯，多姿多彩，诗、散文、翻译、评论、编辑五者兼顾，除此之外，更为倡导文学、促进文化而全力以赴。迄今已行之十二年、成就斐然的"梁实秋文学奖"，就是在余光中大力推动下成立的，除此之外，余先生还出掌该奖翻译组选题及评审的工作。因此，此次香港中大举办的全球青年文学奖中翻译组拟题的重任，就自然而然交托给德高望重、经验丰富的余教授了。

一九九八年重九余光中先生欢庆七秩华诞，当时高雄中山大学举行了祝寿盛会，同时更主办了"余光中作品研讨会"。趁前往与会之便，向余教授提出首届"新纪元全球华文青年文学奖"的想法，并顺道邀约余先生出任文学翻译组评审及为比赛拟题。一方面也许因为跟香港中大有十多年宾主之缘，一方面也许因为一向矢志为推动文学、培植学子而尽心尽力，余先生虽然日常工作繁忙，各方索文索稿、求诗求序的要求络绎不绝，如雪片纷至，令他在教学与译著之余，应接不暇，"文债"高筑，但对此邀约，仍然毫不犹疑地一口答应下来。

一九九九年中，余先生有乔迁之喜，搬入新居不久，诸事纷扰之际，这边厢仍要频频越洋催请，央他为文学奖翻译组出题，实在于心不忍，过意不去。所幸余先生出题如写稿，精确认真、毫不含糊。题目寄来时，一共两题，两段文字互相配合，各有特色，颇能测试参赛者的功力。

此次文学奖之所以能顺利设置，其中有一段因缘，也跟余光中先生息息相关。一九九八年余先生七秩华诞盛会时，结识了余先生的弟子刘尚俭先生。刘先生是成功的实业家，为人乐善好施，惠及群伦，平日除发展业务外，对文化教育的推动，更不遗余力。此次活动承蒙刘先生担任荣誉赞助人，慷慨捐助，大力支持，方能成事。

余先生审稿，以审慎执着、一丝不苟见称。某一年有幸与余先生同为"梁实秋翻译奖"评审；当天一早进入会议室，整天闭门苦读、反复审阅，中午以便当充饥（即粤语的"揸饭盒"，所幸台式便当精致可口，不致难以下咽，但边食边评，过程确实十分紧凑），到审稿完毕，早已日落西山、万家灯火了。中文大学此次文学奖翻译组由余先生出题把关，评判决审，不啻为一种信誉的保证。

二、林文月

林文月教授为国际知名的散文家与翻译家，诞生于上海日租界，启蒙教育为日文，至小学六年级返台接受中文教育。大学时专攻中国古典文学，自台大毕业后，受聘留校任教，专长于六朝文学、中日比较文学、现代散文等。一九九三年退休，次年荣获台大中文系名誉教授。退休后，著译不辍，声誉更隆，曾应邀出任斯坦福大学、加州大学伯克利分校及捷克查斯大学客座教授。

林教授能文擅译，故屡获文学奖及翻译成就奖，所译日本古典名著如《源氏物语》《枕草子》《和泉式部日记》《伊势物语》，皆为千锤百炼的名译，而其散文集如《京都一年》《午后书房》《交谈》《拟古》《饮膳札记》等则隽永清远，飘逸淡雅，一如其人。

与林教授相识于十多年前。一九八五年，香港翻译学会的执行委员应邀赴台湾访问，在"文建会"的安排下，与台湾的翻译界资深人士会晤交流。当天会上在座的就有闻名已久的林文月教授。那时她正好译竣《源氏物语》，这本洋洋巨著是她以五年半时间呕心沥血译出的力作。还记得在会上曾经问她译毕名著的感受，她答了一句："寂寞！"原来自古以来，孤寂与创作永远是难以分割的。

与林教授相识后，因为背景相同，爱好相近，我们时相往返，多年来，曾经几度互访，林教授更多次应邀前来香港中文大学讲学及参加学术会议，也曾趁她访学之余，跟她促膝谈心并做专访。

与文月相交愈久，相知愈深，她的为人，真诚恳挚；她的为学，认真执着。支持她勇往直前、永不言倦的是一股自强不息、坚毅挺拔的精神。今日登高望远，位尊誉隆，然而一切绝非幸致，都是她毕生努力耕耘的成果。

文月的含蓄谦逊，从以下一事可见一斑。某次，讲到她的翻译成就，她只是淡然一笑："人家不做，我来做。"就是这种为天下执勤、替世人代劳的操守，使人间充满了真情意！还有一次，文月应邀前来中大翻译系演讲，正巧中国名翻译家罗新璋也在访问，一晚课余，带两位朋友到太平山顶游览，顺便一赏香江夜景。望着依坡而筑、密密麻麻的高楼大厦，文月忽然感喟道："哎呀！这么多房子，土地好累啊！"不但对人有情，对物亦有情，这就是散文家林文月的写照。

一九九九年一月，林教授应中大崇基学院之邀，出任

"黄林秀莲访问学人"。在崇基访问期间，我们有机会多次相聚，当时，就跟文月提到"新纪元全球华文青年文学奖"一事，并请她担任评判。她一听就说："哎呀！办这桩事，你好累啊！"关怀之情，溢于言表。至于她自己，虽然译著两忙，教学与演讲之约不断，却想也不想就一口答应了邀约。

要推动一项并非时兴的文学奖，即使如逆水行舟，即使吃力而不讨好，又何足道哉！"人家不做，我来做！"文月的话，在耳际轻轻回荡！

三、高克毅

高克毅，笔名乔志高，祖籍南京，出生于美国密歇根州，三岁回国，在中国成长，毕业于燕京大学，二十一二岁回美定居，是真正学贯中西的双语人才，毕生从事中外文化交流事业，贡献良多。其主要译作有《大亨小传》《长夜漫漫路迢迢》《天使·望故乡》等，并著有《吐露夜话》《金山夜话》《美语新诠》《听其言也》《吐露集》《鼠咀集》等散文集。其著作影响极广。名专栏作家乔菁华就透露过，读书时代曾靠高先生的著作学英语而受益无穷。

一九九九年五月，从香港起飞，经过一天一夜的旅程（途中飞机发生故障，屡经周折），来到了美国佛罗里达州的冬园市，专程探望高先生伉俪，并向名翻译家做一专访。

高先生虽然已届八七高龄，但仍然老当益壮，精神矍铄。因此，可以说"高克毅虽已退休，但乔志高却退而不休"。高先生与夫人曾经有很长一段时间，冬临佛州，夏返马州，宛如候鸟，如今已在冬园的"五月花"社区定居下来。

"五月花"社区环境清幽，设施齐全，园中花木遍植，绿草如茵，还有一个澄澈见底的人工湖。高先生定居于此，生活越见优雅，气度更显雍容，每天除笔耕不辍，勤读如故之外，还学会了用电脑上网，不时与各地文友读者通讯交流，因此对文坛近况、儒林讯息，了若指掌，可以说天下事悉蕴胸臆，世间情尽在心中。跟这样一位译坛前辈共聚叙旧，尽兴畅谈，实在是人生一大乐事。

在冬园盘桓数天，承蒙高先生伉俪悉心招待，铭感不尽。高先生日常仍然自己驾车，殷殷带来客去大学看书，赴画廊赏画。犹记得汽车在两旁绿荫蔽天的大道上奔驶时，梅卿夫人在一旁用吴侬软语轻轻叮咛："侬当心啊！侬勿要开得脱快！"窗外，微风过处，花香飘送，此情此景，实在叫人深深感动！

在冬园时，当然不会放过机会，探访之余，赶紧邀约高先生出任"新纪元青年文学奖"翻译组的评审。高先生性情如贾宝玉，喜爱一切美好的事物，不但爱香港，也爱有才气的年轻人。从佛州到香港，千里迢迢，山长水远，但是二〇〇〇年十二月在比赛颁奖礼上与旧雨新知及青年才俊共聚一堂、畅论文学的憧憬，使高先生慨然应允如期前来。于是文学翻译组评审的阵容，就更形壮观了。

四、杨宪益

杨宪益是我国最负盛名的翻译家，由于家学渊源，自幼即对文学发生浓厚兴趣。及长，负笈英伦，进入牛津大学攻读希腊、拉丁及英国文学，获硕士学位。一九四〇年返国，与戴乃迭女士在重庆共缔良缘。自结缡之后，夫妇二人，一位原籍中国而精通外国文学，一位原籍英国而主修中国文学，分别镇守在译桥两端，彼此声援、互相呼应，为中西文化的交流，携手译出无数经典名著。脍炙人口的作品，包括《诗经选》《楚辞》《史记选》《汉魏六朝小说选》《唐代传奇》《宋明平话小说选》《老残游记》《儒林外史》《红楼梦》等，涉猎之广、贡献之大，难以尽述。

除"中译外"之外，杨宪益亦从事"外译中"的工作。这位翻译名家把前者称为"公事"，把后者称为"私事"，可见他毕生努力以赴、公私两忙的，原来都是翻译！杨老是我国译坛难得的高手，能将多种外国文学作品如希腊文等直接译成中文，包括荷马的《奥德修纪》、维吉尔的《牧歌》、阿里士斯托的《鸟》等，也译过萧伯纳的《凯撒与克丽奥帕特拉》《卖花女》，法国史诗《罗兰之歌》等，此外，还撰有《译余偶拾》《零墨新笺》《零墨续笺》等学术著作。

自上世纪八十年代结识杨老之后，多年来每次赴京，必到杨府登门拜访。杨氏伉俪热情好客，慷慨待人。在杨府晚膳，若有不醉之量，当可与酒仙对酌，则谈兴更浓。惜生平不善饮，每次只能携酒造访，聊表心意而已。一九九四年二月杨宪益伉俪，应中大新亚书院之邀，分别以"龚氏访问学人"及"明裕访问学人"身份来港做为期一月之访问。因而有幸跟两位时常见面，也借此机会跟杨老做了三次深入的访问，并整理成文，发表于香港联合报上。

一九九九年十月，趁赴京公干之便，再次造访杨府，顺便邀约杨老出任"新纪元全球华文青年文学奖"翻译组评判。杨老住在友谊宾馆的颐园，比起当年位于百万庄外文局后的住宅，地方小了些，但胜在外面有面积宽敞的公共园地，可供坐在轮椅上的乃迭，每日由阿姨推着，在外活动散心之用。

杨府的客厅一角，木柜里放满了大小药瓶，杨老平生只与烟酒为伍，既不看病也不吃药，偶染微恙，只吃几颗银翘解毒丸而已，这满柜药物，当然都是乃迭的，望之令人心痛。但是当天的乃迭，神情仍然是愉快安详的，望着来客，她高兴地笑着，手中拿着一盒喜爱的巧克力，紧紧不放，一脸童真的满足！想不到这次到访，竟成永诀。十一月下旬，一代翻译名家溘然与世长辞。乃迭终年八十，多少年来，她虽饱受"文革"摧残，却始终选择留在中国，对这片土地及其孕育的文化不离不弃；与毕生挚爱的伴侣及译坛知己相依相守，最后终老是乡，安然而去。乃迭虽逝，但其与夫婿合作的译著将永留人间，泽被后世。

今年十二月，我们盼望老当益壮、永远豁达的杨宪益先生能如期南下，让后学者一睹译坛前辈襟期高旷、洒脱飘逸的动人风采。

五、王蒙

王蒙是中国当代的名作家，一九八七至一九九〇年，曾出任文化部部长。现任中国人民政治协商会议中央常务委员。

自上世纪五十年代开始，王蒙即从事文学创作。一九五三年发表长篇小说《青春万岁》。一九五六年创作短篇小说《组织部来了个年轻人》。自五十年代迄今，王蒙已出版书籍逾六十本，包括长篇小说六部、短篇小说集十部，以及新诗、散文、文学评论集等多种。其作品曾译为英、意、法、德、日、俄等二十多种文字，在国际文坛享有盛誉。八十年代开始，多次出国访问，足迹遍及欧美各国。一九八〇年参加美国爱荷华大学国际作家计划，同年出席于纽约召开的第48届国际作家协会会议，一九九三年前赴哈佛大学访问，一九九八年到康涅狄格州三一学院担任访问学人及主礼嘉宾。王蒙先生亦曾经屡获国际奖项，例如一九八七年先后获日本创价学会和平文化奖及意大利蒙德罗国际文学特别奖，一九八九年更荣获约旦笔会荣誉会员衔。

虽然盛名远播，誉满天下，王蒙先生为人却亲切诚恳，虚怀若谷。九十年代初，趁赴京参加中国译协会议之便，前往王蒙先生的府上登门拜访。王宅所在地，是一座四合院，听说夏衍先生以前住过，当时旧院正待修葺，院子里堆满了水泥、工具等杂物，屋子里却舒适雅致，透着浓浓的书香。主人殷勤好客，席间谈了不少有关中国文学及翻译的问题，处处显出名家学问渊博、识见超卓的风范。

其后，王蒙先生多次来港讲学或参加学术会议，每次来港，都行程紧凑，事务繁多，所幸中大新亚书院文化生活委员会先后两次邀约演讲，都蒙应允。"云起轩"里，王蒙的讲词，字字珠玑，语语中的，往往在轻松幽默的语调中，带出严肃重要的主题，发人深省。因此不论何时何地，只要王蒙先生在场的讲座，必定座无虚席、广受欢迎。

一九九九年十月赴京公干，曾拟在抵京次日即拜会王蒙先生，专诚邀约他担任"新纪元全球华文青年文学奖"小说组的评判。抵京当晚，应傅敏夫妇之邀，前往"孔乙己饭店"晚膳。这家饭店由年轻干练的东主打理，颇受文人雅士欢迎。到达不久，东主前来迓迎，寒暄之余，顺口说："王蒙先生正在邻座宴客。"这一下，的确叫人喜出望外。是巧合？是缘分？当时立即趋前致候，顺便邀约王蒙先生出任评判，王先生素来豪爽，也就立即答应下来。

二〇〇〇年初，中大文学院举办"人文千禧展望"国际研讨会，王蒙先生大病初愈，亦如约前来。会上只见清减了的王蒙显得更加精神奕奕。提到文学奖一事，他笑着说："我很喜欢替你们'打工'。"用粤语"打工"一词，表示他对全球文学奖的鼎力支持，其亲切幽默，可见一斑。

六、柯灵

柯灵原名高隆任，为当代著名作家，其写作范畴遍及散文、杂文、小说、剧本、文学及电影评论等多种，涉猎甚广，但样样皆能。主要作品有《望春草》《遥夜集》《同伴》《不夜城》等。柯老早年曾主编《万象》期刊，对当年文化界产生举足轻重的影响。傅雷所写《论张爱玲的小说》一文，是历来评论张爱玲的第一篇文章，当年就是在一九四四年五月号的《万象》上发表的。"文革"时曾遭受迫害的柯老，"文革"后历劫余生，重新焕发出无比的生命力与创造力，笔下流露的文采与诗情较前更为灵秀，更为俊逸。

柯老前些年曾来中大访问，当时曾有幸听到他发表演讲。如今柯老已届九二高龄，我们虽然不时在《香港文学》拜读到他的近作，但要亲聆教诲，就得远赴上海去登门拜访了。近年来，柯老毕竟少出远门了。

去年十一月曾赴上海参加翻译学术研讨会，但会期紧凑，只有在最后一天，才有机会向柯老致电问候，并诚意约邀出任中大文学奖散文组的决审评判。也许，正如柯老于一九九二年为张爱玲小说选集代序中所言："世事如云，人生多故，而文字因缘，千里一线，绵延不断"，就为了这么一桩"一线因缘"的美事，柯老在电话中慨然应允出任评判，同时，还答应今年十二月与夫人一同前来香江，与各界会晤。

一九九三年，因编《傅雷与他的世界》一书，征得柯老同意，将其所撰脍炙人口的名篇《怀傅雷》一文收编在内，因此有机会向柯老多番请益。此次在上海通电话时，也曾与其夫人倾谈良久，得知柯老近来除听觉不便之外，精神十分健朗，平日在家，对文坛事事关心，刻刻留意。柯老生于一九〇九年，生平历经二十世纪大小事故，最近为《上海名人》一书撰写的导言，文情并茂，才思敏捷。这么一位世纪老人、文坛宿将，不但担任散文组评判，且即将于今年十二月，亲临香江，为文学因缘绵延不绝之事而尽一己之力，岂不令人翘首以待！

七、齐邦媛

有"台湾文学知音"之誉的齐邦媛女士，是台湾大学外文系荣誉教授，早年毕业于国立武汉大学外文系，曾赴美国印第安纳大学深造，返国后一直致力于培育英才及推动文学的工作。

曾主编《中国现代文学选集》《中华现代文学大系·小说卷》《中英对照读台湾小说》等，并曾任美国圣玛丽学院、旧金山加州大学访问教授，德国柏林自由大学客座教授等。数年前出任台北笔会会长，任内对推介中国文学，尤其是五十年来的台湾文学，建树良多。

齐教授为人真挚恳切，急公好义。对文学及翻译，内心孕育着一种使命感，因此多年来虽自比为"长江浅滩上的纤夫"，背上了主编 The Chinese PEN 的纤绳，却始终任劳任怨，不以为苦。

齐教授曾经多次来港，出席学术会议及发表演讲。一九九四年，更因推动中书外译的重要贡献而获香港翻译学会颁授荣誉会士衔。齐教授对两岸的文化活动，尤其是现代小说发展的面貌，极有研究，而其本身亦为享誉甚隆的文评家，所著评论集如《千年之泪》《雾渐渐散的时候》等，立论严谨，鞭辟入里，获得文化界及学术界一致推崇。

要邀得目前已经从前线岗位退休的齐教授出任文学奖评判，诚非易事。据齐邦媛教授自称，近年来，台湾当地也有大大小小的文学奖活动，曾经设法邀约齐教授担任评判，但都一一婉辞。为什么齐教授对香港中文大学主办的"新纪元全球华文青年文学奖"特别垂青呢？原因是以下一番话，把她打动了。

林文月教授曾经问过："为什么青年文学奖所邀的评判都是上了年纪的？"她深恐不明底蕴的公众也许认为评判与参赛者之间对文学的品味、评审的标准会出现代沟，因此提出不知是否该邀请一些中年作家或少壮派精英来出任评判？当时告诉林教授，后来也告诉了齐教授以下的想法：青年文学奖的设置，正好是想让二十世纪中最出类拔萃、蔚然有成的文坛宗师及译坛巨匠来担当评审的大任。一方面让年轻的文学爱好者，在崭露头角的人生启端，能有幸亲炙多位大师的教诲，目睹他们毕生贡献文坛而始终无悔无怨的风采，因而有所感悟，有所启发；另一方面，也让老而弥坚、挺拔如松的文坛常青树，能看到萌芽茁壮的青青幼苗，在世界各地的苗圃，迎着朝阳，欣欣然冒出头来，因而感到文坛不老，后继有人。这一番老与少紧密合作、心连心、手牵手，相偕共游于文学长河上的壮举，其意义是极其深远的。

齐教授听后，深表赞同，当下接受了邀请，出任文学奖小说组的评判，而文学奖中许多跃跃欲试、驰骋在即的千里驹，也可欣然期待着这位伯乐的莅临了。

八、白先勇

知名作家白先勇教授于二○○○年一月二十日莅港演讲，畅谈个人创作经验。当时出席者约二千五百人，除大学生外，还包括来自各校的中学生，盛况空前，可见其创作的小说，是如何深入人心，家喻户晓。

一九四九至一九五二年，白先勇曾经先后在香港九龙塘小学和喇沙书院就读，虽然只有短短三年，但这段岁月，作家自认对其日后的创作生涯，颇有启发。其后，白先勇再赴台湾，就读于"建国中学"。高中毕业后，进入台湾成功大学水利系攻读，一年后转攻文学。一九五七年，考入台湾大学外文系。大二时，凭着一股创作的热忱与志同道合的同学如欧阳子、王文兴、陈若曦等合办《现代文学》杂志，许多脍炙人口的名篇，如《玉卿嫂》等，都是在《现代文学》上刊登的。大学毕业后，于一九六三年赴美国爱荷华大学爱荷华作家工作室从事创作研究。一边念书，一边写作，《永远的尹雪艳》就是在当地完成的。

白先勇迄今共发表三十多篇短篇小说，分别收集在《谪仙记》《寂寞的十七岁》《台北人》《纽约客》等书中，另外，尚有长篇小说《孽子》《白先勇自选集》及自选集续篇《骨灰》等。

此次能邀得名家白先勇担任文学奖小说组决审评判，自有一番渊源。原来白先勇的《台北人》在当初邀人译成英文时，因翻译效果不太理想，曾经找到名翻译家高克毅先生，请他帮助编译。后经高先生悉心审阅修改，英译本于一九八二年由美国印第安纳大学出版社顺利出版，此书在国内外皆风行一时，已成为当代经典作品。最近中大出版社准备出版中英对照版，为此白教授与高先生曾多番联系。

在高先生的热心介绍下，顺利邀得白先勇鼎力相助，在邀请函后，曾经加上附注，谓曰希望能跟白先勇教授在香江一起为高克毅先生预祝九秩华诞，白先生欣然答应，十二月的盛会，到时必然会倍添姿彩。

白先勇在一次演讲时曾经说过一番肺腑之言："文学或许不能帮助一个国家的工业或商业发展，但文学是有用的，它是一种感情教育。想做一个完整的人，文学教育是非常重要的。它可以培养你的美感，对人生的看法、对人的认识，它在这方面的贡献最大，不是别的东西所能替代的。"文学奖的设置，正是要让青年人及早认识文学在吾人生命中不可取代的重要性。

九、余秋雨

余秋雨是享誉文坛的知名散文家，也是此次评判团中年纪最轻的成员。原籍浙江余姚，在上海就读中学与大学，大学毕业后留校任教，积极从事学术研究，出版史论专著多部，曾获评为"国家级突出贡献专家"及"上海市十大高教精英"。曾任上海戏剧学院院长，后辞职，潜心于教学与创作。现任上海写作学会会长，是上海市咨询策划专家，中国科技大学和上海交通大学兼职教授。

余秋雨所著的散文集《文化苦旅》和《山居笔记》，在两岸都掀起一阵热潮，分获台湾联合报"读书人"最佳书奖，金石堂最具影响力书奖，上海市文学艺术优秀成果奖、上海市出版一等奖等殊荣。其他作品如《霜冷长河》《台湾演讲》等，亦影响深远。

早于余秋雨访问中大期间，已有幸结识这位才气横溢的名家，其后更在不同场合中多相往返。一九九九年七月，"双余"于香港书展期间，一起前来为读者主持文学讲座，当时有幸邀请两位学者与文化界朋友共聚小酌。席上曾诚意邀请余秋雨先生担任文学奖评判，承蒙他毫不犹豫立即应允。余先生说，只要是推动文学、促进文化的活动，他绝对义不容辞，乐意相助。

待文学奖筹备完毕，正式推出时，余秋雨先生已踏上征途，开始他的"千禧之旅"了。这期间，他风尘仆仆，穿梭于历史悠久的文明古国之间，要联络极不容易。于是，邀请函寄去上海，查询电话打去深圳，三番四次，频问归期，终于在今年二月下旬，找到了万里归来的余秋雨先生，并经得他亲口再次确定，应允为青年文学奖担任散文组评判，并将于十二月亲临香江，参加颁奖典礼。

至此，邀约过程终于告一段落，圆满成功了。

一项文学奖的成功与否，一方面须视乎评判团是否博学多才，誉驰远近；一方面也取决于参加者是否悉心投入，全力以赴。香港中文大学文学院举办第一届"新纪元全球华文青年文学奖",既然已邀请到九位当今文坛最有代表性的名家出任评判,当然希望参赛者能踊跃投稿,勿失良机。

我们深信前浪滔滔不绝,后浪滚滚而来,文学的长河,必将汹涌澎湃,永不干涸!我们也祈望全球华裔青年勿忘以华文为荣,以提倡华文文学为己任,大家能借此次比赛彼此联系,互相沟通,共同为二十一世纪开创出灿烂辉煌的文学新天地。

（2000 年 3 月 23 日于香港,

本文原载《大公报》,2000 年 4 月 19 日）

多实街的老榕

　　早上九点左右，该是上班的纷忙时刻，路上车来车往，行人神色匆匆，我坐在汽车里，陌生的司机在前座默不作声。他遵嘱来接，我准时上车，我们都知道目的地是什么，因此也不必费神交谈了。

　　车行顺畅，经过了窝打老道玛丽诺书院一带，忽见街头杜鹃残，这才醒觉春天静静降临了，又悄悄撤退了，怎么尚未细赏春光好，就已到落英缤纷春阑时了？

　　车子转入一条横街，忽然停下了，向外一望，前面都是车，把弯弯的道路堵住了；后面也是车，不停地涌上来，把后退的可能也剥夺了。于是，进退无门，动弹不得，车子就稳稳卡在马路的中央。

　　这是何处？抬头看看，忽然瞥见一棵枝叶扶疏、气根丛生的老榕，昂然挺立在眼前。老榕的旁边有一块路牌，上书"多实街"几个大字。多实街？这又算是哪里？向来地理常识贫乏，东南西北不分，只知道这会儿要去九龙塘接李欧梵教授，然后一起去参加中文大学文学院举办的第六届"新纪元全球华文青年文学奖"文学与翻译讲座，那么，这条街就是前往九龙塘的岔路或捷径了。

平日怎么可能在繁忙时刻，静静坐在马路中央，近距离欣赏一棵百年老树的慑人风姿？树干十分粗壮，树枝伸展自如，一条条气根垂下，在风中轻摆，就像一个老当益壮、悠然自得的美髯公，早已看透人情，洞悉世故，再没有什么可以令他心慌意乱，忐忑不安了。老榕旁，小路侧，忽然转出一个步履匆匆的女子，身背大包，足登高跟，应该是个赶往办公室的上班族，看她的衣着，似乎也经过一番搭配，只是匆忙间外套的下摆没有拉平，纠结成一团，皱巴巴拱起在背后。向右望，斜路上，来了一个年轻男子，塞着耳机，背着背囊，走路大摇大摆，两鬓发根铲得发青，顶上一撮头毛竖得老高，这发型跟他的方脸毫不相配，但当事人却摆出一副自以为非常入时的模样。都是路人，不知道从哪里来，到哪里去，各有各的要紧事。

冷眼观看熙来攘往的行人，他们忙着，我却闲着。老榕也一样，这每晨常见的景观，它到底见证了多少年？树的寿命可以很长，记得二〇〇七年的四月，应王蒙之邀，曾与白先勇有青岛之行。活动完毕之后，众友同游崂山太清宫。入宫不久，看到一株红花盛放、青春正茂的大茶树，一看树下的铭牌，才知该树已经高龄四百年了。然后，我们又看到了树龄两千年的银杏；接着，迎来了一棵巍然高耸的雪松，这棵树诞生于汉武帝的时候，那是公元前的年代了！在这样的千年巨木面前，人是多么渺小，而人世间的纷纷扰扰，又是多么卑微！

堵车了，可能会迟到，那又如何？已经不当主持人了，不必一早到场去打点，想起当年的风风火火，乐得眼前的闲闲适适。望着老榕，十九年前筹创这个文学奖的时候，它应该早已在此落地生根了。那时候的榕树假如有缘跟我打个照面，看到的应该是一个疲于奔命、心劳力绌的局中人。谁叫自己当年不知天高地厚答应去担当这个重任？在没有经费、没有经验的情况下，在兵少将寡、配套不足的状态下，要创设一个以全球大专院校在读生为目标的青年华文创作比赛，不但奖金数额最高，而且评判阵容最盛，千头万绪，茫无方向，真是谈何容易？

且不说募款的经过，超过一百万的经费，要像托钵僧似的一家一户沿门去化缘，必须咬紧牙关，抛头露面，告诉自己这是公务，不是私事，就豁出去吧！所幸当年得到实业家刘尚俭先生一口应承，慨捐一半经费，才使文学奖得以顺利启动。邀约文学奖小说、散文、文学翻译三组共九位终审评判，更是一个个动人温馨的故事。当时心想，为了增添文学奖吸引力，终审评判必须邀请文坛译坛最负盛名的巨擘大家，每一位都是响当当的人物，如何去一一说服打动？翻译组比较容易对付，心目中拟邀的三位名家余光中、杨宪益、高克毅都是同行的前辈，余光中更是文学奖的活水源头，若非他的引介，不会认识刘尚俭。杨宪益伉俪曾经应邀来中大访问，这次邀约，大概不吝旧地重游。至于高克毅，更是时相往返的忘年交，对于我提出的要求，从来不会婉拒。那时可曾想到，高先生当年已届八九高龄，家居佛罗里达州的冬园，要他先费神批阅参赛作品，再与夫人长途跋涉，远渡重洋从美东到香港来参加颁奖典礼，可是一个多么艰辛劳碌的历程！二十年后的今天，自己体力大不如前，才真正了解老人家当年的付出与投入！杨老原本欣然答应出任评判，谁知一九九九年爱妻乃迭溘然长逝，因哀伤逾恒，最终不克来港参与颁奖典礼。

小说组的三位评判，王蒙、白先勇、齐邦媛的邀约过程，各有精彩之处。王蒙是我在北京"孔乙己"和傅敏夫妇饭聚时恰巧碰到的。原本就要登门拜访邀约的名家，竟然出现在邻桌，自然喜出望外，赶忙上前道出来意，王蒙一听就说，"我很喜欢替你们（中文大学）打工"，足见他对文学奖的支持与关怀。齐邦媛原先早已拒绝担当任何文学奖的评判了，电话里的一席话最后把她打动。为什么青年文学奖的评判都请上了年纪的？因为想让年轻的文学爱好者，在青春岁月的人生启端，有幸亲炙文坛译坛宗师的教诲，因而有所感悟，有所传承，使文坛不老，后继有人。白先勇是通过高克毅的介绍，慨然应允，拔刀相助的。事后才知道当时他刚动过心脏手术，却"奋不顾身"地从美国飞来香港参加大会。这以后，由于种种原因，十多年来跟白先勇结下了难能可贵的"牡丹缘"！

散文组的评判林文月是多年知交，做事认真，一丝不苟，有她助阵，办起事来往往事半功倍。散文组决审时，另一位评判余秋雨正好开始他的远途长征，仆仆风尘于欧洲文明古国，于是，午夜电传，千里追踪，终于把得奖名单确定下来。散文组的另一位评判是柯灵老人。柯老原是父亲旧友，他们都曾经生活在十里洋场的上海，曾经为孤岛时期的电影事业做出贡献。他们那个时代，风起云涌，跌宕起伏。经历了漫长的动荡人生，多年后柯老来到香港，相约老友会晤见面。那一天，在同一条街上，柯老站立在街的一端，父亲守候在街的另一端，在那没有手机的年代，两老足足各自苦等了半个钟头，而始终缘悭一面。一九九九年在上海趁参加会议之便，电央柯老出任散文组终审评判，柯老一口应承，能有这么一位世纪老人、文坛宿将参与盛事，岂不令人兴奋？谁知二〇〇〇年六月柯老因病辞世，令人神伤！柯老去世前，曾经为文学奖题词："刚刚逝去的世纪充满矛盾。物质文明飞速发展，精神文明相对滞后；科学成就灿烂辉煌，文学成就明显失重。'新纪元全球华文青年文学奖'的创建，无疑是个好兆头，给华文文学世界报导春来的第一燕。"柯老的这番话，意义深远，因此，第一届文学奖得奖作品由天地图书公司赞助出版时，我就选用了《春来第一燕》作为书名，此后文学奖每隔三年举办一次，迄今已到第六届，我们的作品集承受柯老的祝福，分别命名为《春燕再来时》《三闻燕语声》《燕自四方来》《五度燕归来》，以及即将出版的《春燕六重奏》。

当年的评判阵容，人称为"九大行星"，其灿烂夺目之处，确实极一时之盛；而当年的得奖人，如今不少已经成为崭露头角的作家，分别出版文学作品了。十九年倏忽而过，当年的名家，如柯灵、杨宪益、高克毅已先后作古，但是他们点燃的文学之炬，仍璀璨旺盛，薪火相传。今年参赛的得奖者，一如既往，来自五湖四海，世界各地。十九年前文学奖初创的时候，他们还都是呱呱坠地的婴儿或牙牙学语的孩童，是什么样的机缘让他们自幼努力不懈，勤习母语，用秀美的文字谱出华丽的乐章，因此如今得以欢聚香江，为大会增添光彩？是华夏文化的博大精深，是中国文字的瑰丽多姿，就如眼前有"不死树"之称的老榕，盘根错节，独木成林，见证着人生百态之短暂，也见证着华文文学之不朽！

车动了，前路已通，在多实街的中央，老榕树的面前，神思飞扬了多久？二十分钟？半个钟头？谁知道呢？快快去接在九龙塘伫立久候的李教授吧！

2017 年 4 月 22 日

著作序言

《桥畔闲眺》自序

写作，是自小已有的梦想。童年在上海度过，七岁开始，看遍童话，再啃大人书架上的书。冬日的午后，望着窗外的飘雪，心想将来长大后，自己也要写一本。来到台湾后，进入北师附小，私底下找上了三两知己，要合作写小说。台湾的三四月间，细雨霏霏，三个小学生蜷缩在校门口的杜鹃丛下，避着雨，想着故事的情节，在心中画出长虹。然后，进北一女，再赴香港；上大学，毕业做事，出国留学，返校执教，成了家，为人母，再赴法深造……岁月就在日出日落中，逐渐流逝。

由于因缘际会，毕业后第一份差事，就是在一家大公司当编辑兼翻译。自此以后，不论做翻译、谈翻译、教翻译、改翻译，或推动翻译工作，我与这一行结下了不解之缘。

一心要从事写作，结果选择了翻译。但文学翻译，在某一意义上，根本是一种再创作的过程。多年来，在翻译欧美名家的作品中，儿时的梦想，纵不能完全实现，也得到了部分的满足。但翻译与创作毕竟是两回事：前者为他人传言，其言再美，终究是别人的话语；后者则直抒胸臆，传递自己的心声。

由于日常工作缠身，虽有创作的欲望，却始终无法如愿。一九九二年三月，香港《华侨日报》以全新面貌与读者见面，当时的总编辑潘朝彦先生决心要整顿副刊，提高水平，殷切相邀为副刊写稿，有感于他的诚意，遂应允执笔，辟《桥畔闲眺》一栏，自此在繁忙的学术生涯中，夜夜挑灯，开始了专栏写作。

不知不觉间，执笔两年。虽然只是一些微不足道的小品，但下笔不敢掉以轻心。这些小品，承蒙不少读者的积极鼓励，以及多方好友的再三敦促，嘱我结集出版，于是，就在六百余篇文稿中，整理出有关翻译与写作，以及与学者、作家、艺术家交往过程的篇章，再加上数年前在其他报刊上发表的《译丛小语》数十篇，结集出版，交由月房子出版社付梓，名为《桥畔闲眺》。至于其他有关感性以及个人省思的文章，则分别结集，名为《打开一扇门》及《一道清流》。

《桥畔闲眺》主要分为两部分。

第一部分叙述多年来与翻译结下不解之缘的因由，以及走出翻译桥头堡，忙中偷闲，从事写作的喜悦。翻译是一种艰辛的行业，既吃力又不讨好，但多年来与译事为伍，亦不乏苦中作乐的时刻。从事翻译的人，必须有使命感，既已奉献了大半辈子，衣带渐宽终不悔，迢迢译途，仍会继续走下去。语言是我的至爱，从上海到台北到香江，在适应环境与学习语言的过程中，悟出语言具有无比的威力与魅力。精通一种语言，就如一钥在手路路通，从此穿门入户，畅通无阻。人与人之间的隔阂，原有不少是因为语言不通而引起的，能谙熟某种语言，也必能透过语言所传达的讯息，了解其背后的文化与精神。在这一部分里也叙述译事生涯中所遇见的一些饶有兴味的小问题，见微知著，从而体会出中西文化的异同，以及翻译人作为沟通文化、传递信息的使者，责任是如何艰巨！

第二部分记载与作家、学者朋友的交往以及对书与艺术的爱好。不少人一辈子生活在营营役役的物质世界中，精神生活一片空白，不是因为经济贫困，而是因为在心理上对艺术敬而远之，视为畏途。欣赏艺术，其实是一种心灵与心灵的接触，随时可以开始，永远不会太迟。一般人以为艺术的殿堂门禁森严，于是，往往过门而不入，谁知只要鼓起勇气，轻轻一推，一扇扇门扉也许就会从此大开。音乐、艺术、舞蹈、戏剧，借着肖邦的夜曲、莫奈的睡莲、云门舞集的飘飘衣裾，以及莎士比亚的妙语隽言，如春风化雨般滋润了无数荒瘠的心田。

在艺术与文学的领域中徜徉日久，心有所感，就自然而然欲书之成文。回想过去，选择了翻译行业，漫漫译途，曾经颠沛过、困顿过。当初踽踽独行，到如今，这条孤寂的路上，已经不乏声势壮大的同道中人了。于是，就想从译桥的桥头堡中走出来喘一口气，歇一歇，在桥畔放眼四野，尽兴眺望。

创作与翻译，是从事文字工作者可选的两条途径，两者相辅相成，孰主孰副，并不重要。不少名作家在写作之余从事翻译，如余光中译王尔德的《不可儿戏》、林文月译紫式部的《源氏物语》、萧乾译乔伊斯的《尤利西斯》等。作家创作时，聚精会神、全心全意捕捉虚无缥缈的感觉，将一纵即逝的灵感，定型在一个又一个文字中，就如音乐家谱曲时，必须将心中的天籁，化成串串符号，以便长留在五线谱上。"无中生有，化虚为实"是作家创作时痛苦的根由，也是快乐的泉源。翻译家则与演奏家如出一辙，原著与乐曲都早已谱就，范本在侧，任凭一己才情横溢，都无法如天马行空，恣意发挥。但翻译及演奏时，也可以在有限的空间，创造出无限的变化与生机。"有所凭借，亦步亦趋"，是翻译家踯躅译途中苦乐参半的原因。如今，我以翻译为职业，写作为嗜好，遍尝两者个中甘苦，但求把满腔的真，满腹的诚，点点滴滴，如实记载在小小的方格中，恳挚地呈献在读者面前。

最后，本书能结集出版，除上述友好的支持与鼓励之外，还得特别感谢下列的朋友。余光中教授是文坛巨匠、学界前辈，承蒙他为这本小书在百忙中抽暇写序，增添华彩，的确是不胜感激。饶宗颐教授既为蜚声国际的学问大家，又是书画名家，此次能慨允惠赐墨宝，为拙著赐题，诚属难能可贵。史易堂先生在画坛上享有盛誉，由他设计封面及供应插图，以飘逸隽秀的笔触，描绘出"桥畔闲眺"的风光，令人感铭。谨在此向三位先生致以衷诚的谢意。

1994 年 9 月 18 日序于香港

《打开一扇门》自序

　　《打开一扇门》是继《桥畔闲眺》后结集的第二本散文集。

　　在这一集里，共选收八十篇短文，原为《华侨日报》专栏《桥畔闲眺》中刊载的小品。犹记当初日日执笔时，一旦开卷，不论天晴天雨，人累心倦，公务缠身或旅途跋涉，都须按时交卷，不得延宕。生平最怕按本子办事，交友喜欢随缘，写稿也讲求即兴，但是写专栏却是一种耐性与毅力的考验，在限定的时间里、限定的框框中，编辑赋予某种程度的自由，让你去随意发挥。这光景，静心一想，倒有些像历来从事的翻译工作，于是也就安然执笔，接受挑战。

　　在那些日子里，笔端就如相机的快门，随时准备在繁忙纷扰的生活中，捕捉一连串瞬息的感觉。生活在香港，处身于二十世纪末期的大都市中，阴晴不定、风起云涌的剧变前夕，时代的脉搏，跳动得极其急促。无数人迷失在当前快速的节奏中，惶惶恓恓，始终追不上时间的脚步。其实，岁月如流，我们今时今日经历的忧患与困顿，在世世代代之前，又何尝不曾经搬演过一遍又一遍？历史，就如山之麓静静躺卧的湖泊，波光潋滟，日出日落中，不知映照过人世间多少悲欢与兴衰！

世界不论如何变，仍然会继续下去。有你，没有你；有我，没有我，时间的巨轮，始终会滚滚向前。然而，人生在世，短短的数十寒暑，尽管历经几许风霜，始终不乏欢愉欣悦的片刻。恰似闹市街头，擦身而过，回眸一笑的俏脸；夏日午后，阵雨初晴，阳光乍现的情景，一切都是空灵、飘忽的，来如春梦不多时，去似朝云无觅处。于是，就想借助敏锐的心灵，摄下一个个镜头，将此时此地的所思所感，凝留在一格格方块中，以便他年他月在生命的隆冬时分，偶一回首，有所追忆。

这一集也尝试剖析对生命的省思以及对生活的感悟。个人，在茫茫人海中，可以因自卑自伤而微不足道，也可以因自尊自重而发挥出无穷的力量。在一大片碧茵上，每一个人只不过是一株小草，但迎着朝阳，可以喜滋滋透现着一抹绿；在冰封万里的琉璃世界中，一小片雪花，向着风，也必能闪耀出晶莹的光芒。谁都不应该妄自菲薄。自觉平凡吗？设法在平凡中找寻乐趣。郁郁不得志吗？也许这只是一个潜藏不露、蓄势待发的阶段。忧愁烦恼吗？狠狠对着生活中的困难，来个迎头痛击。自觉事事不如人吗？大千世界中，原是人人彼此牵制、事事互相联系的，弹指之间，某一人的抉择，竟有扭转乾坤的力量，在默默中影响了你我的前程。人生的确是一出情节曲折、跌宕起伏的戏！

同样是一出戏，不管你把人生当作一场狩猎，无时无刻不在全神戒备，搜捕猎物；或把人生看作一条曲径，随时随地都不忘即兴漫游，赏花观月，日子总要活得起劲！活得高兴！

有些人不知何故，总喜欢缅怀过去，惧怕未来。天天只知嗟叹失去的，奢望未得的，却偏偏对身边人、手中物、眼前事，毫不珍惜。这些人把自己拘囚在种种局限困境里，就好比长锁在防卫森严的禁宫中，潮湿幽暗，蔓草丛生。心园荒芜了，心锁生锈了，独自紧闭一隅，无论如何，都不愿挣脱自加的种种枷锁，也无力卸下枉负的重重包袱。

有一天，直至有一天，不经意地，心扉轻轻一推，就如打开一扇门，这就会发现门外的世界，竟然如此辽阔！在晨曦里，晚风中，原以为荒无人烟的郊野，竟有左邻右舍展开笑颜，他们正隔着阡陌，向你遥遥挥手招呼！

在《打开一扇门》这本小书里，最想跟读者共享的，就是这种心灵上不再闭塞、舒畅自由的喜悦。

最后，为此书的出版，要特别向下列几位朋友致谢。首先要感谢林文月教授在百忙之中为我写序。林文月教授不但是知名的散文家，也是杰出的翻译家。她曾经用五年半时间，译出日本经典名著《源氏物语》。我们因同为翻译爱好者而相交相知，从她为人处世的真诚恳挚以及翻译写作的严谨审慎中，我得到不少启悟。其次要感激金耀基教授为我题签，金耀基教授不但以学问才气名重一时，同时也是一位出色的书法家，平时不轻易惠赐墨宝。最后要再次感激史易堂先生为我设计封面：一叶扁舟，轻荡在碧水中，群鸟飞翔，穿入不远处敞开的白色门户，这一幅美景，不正象征着人世间充满了希望么？

1994 年 9 月 21 日序于香港

《一道清流》自序

《一道清流》是继《桥畔闲眺》《打开一扇门》之后结集出版的第三本散文集。

正如前两本文集一般,这一集共收七十八篇短文,这些短文,都是当年在报章专栏中刊载的小品;所不同的,《一道清流》阐述的多半是一些个人的经历,以及人与人之间的缘分与情谊。

自小到大,每个人的经历都像一条河,长的、短的;平顺的、曲折的;清澈见底的,波涛汹涌的……而生命是一段漫长的旅程,就如泛舟河上,河道时宽时窄,有时顺流而下,酣畅痛快;有时逆流而上,艰辛莫名,但只要洁身自爱,不搅起河底的污泥,不沾染岸边的尘垢,心中永远都会有一道清流,在垂柳轻拂中,潺潺流过。

回首往昔,生活向来是平静无波的,大学毕业后出国留学,学成归港,返母校执教,一教就教了几十年。学术圈素有象牙塔之称,塔里塔外,往往是两个截然不同的世界。

我生而有幸，在塔里安分守己地待了大半辈子，似乎与塔外的变幻风云，隔得极远。风雨欲来之时，最多在一旁隔墙观看，临窗眺望，哪怕天际雷电交加，叫人惊心动魄，塔里，永远是一个宁谧的避难之地。

从表面上看来，学术圈中的日子，过得无波无浪，面对着莘莘学子、粉笔黑板的生涯，年复一年地继续下去，的确是起伏不大、变化有限的，可是，正因为如此，经年累月与书本为伍、与年轻人为伴，在精神的领域上，竟不知不觉拓展了无穷无尽的新天地。正如一道清清的小河，在门前缓缓流过，风景尽管年年依旧，可是那激滟的波心，在晨曦夕照中，不知有多少回，曾经映照过彩霞缥缈的面貌、捕捉过繁星灵动的眼神啊！

小时候，身体孱弱，父母为了免除我上学放学舟车劳顿之苦，总是效法"孟母三迁"，我每进一所学校，他们就搬一次家，搬到学校附近，安顿下来。那一年，搬到北师附小附近的一条巷子里。记忆中，小巷弯弯曲曲，沿河蜿蜒。我家院子后门口，正对着这条小河。有一回，台风肆虐，呼啸的狂风，瓢泼的急雨，不消半天，就将盛夏的暑气，驱赶得无影无踪。风雨过后，黄昏初临，暮色中竟带有几分初秋的凉意。我踩着木屐，兴冲冲跑到院子外小河边，只见到处都是断枝败叶，让风一吹，飘落在河中，给涨满的河水，匆匆带走。这时候，在平时澄碧的清流中，忽然看到两种截然不同的颜色：一边是谲异的蓝；一边是瑰丽的红，抬头一望，原来是台风过后的晴空，正映照在满溢的流水中。这两种颜色，如此鲜明，如此极端，西边的红与东边的蓝，似乎在竞艳、在抗衡、在互相排斥！但是，逐渐又逐渐，蓝与红在清流中，揉成了浅浅的紫，还透着几许淡淡的青，先前的强烈对照，在波心微荡中，早已不复存在了。

长大后，在人生道上驻足暂歇的地方越多，越发现人性的异中有同。从上海到台北、从台北到香港，然后是美国的大城小镇、欧洲的名都乡郊，还有亚洲各国以至澳、非等地的名胜古迹……所到之处尽管文化不同、习俗有异，但人性之中的美，却是放诸四海而皆准的。北京林荫大道上，妙龄女郎那一条条彩色缤纷的大圆裙，在疾驰的自行车上随风飘扬，这景象不是似曾相识么？原来当年在台北街头经常遇见。意大利小姑娘手拈鲜花向你嫣然一笑；密歇根小镇上，儿童澄澈的眼眸对你殷殷相迎。四海原本是一家，如今世上的动乱与纷争，有多少是天灾促成，有多少是人祸造成的呢？人与人之间，这许许多多因语言、文化、宗教、政治的因素而造成的隔阂，是否有化解消弭的一天？就像那台风过后，清流中映照的晴空。

念了一些书，走了一些路，终于省悟，自己之所以选择翻译与写作，作为生命中的目标，似乎是冥冥中早有决定。命运安排我从大陆迁台再迁港，命运安排我先留美再留法，因此，我对于各地的语言与习俗民情，都有一定的认识。从来不觉得香港人拜金、大陆人闭塞、台湾人偏激。我所认识的三地，各有其向上进取的优点与特色，可惜的是三地的人民，往往因互不了解而彼此抗拒，正如欧、美人士往往会相互奚落一般。只有真正了解一地的文化，融入当地的社会环境之后，才会欣赏该地的独特之处。身为翻译工作者，所要传递的不仅仅是文字表面的信息，而是背后的文化精神。翻译的使命是融会而非抗衡，恰似揉和红、蓝之后那淡淡的浅紫。

回顾目前，身处不算年轻、尚未老迈的年龄，不论瞻前望后，对生命总有一些感悟。其实，每一个人背后，都有一个动人的故事。你在街上逛着，闹市中午时分，川流不息的人群，摩肩接踵地走过，一张张都是漠然的脸，可是，你可曾想过，这一个个面具后的世界，是多么的辽阔深邃？不论是街角的乞儿，还是路边的老妇，每一个人的灵魂深处，层层叠叠，不知埋藏了多少往事，正如那曲曲折折流经门前的小河。

躬身自省，多少年来，作为一个事业女性，上有父母、下有子女，生活不可说不忙碌。在这个以男性为中心的社会中，要奋斗冲刺，总或多或少会遇到一些困难或挫折，所幸每当失意消沉时，总有至亲至爱的家人与朋友在我身边，抚慰我、鼓励我，给予我无比的勇气与信心。清流中映照的，不仅是自己的身影，还有父母、子女、兄长、另一半以及无数好友关切的眼神！感谢他们的殷殷照拂与支持，才使这册小书得以顺利面世。本书也述及老师与学生、作者与读者之间的情谊。在桥畔守候，抛出一只载满情意的小瓶，河流的尽头，必然有人会捡拾。冥冥中，人与人之间的缘分，永远有一线牵连着，父子、夫妻、情侣、朋友，恩与怨、爱与恨，纠缠不清、复杂难明，唯其如此，才使生命充满了情趣与无奈！

最后，为本书的出版，要向下列朋友致以最诚挚的谢意。高克毅先生是翻译界的老前辈，在当今译坛上享誉极隆，承蒙他为这本小书以风趣幽默的笔触撰写序文，令全书生色不少。赖恬昌先生既为翻译大师也是书画名家，由他惠赐墨宝，为拙著赐题，可说与高先生的序文相得益彰。史易堂先生再三为拙著设计封面，诚属难得，一道清流，在绿树红舍前，缓缓流过，明媚风光中，一派幽静。清流至巉石急转而下，变为跃动的激流，而书面的动静得宜，正表现出协调与融洽的主题。

仅以此书，献给我的父母，以及所有挚爱的亲人与好友。

1995 年 5 月 30 日序于香港

《石与影》译序

一九七四年春天，趁放长假之便，到加拿大英属哥伦比亚大学创作系翻译组去进修。

刚到温哥华，春雨连绵，天气寒冷，在大学附近找到一幢简陋的小楼，勉强安顿下来。第二天一早，冒着冷雨，踩着泥泞的路，到创作系去报到。

一路上，心中忐忑不安，怀里揣着一封电报："请立即启程，欢迎你来翻译工作坊交流"，下署："布迈恪"。

布迈恪？这位主持创作系翻译工作坊的教授，究竟是怎么样的一个人？

去温哥华之前，曾经到处写信查询有关翻译课程的情况。十多年前，世界各地对翻译学仍未像今日一般重视，而大学开设的翻译课程更加如凤毛麟角，寥寥可数。当时，我刚进入香港中文大学翻译系任教，对这一门新兴的学科，兴趣浓厚，极想趁放长假到外国去取经，学习一下教授翻译的良方。

信发出去，就像飘散的飞絮，左等右等，都音讯全无。

然后，偶然发现英属哥伦比亚大学竟然开设了一个创作系，而系中还有翻译组，并由名教授布迈恪主持，于是，存着姑且一试的心情，写信前去询问，谁知没多久，回音就来了，不是信，而是一封电报！

就这样，摒挡一切，整装上路。离港时，刚过农历新年，十多小时的旅程，就从热闹喧哗中，来到一个宁静寒寂的世界。

约好到布迈恪教授办公室中见面。电话里，他说："明天早上我正好有课，你来旁听，顺便看看工作坊上课的情况。"

进了办公室，看到七八个不同国籍的学生正在上课，他们分别呈交由各种外语译成英语的作业。我悄悄溜进去在后面坐下，静静聆听了将近两小时有关翻译理论与实践的讨论。

布迈恪教授看起来像个德国哲学家或交响乐团指挥，满脸浓密的胡子，跟浓密的头发连在一起，就好比水天一色，分不清哪处是天，哪处是海。他的双眼，深邃有神。但是一开口，就难掩诗人赤子之心，俏皮的神色，在眉梢眼角跃动着。他的平易可亲有如一阵春风，吹拂着室内每一个角落。

这以后，就开始了与布迈恪一段亦师亦友的交往。

在温哥华小住三月，获益良多。在那里，我学习了不少教授翻译的良方；在那里，我开始并完成第一本文学作品的翻译:《小酒馆的悲歌》;也在那里,我向诗人布迈恪学会了与各种树木花草为友。英属哥伦比亚大学的校园,古木参天,碧草如茵。早春时分,藏红花先从严寒中破土而出,矮矮的花茎衬托着圆圆的花蕾,争先恐后地含芳吐芬,憨态可掬。连翘花是春的信使,簇簇嫩黄,带着春风,爬满在家家户户的篱墙上。然后,那一大片耀眼斑斓、灿若繁星的黄水仙,突然呈现在眼前。到处都是花,漫山遍野,铺锦带绣,迎风招展在碧水旁、大树下,置身其中,才真正体会到华尔华兹《黄水仙》一诗中所描绘的意境。

生活在温哥华这山明水秀的花园城市,自然景观,千变万化,诗人布迈恪也因而展开了丰盛多姿的创作生涯。

布迈恪于一九一八年出生于英国伦敦,年轻时曾进美术学校习画,课余从事写作及翻译。一九六三至一九六八年,曾出任伦敦翻译学会会长、英国语言学会会士、杂志社编辑等职。一九六八年以英联邦学人身份,访问加拿大英属哥伦比亚大学,一九六九年以麦克谷菲访问英语教授身份访问美国俄亥俄州立大学,一九六九年底,重返英属哥伦比亚大学创作系任教,主掌翻译课程,直至一九八三年以终身教授身份从该校退休。

布迈恪才华横溢,集诗人、画家、小说家、剧作家及翻译家于一身。至今出版的诗集超过十六种，小说十二种，剧本两种。他的创作屡次荣获各种文学奖，而他自德、法、意文翻译的作品，更不可胜数，超过一百种，其中两次更获得翻译大奖殊荣：一九六六年，获得席利哥－蒂克（Schlegel-Tieck）德文作品翻译奖；一九七九年，获得加拿大文化协会法文作品翻译奖。

他的作品包括诗与小说，亦已翻译成多种欧洲及东方语言，包括中文、日文、韩文及印度文等。

自一九八三年从大学退休后，布迈恪不但"退而不休"，他的创作生涯，反而进入"层楼更高"的境界。他的创作力旺盛，作品源源不绝，而他在加拿大乃至国际文坛，更享誉日隆。

自一九七四年相识迄今，布迈恪屡次敦促我抽空翻译他的作品。我对布迈恪的作品，十分欣赏，但迟迟不敢动笔翻译，原因有二。

第一，布迈恪是加拿大文坛宿将，他的作品，不论是小说还是诗或散文诗，全都文字精炼优美，言简意赅，看似简单，实则深入浅出，若非在文字上痛下功夫而贸然翻译，则必然会扼杀原文的美感。

第二，布迈恪是"超现实主义"大师，他的作品，意象特别丰富鲜明，而内容却往往超乎一般常理的逻辑性，在出人意表的手法中，传达震撼力极强的信息。翻译的过程中，包括艺术的再创造，译者下笔，必须掌握得恰到好处，过犹不及。翻译超现实主义的作品，译者倘若将原文朦胧晦涩处，译得太精确、太澄澈，则无疑把原著中创意奔放、洒脱不羁的精神面貌歪曲改变；倘若把原文的意象原封不动地保留，译成中文时，又难免有不合语法、含糊混沌的情况出现，读之令人如坠五里雾中。两种极端，都是应该竭力避免的。

一九八〇年代与布迈恪合影于香港山顶

根据评论家杰克·斯图尔德所说（见《加拿大文学期刊》，一九八七年），布迈恪的诗创作，可以分为四个时期：第一阶段早于一九三八年开始。当时布氏只有十九岁，由于阅读了诗人庞德（Ezra Pound）的作品，以及参观了里德（Herbert Read）于一九三六年主办的"超现实主义展"，深受感动，遂以诗的创作，来做出热烈的响应。第二阶段以六十年代作为起点。在这期间，诗人除了继续以表现主义及超现实主义手法写诗之外，还从意大利文版翻译了王维《辋川集》的四十首诗，其后加上其他一些中国诗人作品英译，结集成书，于一九六一年出版了《寂寥集》（合译者为陈志骧）。王维的诗，空灵清远，以山水田园为主题，实则情景交融，浑成一体。王维的诗风，对布迈恪产生了极大的影响。第三阶段自六十年代末起，至七十年代末止。这时期诗人开始定居加拿大，其作品的创作，有着强烈的超现实主义色彩。第四阶段跨越整个八十年代。这时期的主要作品包括一九八一年出版的《黑林集》及一九八六年出版的《温哥华风貌》。《黑林集》曾经获"旧金山书评"评选中的一九八二年最佳书籍。

本书所译的六十七首诗，都是诗人的近作，除选自《黑林集》的《巴黎三折》之外，几乎都是九十年代写成的，有些作品如《荷塘六重奏》，更是诗人一九九二年十月访港期间，在中文大学校园一边观景、一边吟哦而成。这些诗连英文本都尚未结集付梓，此次率先以双语形式，由中国对外翻译出版公司出版，以飨读者，诚属难能可贵。

由于本集所收诗作，已经超越杰克·斯图尔德所评述的四个时间，故唯有请教诗人来自作剖析。根据布迈恪所说，《石与影》集二十九首诗，可说是"意象主义"的作品，《荷塘六重奏》亦然。《流入的河》及《迷宫》，则为"意象主义"及"超现实主义"的混合体；至于《颠茄眼的巫师》，则纯然为"超现实主义"的作品了。

《石与影》集的诗作，主要以自然景观为吟诵的主题，如树林、小径、落叶、青苔、河流、垂柳等等。布迈恪是擅用意象的高手，而在王维的《辋川集》中，常见的意象，如《孟城坳》中的"衰柳"，《华子冈》中的"秋色"，《木兰柴》中的"夕岚"，《宫槐陌》中的"仄径""绿苔"，《临湖亭》中的"芙蓉"，《白石滩》中的"绿蒲"，《辛夷坞》中的"涧户"，都在布迈恪的作品中，一再出现。

论者向来以为布迈恪的诗凝练精简，深受东方诗风的影响，观乎他的《蓝星》《返回林中》《冬日的沉寂》等作品，的确蕴含王维《鹿柴》一诗中"空山不见人，但闻人语响。返景入深林，复照青苔上"以及《竹里馆》一诗中"深林人不知，明月来相照"的意境。无论如何，作为一个当代诗人，布迈恪毕竟具有西方人的感情思想与现代人的意识形态，他的诗独创一格，可说是把超现实主义中想象不受拘束、自由奔放如天马行空的洒脱，以及东方文化中返璞归真、天人合一的纯挚，糅合成一体。

翻译布迈恪的诗，的确可以说是一种考验，有甘亦有苦。由于诗人是朋友，译诗期间，频频以长途电话越洋请教，故对原集的理解方面，便于解决不少难题，不必自己在暗中摸索，揣测某字某句的含义。然而，也正因为诗人是朋友，所以在译诗过程中，更加战战兢兢，唯恐力不从心，愧对好友。举例来说，本集中所收的作品，有不少是布迈恪献给亲友的，如《丝树》（献给姜安道伉俪）、《文月》（献给林文月教授）、《巴黎三折》（献给本集译者）、《给苏珊娜》（献给诗人挚爱的外孙女）等等，诗中所述的对象，全是熟人，因此译来生怕面目全非，从而更增心理负担。此外，《荷塘六重奏》原为《二重奏》，诗人访港期间，在舍下小住，每日必至荷塘漫步，而每次散步归来，又往往诗兴大发。这《二重奏》就一添再添，变成了《六重奏》。诗人每成一诗，必定欣然相示，继而问道："可不可以请你再译这一首，一并收编到诗集里去？"

在译诗的过程中，也遭遇过不少困难，终于一一克服。如 "Fallen Leaf" 一向译成《落叶》，但在《石与影》集中，连选两首诗，一为 "Falling Leaf"，一为 "Fallen Leaf"，故分别译为《落叶》及《落下的叶》，以志识别。又如 "head" 一字，在《林中》一诗中译为"发际"，在《带翼的种子》一诗中，译为"头部"，并非译者一时疏忽，前后不统一，而是按照每一诗的意境及文理，故意做出的调整。翻译最忌对号入座，译诗尤然，类似的例子很多，此处不赘。

布迈恪的诗有两大特点：一为不受格律约束，二为不用标点分句。译文中除某些句子，为调整节奏起见，增加标点断句外，尽量保持原文格式。

布迈恪的诗不取格律，却运用大量的"头韵"（Alliteration），诗人提到此一特色，常引以为傲。译成中文，为了保持这种诗意盎然的色彩，我尝试采用大量的叠词，如《夜晚的叶子》《隐去的太阳》《裸树》《蓝影》各诗中采取的手法。我亦曾经与诗人商讨过叠词的运用法，深获诗人赞同。特别一提的是《蓝影》一诗中，原文中的颜色词比较简单，如 "blue" "yellow" "red" 等，均为基本颜色词，如直接译为"蓝色""黄色""红色"，稍欠诗意，故亦以叠词来处理。

译布迈恪的诗，看似简单，实则不然。正因为原文用字浅白，寥寥数行，却包含了许多发人深省的哲理及散发出跃然纸上的诗意，翻译时，一不留神，就会流于呆滞，使原文神采尽失。正如手捧一朵清雅的小花，译者必须小心翼翼，才能看清花蕾中蕴藏的复瓣，层层叠叠，秀色无尽。

所幸翻译过程中，能够有机会跟诗人兼学者黄国彬博士切磋，译成之后，全书更经黄博士悉心校阅，特此致谢。本集中有好多处，如火山一诗中"洪荒的欢爱"一句，以及《颠茄眼的巫师》的译名，都是根据黄博士的提议而翻译的。《颠茄眼的巫师》原名为"The Sorcerer with Deadly Nightshade Eyes"，其中"Deadly Nightshade"一词，原文包括"有毒的黑色果"及"放大瞳孔的药物"两重意义，用以形容"巫师"，形象鲜明，富超现实意义。"Deadly Nightshade"中译名为"颠茄"，由于"颠"与"癫"同音，故直译为《颠茄眼的巫师》。

本集的翻译，因为能力所限，必定尚有许多未能尽善之处，希望各位译界先进多多指正，但能借此机会，将加拿大名诗人布迈恪的最新作品，介绍给中国读者，总算是尽了译者的一点心意。

1993 年 1 月 18 日

《黑娃的故事》译序

一、出版缘起

布迈恪《黑娃的故事》——最初展卷翻译时，在稿纸上端写下这几个字，再在下方填上一九八七年十月六日的日期；然后，经过了一次又一次仿佛永无止境的修改与润色，终于在一九九五年七月八日把"最后的定稿"寄送出去。其实当时心中明白，对于一个要求极严的译者来说，这世上永远没有翻译的"最后定稿"，只要有时间再把译稿从头仔细校阅一遍，必定还可以发现无数有待修正及改进的地方。这光景，就像爱子心切的父母把穿戴整齐、装备妥当的儿女送出国外去留学，临行前不管怎么殷殷叮咛，谆谆教诲，总觉得仍然放心不下；等到孩子一旦踏上征途，更立即牵肠挂肚，深恐孩子盘川不足、冬衣欠厚，在那漫漫长路上，不知可经得起雨露风霜？

翻译《黑娃的故事》，从最初执笔，到最后定稿，前后经历七年多的时间，这期间，翻译并创作了不少其他的作品，包括诗的翻译、散文的创作、学术论文的撰写等，每一部作品的产生，都是一次耗费心血的历程。但是，为什么接二连三地在其他花圃中殷勤耕耘，而独忘了在《黑娃的故事》这园中一角灌溉施肥呢？

原因很简单，《黑娃的故事》是加拿大名作家布迈恪的毕生力作，这一本自传体的小说，内容繁富、风格多变，是一部难得一见的奇书。最初披阅，深受书中奇谲诡异的内容以及超现实主义的表现手法吸引而感到爱不释手，因此，当布迈恪教授一再敦促我翻译他的作品时，就毫不犹豫地选择了《黑娃的故事》。谁知一旦承诺，着手翻译时，才发现《黑娃的故事》原来貌似简单，实则深涩无比。日夕与之相处，时时刻刻都有崭新的发现与体会。在翻译过程中，时而因遭遇困境而懊恼无穷，时而因释难解惑而欢畅无比，心情既时起时落，工作亦时续时停。

另一方面，总感到这种超现实主义的小说，一旦译成中文，纵使译者耗尽心血，费尽力气，译出来的效果，未必尽如人意，而中国的读者是否能接受原著的崭新表现手法呢？是否会通过译者的译笔，在精神视野中，扩展出一片辽阔的新天地呢？

这种种疑惑，终因最近遇上的机缘而一扫而空。译者有幸于一九九二年在北京参加中国译协召开的第二次全国代表大会，并在会上结识了南京译林出版社的副总编章祖德先生。其后章先生来港访问，在谈到译林出版方针时，发现大家的立场相符，旨趣相投，一致以译介外国名著、扩展我国读者精神视野为己任，而不在乎该书是否通俗媚众，能否图名牟利。译林出版社近年来先后出版了普鲁斯特的《追忆似水年华》及乔伊斯的《尤利西斯》，这两部经典名著，都以深奥难懂而闻名于世，一家有魄力出版这两部巨著的出版社，岂非是推介前卫作品《黑娃的故事》的最佳媒体？于是，就在双方紧密合作的情况之下，促成了《黑娃的故事》中译本的诞生，这一本酝酿七载的译作，终于在历经艰辛后得以顺利面世。

二、作者简介

《黑娃的故事》原作者布迈恪是加拿大英属哥伦比亚大学（俗称卑诗大学）创作系荣誉教授，毕生从事创作与翻译，在国际文坛上享誉甚隆。布迈恪教授于一九一八年出生于英国伦敦，年轻时曾进美术学校习画，其后更从事翻译工作，曾出任杂志社编辑、伦敦翻译学会会长等职。一九六九年底，应加拿大英属哥伦比亚大学之邀，出任创作系教授，至一九八三年退休。布迈恪退休后，著译不辍。迄今出版的诗集超过二十种，小说凡十余种，剧本两种。他的创作屡次荣获各类文学奖，并已翻译成多种欧洲及东方语言。布迈恪更是蜚声译坛的翻译家，自德、法、意文翻译的译作超过一百种，其翻译作品亦屡获奖项。

一九三八年，布迈恪年方十九，即开始了诗的创作。当时的欧洲，"超现实主义"方兴未艾，文学与艺术的发展，都受到极大的冲击。所谓的"超现实主义"，根据安德烈·布莱顿（André Breton）于一九二四年发表的《宣言》，乃是一种表现的方式，他认为人类必须释放心灵，任其自由发挥，了无牵制，方能表达出思想的真正功能。因而，"超现实主义"有三项目标，不但要在社会上、道德上解放人类的桎梏，还要使人类在智性上重获活力，得到再生。布莱顿于一九三〇年发表《第二次宣言》，在这次宣言中，他指出超现实主义的主旨在于"全然恢复我们心灵的力量"，这种力量，源自心中，不假外求，我们只需"不断涉足禁区"便已足够。其实，所谓的禁区，不外乎梦、想象与直觉而已。因此，"任何奇妙的事物即是美丽的，事实上，也只有奇妙的事物才是美丽的。"

布迈恪自初涉诗坛起，直至五十年后的今时今日，仍然服膺布莱顿所倡导的信念，在其数十种作品中，一而再、再而三以鲜明的意象、精练的词锋、前卫大胆的表现手法，以及丰富奔放的想象力，把超现实主义的特色发挥得淋漓尽致，布迈恪认为超现实主义的要义在乎幻想力的全然释放，在某种意义上，创作就好比"自动自发"的程序，心中所思不再受拘于理性的约束，一字一词，一感一念，全都自由奔放，跳脱跃动于稿纸之上。尽管如此，作家认为"这些由启悟而得的珍珠，必须以前后连贯的情节，即所谓的'故事'，来串成一串艺术创作的项链"。因此，不管作品内容表现得如何谲异离奇、匪夷所思，几乎所有的情节都是以现实生活中的情景来作为骨干的。这些故事经过回忆的筛选，在作家的想象中，蜕变为崭新的形式。因此，所谓的创造，其实就是蜕化衍变的程序而已。

《黑娃的故事》中的女主角，以及书中的种种情节，都是真人真事。黑娃的确曾经住在泰晤士河河畔一幢维多利亚式的老房子里，黑娃也的确跟作者发生过一段激越炽热的恋情，但是这些真实生活中的细节，唯有通过想象力的恣意驰骋，方能在回忆中发酵、变醇，而终于成为一坛芳香四溢的艺术佳酿。布迈恪因此认为"创作是一种超现实主义目标的完成，即将外在世界客观的现实，或称正题，与内在世界的想象与欲望，或称反题，像两点彼此相连的导管般结合起来，而形成一种包容两者的超现实或超级现实的正反合"。

布迈恪在长达半世纪的创作生涯中，一直坚守超现实主义的阵营，然而，与布莱顿有所不同的是，布迈恪认为布莱顿所提倡的全然"自动自发"只是创作上的一种手法，而非最终目的；他更认为创作的手法层出不穷，并不仅仅局限于此。[①]

布迈恪身体力行，把超现实主义的要义在历来作品中发挥得极其透彻，而观乎《黑娃的故事》一书的成就，可以得知，他之所以赢得"超现实主义大师"的美誉，绝非幸致。

三、作品剖析

《黑娃的故事》是一部中篇小说，内容共分九章，情节前后呼应，但也可以彼此独立，当作九篇短篇小说来看。

根据作者布迈恪自述，最初的故事，撰写于上世纪五十年代末六十年代初，其后，经过差不多二十年光景，作者不断撰写有关黑娃主题的故事，最后于一九八七年结集成书。《黑娃的故事》其实是作者自身一段恋爱故事的记录，不过这本书是以一种超现实的崭新手法来处理作者与女主角之间一段爱恨交缠、刻骨铭心的感情，以及两人离离合合、时断

---

① 本节内容乃根据布迈恪教授1995年7月10日来函撰写而成。

时续的交往，其间经历的心理变化，极其微妙，也极其复杂。作者以自述的口吻，来描述故事的发展，时而全情投入，时而冷眼旁观，有时甚至用第三者或第四者的身份，来客观地评述局中人饱受情欲煎熬的种种心理状态。他的笔触，时而平实，时而锐利，时而抒情，时而诙谐，在荒诞不经、如天马行空的情节中，不断加插一段又一段充满睿智、发人深省的妙语隽言，因而往往使读者在披阅中得到出乎意外的惊喜。

根据作者所说，《黑娃的故事》从第一章到第七章，都是根据真实故事撰写而成，至于第八章《中空世界》及第九章《梦之屋》，则完全是构想出来的，与黑娃并无关联，作者只是借用其名，作为创作的凭借而已。[①]

以下根据九篇故事的先后时序，依次简介其内容并剖析其精要之处。

《黑娃的故事》可说是熔各种文学创作手法于一炉，既可称为寓言，又可称为童话，也可以当作科幻小说、神怪小说、哲理小说或心理分析小说来看。

故事开始时，叙述男主角与两位女主角共同相处的情景。表面上看来，情节很简单，两个女孩子一个金发碧眼白皮肤，叫作白妞；一个黑发棕眼，肤色金黄，叫作黑娃。两

---

① 见作者1988年5月16日来函。

人是画家，一起居住在泰晤士一幢维多利亚式的老房子里。男主角时来时往，三人共处，融合无间。其实作家由于深受瑞士心理学家荣格的影响，因此他所创造的白妞与黑娃，原来都带有浓厚的象征意义，一个代表光明与白昼，一个代表黑暗与夜晚。黑娃是男主角创作的来源，也是他自我形象的投影，而在这一层意义上，正如评论家杰克·斯图尔德所分析，黑娃既是阿尼玛（Anima）的化身，也是阴影（The shadow）的化身。①

根据荣格的理论，每一个人都有不同的"人格面具"，对外界扮演某一种公开展示的角色，叫作"外部形象"；但是不论男女，都还有其内在的一面，叫作"内部形象"；男性中的阿尼玛原型（Anima），是内心中蕴藏的女性一面；而女性中的阿尼姆斯原型（Animus），则是内心深处代表男性的一面；这种"内部形象"很多时候因碍于传统而受到抑制。至于阴影（The shadow）则是另一种原型，所代表的是每一个人自我的性别，而不是含蕴内心的有关异性的性别，这是一种基本的动物性，十分顽强，难以驯服。②"正是由于阴影的

---

① Jack Stewart, "The Incandescent Word–The Poetic Vision of Michael Bulloek"（London, Ontario, Third Eye, 1990）pp.85–87.

② 霍尔等著，冯川译：《荣格心理学入门》，北京：生活·读书·新知三联书店，1987, p. 50–57。

顽强和韧性，它可以使一个人进入到更令人满意、更富于创造性的活动中去。"①

　　黑娃因此成为"阿尼玛"与"阴影"的综合体，男主角把一个生活中的恋人，化为一个毕生痴缠不休、难以摆脱的自我形象；同时通过两人之间的离离合合、爱恨交集，表达出一段似真似幻、自我探索的心路历程，全书的复杂晦涩在于此，而引人入胜也在于此。

　　在《两个女孩子与一个时来时往的男人》一章里，作者从平淡朴素的叙述中，带出了辽阔无垠的空间与时间，"每到夜晚……花圈里就显得魅影幢幢，回忆处处"，河水潺潺流过时，"总觉得听起来像是黄河"。作者的想象力如天马行空，绝不局限于眼前的"此时此地"，因此，他可以身在床上，同时又飞出去"安坐在院子里一棵桃树的枝丫上"。中国传统小说中，常有"元神出窍"的说法，其实我们哪一个人不曾经历过身在斗室而神驰物外的感觉？只是布迈恪以冷静自制、平铺直叙的手法来处理匪夷所思、奇趣诙谐的场面，更使人读来饶有兴味。

　　《一男、一女、一门》是一篇寓言小说。话说黑娃如今

---

① 霍尔等著，冯川译：《荣格心理学入门》，北京：生活·读书·新知三联书店，1987，p.58。

离开白姐，独居城里一座小楼上。她的寓所有扇门，这扇门能随主人的心情而转换颜色。在整篇小说中，由于黑娃情绪不佳，门始终黑沉沉不肯变色，男主角于是想尽法子，用言辞、图画，甚至出门郊游等方式来提高黑娃的情绪，而终于徒劳无功。

在这篇小说中，作者运用了大量新颖的表现手法，来达成艺术的效果。例如男主角大费唇舌来劝慰黑娃，结果一个个字都落在地上，变成了白色塑胶雪片或花瓣，因积聚太多，不得不摔出窗外。在这里，实物与抽象意念互相对调，易位而居，因此开拓了无限的创作空间。

在《前往东京》中，黑娃厌倦了城市生活，搬到乡下村屋去住。屋前有口井，井中干涸无水，装满梦叶，贴叶在额，就能悠然入梦。在某一个梦中，有位祭司向黑娃显现，他所说的一番话，蕴含真知灼见，因此，这篇小说也带有哲理小说的意味。

在现实生活中，黑娃与作者的恋情，必然遭遇到极大的阻力，不容于人情世俗，因此，祭司在梦中宣告："你站在两难之前，无从选择，一边是一堵黑色的岩墙，光秃秃，滑溜溜，什么都不给你；另一边是一扇玻璃，透过玻璃，你看到天堂，但是玻璃后空无一物。"即使如此，祭司仍然劝告黑娃

"进入幻境"，而不要"在安全中吞吃灰烬"。黑娃于是摒弃一切，前往东京。作者追随前往，但一夕相处，第二天一早，就发现黑娃已经死亡了。"黑娃的生命好像不知不觉间与她的死亡混成一体，就像东京湾的天空与海面合而为一。"在此，作者采用了卓越的技巧，把布莱顿在《超现实主义》中所倡导的，即超现实主义能将截然不同的两极和"生与死、真实与将来"融成一体、不再对立之说，匠心独运地表现出来。

《黑娃的回归》可以当作神怪小说来读，与我国的《聊斋志异》一般，黑娃死后魂兮归来，而且追随男主角前往温哥华，不时在他生活中显现。所不同的是男主角虽然享尽温柔，但也为黑娃善嫉而感到难以忍受。黑娃在这篇小说中，由于身为魂魄，不再受到时空的限制，得以来去自如，但最后却因男主角不能专一而黯然离去。另一方面，男主角却感到"一直受扰于被人跟踪、受人指责的感觉"。这种感觉，似真似幻，既可以诿过于飘忽无踪的鬼魂，也可以诉诸于不断自责的良知，只是作者假借神怪小说的形式，以平实无华的笔触，故意营造一种寓超现实情节于现实生活层面的气氛而已。

《重见黑娃》可说是全书中颇见功力的一章，在这篇小说中男主角飞越重洋大洲，再从温哥华前往伦敦去与黑娃相会。可以想见，在《黑娃的回归》与《重见黑娃》之间，两人已经分别了相当时日，因此重见的一场，开始时处理得悱恻缠绵，充满了诗情画意；中间一段，描述两人力图捕捉已逝的往昔，重叙旧情，作者运用的种种意象，尤见鲜明；结尾一段，叙述两人在森林中、田野上、寓所前、村舍里屡次遇险的经过，可说一波未平，一波又起，其惊心动魄的经历，极具震撼力。

《重见黑娃》一篇中，精彩绝伦、闪烁生辉的片段，比比皆是。其中关于男女之间的情与欲、爱与妒，更描写得丝丝入扣，动人心弦。譬如说，作者喜欢收到黑娃的来信，但这些信往往会变成一团火、一只动物或一群黄蜂，把人折腾得难以招架。只有一次，信变成一朵娇艳芬芳的兰花，促使男主角在睡梦中与黑娃缠绵一宵。男主角与黑娃相会的一幕，更是令人难忘。"候车室看来像个大水族箱，来来往往的游客在地板与屋顶之间各处穿梭往返，情况相当混乱，只引得我昏昏沉沉，一时里但觉过去与未来交融相叠，难分难解……"但是黑娃一进门，就好比铜锣当的一响，一切都改观了。作者接着描写黑娃就像"一首黑白相间的交响乐章"，令他心神俱醉。两人重见后，一起缅怀过去，重游旧地，但是，往昔就像巨型的蝴蝶，美丽而脆弱，使人不敢捕捉。黑色的念头如乌云般自两人眼中溢出，充斥室内，几乎使这对情侣葬身其中，最后因同心协力驱赶乌云而得以解围。

在这篇小说中，作者采用隐喻的修辞手段，可以说得上出神入化。除了上述的精彩片段之外，布迈恪还一再暗示人性中难以抑制的欲望不时在蠢蠢欲动。例如他说租来的汽车有股"不受欢迎的冲动"，一直想开到对面去；林中的乌鸦大声聒噪，邀约他前往参加一些诱人的玩意儿等。但是，这世上毕竟仍然有种种世俗的规范与制约，就像画在窄巷里巷头巷尾的粉笔线，这些界线，毫不起眼，却使人与兽都乖乖遵循，不敢逾越。在这篇小说中，我们目击了作者与命运的抗衡，也见证了他最后的屈服。男主角与黑娃历经鳄鱼、大象、老虎的威胁，终于不能再愉快共处下去，只有黯然道别。

《寻觅黑娃》一章富有历险记的旨趣。在这篇小说中，作者登高山，涉汪洋，跋涉荒野，追寻黑娃，而黑娃芳踪杳然。作者首先"向低处寻觅"，在水底深处，发现黑娃堕落为海底兽神的奴婢而心情沮丧。作者接着"向高处寻觅"，历经艰辛，攀登山巅，发现远观似黑娃的形象只是一盏石灯笼。作者最后"向平原寻觅"，几乎葬身泥淖而终于逃出生天，但仍然不见伊人踪影。

《玻璃顶针》有点像童话故事。故事开端时，作者透过一支具有魔力的玻璃顶针，看到远在他方的黑娃正身遭劫难，于是长途跋涉，绕过半个地球去勇救佳人。谁知抵达现场时，不经意间竟然走进怪物的腹内与黑娃一起被囚禁其中。作者的描述，使人联想起《木偶奇遇记》中，老木匠与木偶两人给吞进鲸腹的故事。后来男主角开始在怪物腹中挖掘洞口，设法逃亡。虽然他最终毛发无损地死里逃生，黑娃却在经过洞口时，蜕变成一副皮肉全无的骸骼。男主角骇然返回家园，又在附近沙滩上发现黑娃没有骸骨的躯壳。在惊惶失措之下，他回到家中，居然看到黑娃完整无缺地安坐在他书房的中央！

在这个故事中，我们看到作者在铺陈情节时，不断致力于种种惊栗场面的描绘，使读者深信一连串恐怖事件的背后，必然有什么神秘莫测的力量在操纵一切。作者借用顶针作为贯穿全局的媒介，他说："没有顶针的介入，我不会观察到黑娃的命运，也不会绕过半个地球来分担她的命运。"诚然，世界上有许许多多的事，都是彼此牵制、互相影响的，某人在某处弹指之间的一个决定，有时竟然可以产生惊天动地、扭转乾坤的力量，操纵了千万人的命运与前程。

在这个故事中，我们也看到黑娃如冤魂般一再重返，对男主角苦苦追缠，使他最终不得不采用一了百了的手段，把她从生命中一举铲除。正如前述，在现实生活中，黑娃与作者的关系时断时续，作者很清醒地叙述"除了开始时一段短暂的日子之外，我与黑娃的关系是痛苦多于喜乐的"，因此，他必须采取决绝的手段，来终止这段缘分。

最后的两则故事《中空世界》与《梦之屋》跟前面的七则故事无论在情节或表现手法上，都有较大的区别。作者在最后的两章中，把超现实与形而上的主题尽情发挥，而幻觉与现实交替、过去与未来重叠的场面，更比比皆是，使读者眼界为之大开。在《中空世界》中，死去的黑娃在作者后院中重生，两人共度一宵，醒来后，已经过了千百年，迈进了未来世界。在未来世界中，一切都是美好的：人不再受拘于地心吸力；房子可以自由改变形状；黑娃蜕变为代表"完美"的帕弗妲；地球重新组合，开辟出三大地带——"表层、空气的内层以及中央的水球体部分"：三个地带中都有生物，形状千奇百怪，而人类在任何地带都可以活动自如。作者在这个故事中，发挥了无比的想象力，使读者置身于奇谲幻境，有时甚至像在阅读还珠楼主的武侠小说或现代的科幻小说。但是作者身在幻境，心系故土，一念之间，又回到昨日的世界。在昨日世界中，身旁的伴侣又变为黑娃，两人携手漫步于河畔，河中的杂物自上游而来，再奔流入海，"来源与终结一样扑朔迷离"，而终将变为"子虚乌有"，滔滔流水，宛如生命，平和宁静中，使人感到世事残缺，好景不长。为了逃避锥心之痛，作者又遁入未来世界，在未来世界中，作者与帕弗姐来到"天堂公园"，园中一景是"梦之屋"，为了经历如痴如醉的迷幻梦境，两人进入了"梦之屋"。

《梦之屋》可以说是全书最复杂的一章。在这一章里，作者到处游历，但是受驱于一种"返巢倾向"的强烈本能，不由自主地一再重返那所位于河畔的维多利亚式老房子中去。男主角在这篇小说中，不仅化身为二，而且一分为三，三个自我都密切注视着黑娃，为黑娃的一举一动所牵制。那旁观者的自我，在一旁窥视第二个自我；而第二个自我正尾随着第一个自我与黑娃结伴同游。这个自我，还得被逼目击另外的自我与黑娃之间的情欲场面，虽欲逃遁，但一次又一次重返原先的场景，就仿佛童话故事中的主角，不知中了什么咒语，永难摆脱魔障。作者说："太阳逐渐下沉，我越来越感到自己的逃亡之举是徒劳无功的，天一入黑，我就会到达自己不愿到达的地方，看见自己不愿看见的事物。"于是，重复又重复，就像驱之不去的噩梦，男主角始终沉溺其中，难以自拔。

这篇小说亦充满哲学的意味，在某一处作者来到一个岔口，展望前路，左右二途，失之毫厘，差之千里，使人不知何去何从。"假如我看见自己正沿着其中一条路在走，问题倒解决了，但情形并非如此。相反，我相当肯定自己已经走在其中一条路的前头了，……到底选了哪一条路，是左边的还是右边的？"作者的迷惘，也是许多人在生命中的迷惘，我们每一时每一刻都得做出抉择，可是事前所得的信息呢？既飘忽又渺茫，谁又真能预知自己做出的决定是否正确？

这《梦之屋》中，有一幕黑娃跟作者互戴绘有对方容颜的面具，因此而对调了身份。如此这般，两人都在无意之间把自己心灵的力量投射到对方的形象中去了。[①]而由于不惯，作者找回了自己的面具，放置在黑娃的面具之上，黑娃亦如法炮制，因而使彼此之间的关系更形复杂。在这一章中，黑娃有时以"阿尼玛"的身份出现，有时又以"阴影"的形象出现，两者交替，瞬息万变，正如午后的天际，时而丽日当空，时而乌云密布一般。

作者最后从梦中苏醒，发现自己与黑娃共处在那维多利亚式的老房子中。虽然满怀喜悦，不愿再次离开，但是他心中明白，梦沉梦醒，都是一场梦：人生不永，世事无常——"在这思想的中空世界中，我也不复存在。"

四、翻译手法

把《黑娃的故事》由英文译成中文，的确是翻译技巧上

---

① Jack Stewart, p. 106.

的一大考验。

《黑娃的故事》不是通俗的情欲小说，也不是作者的恋爱秘史，而是一部展现超现实主义艺术创作手法的经典之作，因此，如何在译作中体现原著独特新颖、不落俗套的风格，就成了译者必须面对的首要任务。

我们先从书名的翻译说起。这本小说，原名为 *The Story of Noire*，"Noire"是书中女主角的名字。根据一般翻译的原则，人名既可以译音，也可以译意，然而，在这本小说中"Noire"一词，却有特别的含意。作者在开宗明义第一章中，就提到有两个女孩，一个叫 Blanche，一个叫 Noire。这两个词都是法文，即"白"与"黑"之意。书中一再强调昼与夜、黑与白的对立，而黑娃代表的正是"阴""影子"，男性中的女性特质"阿尼玛"，即伏流、暗涌，潜伏在每个人心灵深处的、蠢蠢欲动的梦与幻想，因此不能贸然音译为"诺亚"，原名中"黑"的象征意义，必须在译名中表现出来。"Noire"一字，按法文发音，字尾正好为"娃"音，因而采用"Cambridge（剑桥）"一词音意参半的译法，译为"黑娃"；至于"Blanche"，就借用《老残游记》的说法，译为"白妞"，以与"黑娃"一名互相对照，彼此呼应。

其次，我们必须考虑作者在书中所刻意营造的是一个时空交错、虚实重叠的超现实境界。为了达到创作的目的，作家不惜运用大量与众不同的技巧来陈述故事。譬如说，作者时时刻刻不忘记自己身兼男主角及说书人的双重身份，一面全神投入，一面冷眼旁观，说到紧要处，故意停下来打个岔。作者这种不断插科打诨、从旁评述的做法，有点像希腊悲剧中运用旁述的技巧，但更似德国浪漫派剧作家蒂克（Tieck）所擅长的手法。为了产生这种效果，布迈恪在行文中时常使用括号、破折号等，来加插一些与上下文并无直接关系的题外话。一般来说，中文以简洁明了、流利畅达为主，陈述情节时，本末倒置、节外生枝的表达方式，在上好的散文中，并不多见，因此，译者翻译其他作品时，向来不喜欢采用大量的括号或破折号，即使原文如此，也尽量将其不着痕迹地融而化之。然而在翻译《黑娃的故事》时，为了重视作品中浓厚的超现实主义色彩，却尽量保持原貌，以存其真。毕竟布迈恪的风格与傅雷不同，译者岂能将《黑娃的故事》译得像《傅雷家书》般四平八稳？此外，在英译中的过程中，倒装语法一向是译者所诟病的处理方式，中文的表现方式，不论夹叙夹议、写情写景，总喜欢交代得清清楚楚，先述因，后述果，例如"因为他勤奋用功，所以能名列前茅"这种句子，很少会先写"所以"，后写"因为"的。

但是翻译《黑娃的故事》时，为了表达原文中强烈的震撼力，有时却必须做出一些调整。例如男主角一见怪兽，大惊失色，而有关怪兽长相如何如何的句子，又长又赘，假如按照一般平铺直叙的译法，先译主角见到怪兽，继而叙述怪兽的恐怖形貌，等到描绘完毕，已经气势尽失，再说主角如何受惊也不能一气呵成了。这样的译法尽管有头有尾，合乎逻辑，却无法保持原文的神髓，这也是《黑娃的故事》一书的翻译在某些地方不得不出现倒装语法的原因。

布迈恪才华极高，创作时灵感泉涌，鲜明意象自无意识层面源源而出，难以自抑。因此，书中有些片段读之如梦话，如呓语，如喃喃独白，一发不可收。有些地方，句子长达十行，关系子句环环相扣，步步进逼，令人读之喘不过气来，更遑论翻译了。这种看似"不经意"的写作方式，正如京剧名角的表演，观众但见红伶在舞台上一举手，一投足，浑身是戏，演来仿佛挥洒自如，易如反掌，其实演出的每一个细节，都是经年累月、千锤百炼的成果。因此，译者必须小心推敲，仔细揣摩，以精雕细琢的方式去再现原作者"不经意"的风格，但在苦心经营中，仍然要冷静收敛，不见斧凿。

长句的处理，与破折号或括号的处理并不相同。译者一方面要维系超现实的意味，一方面又要打破长蛇阵，以免绊倒在累赘不堪、佶屈聱牙的句法中，摔得遍体鳞伤。不管如何，长句必须切短，行文必须畅顺，否则读者读来不堪其扰，心头火起，一本书怎么还看得下去？

由于中文里没有时态，翻译英语原文中有关时序的描绘时，往往产生不少困难，译者必须在适当的地方增添跟时序有关的字眼，以表示过去式或将来式。《黑娃的故事》因为是一部超现实主义的小说，作者往往在同一则故事的不同段落中，一时采用过去式，一时采用现代式的表现方法，故意营造一种时空交叠重复、朦胧不明、疑真疑幻的感觉，译者翻译时，略有不慎，就会令读者如坠五里雾中。一般来说，作者叙述往昔的情景，常把时空推至远处，例如某年某月某日发生一事，该日之前或该日之后常用"the day before"或"the next day"，而不用"yesterday"或"tomorrow"来形容，但布迈恪在《玻璃顶针》一文中，故意起首用过去式，继而突然笔触一变，转用现在式，并采用"I leave tomorrow"这样的说法，为存原貌，只能译为"我明天走"，而不译为"我翌日动身"。类似的调整，层出不穷，难以尽述。

专有名词的翻译，更是历来磨人的难题，由于多数译者惯于对号入座，搬字过纸，因此中文里才出现了这许多古古怪怪、非驴非马的欧化句法。在《黑娃的故事》中，作者为了表达深奥复杂的理论，运用了大量抽象名词。这些名词，纠缠盘踞于长句的阵法中，三步一伏，五步一埋，真叫人步步惊心，防不胜防。译者倘若惰怠成性，大可以求助于"化""元""性""感"等字眼，译出连串诸如"可能性""挫败感"之类的抽象名词，至于是否可以因此增加译著的"可读性"与"卖点"（模拟译文体），则又当作别论。无论如何，从事文学作品的翻译，译者必须把握原文词汇的要义，看准方向，认清语境，才能把作者意欲表达的原意，恰如其分地再现在译文中，这也就是译者艺术创作的功力所在。

《黑娃的故事》篇幅虽然不长，但译者在翻译过程中所花的时间与精力，却绝不亚于任何宏篇巨著。这一部题材新颖的小说，在国际文坛上，享誉日隆，得到论者一致好评。布迈恪教授为译者好友，译者有幸于二十多年前，在温哥华英属哥伦比亚大学结识这位亦师亦友的名作家兼翻译家，此后说诗论文，时相往返。译者于一九九三年曾经译出作者的诗集《石与影》，此次再拾译笔，翻译《黑娃的故事》。但愿这朵超现实主义的奇葩，能迎风招展，盛放在我国辽阔茂盛的译林中。

1995 年 7 月 20 日

《彩梦世界》译序

从小，就喜欢做梦。

长大后，依然喜欢做梦。夜里，沉睡时做梦，将醒未醒时，也做梦。白天，听不进枯燥沉闷的演讲时，思想飞得老远，海阔天空，自由翱翔；看不惯虚假冷漠的脸孔时，虽身困室中，也会神游物外；而每当失意沮丧时，更努力追梦，寻梦，希望把灰暗的现实，化为绚丽的梦境。

谁说，梦是没有颜色的？对我来说，所有的梦，夜里的，白天的，梦境也罢，梦想也罢，都是灿烂多姿的，能使平凡素淡的人生，添上一抹抹缤纷斑斓的色彩。

二〇〇七年五月，从香港来到北京，观赏白先勇青春版《牡丹亭》第一百场演出，一踏出机场，就看到迎面而来的奥运标语——同一个世界，同一个梦想（One World, One Dream）。好一个世界大同、万邦协和的理念！不错，这世上，的确应该消除歧见，打破隔阂，为全人类的福祉而同心协力，实现梦想。然而这个人类共同的梦，究竟是怎么样的？我想，应该是异中求同，而非单调统一的，换言之，这个梦不是黑白之梦，而是五光十色而又融洽和谐，多姿多彩而又欣悦怡人的，因此，这世界也将因梦境的实现而变成一个包括各色人种、包含各种宗教、包容各类思想的大同世界，而这个"One Dream"当然就是一个充满生机、充满希望的彩色之梦了。

二〇〇三年，加拿大名诗人布迈恪（Michael Bullock）出版了以 Colours 为名的诗集，随即寄赠给我，并问我是否有意将其译成中文。我当时因为公事繁多，且正为筹办"新纪元全球华文青年文学奖"而忙得不可开交，于是就把这项好友托付的任务搁下了。事隔数年，在北京街头瞥见奥运的标语后，"世界""梦想"等字眼，一直在心中萦绕不散，回港后再次细读布迈恪的 Colours，发现这本以色彩为名，以色彩为主的集子，字里行间，充满了梦与幻、光与影、虚与实、回忆与追思、憧憬与向往的诗情和画意。这是一本不折不扣描绘彩梦世界的奇幻之作，如能在二〇〇八年出版，亦可在欢庆奥运的气氛中，为书林译海增添一些色彩，这就是本书中译的缘起与由来。

布迈恪原籍英国，后移居加拿大，为著名诗人、画家、小说家、剧作家及翻译家。一九一八年出生于伦敦，年轻时曾进美术学校习画，课余从事写作及翻译。一九六八年以英联邦学人身份，访问加拿大英属哥伦比亚大学。一九六九年以麦克谷菲访问英语教授身份访问美国俄亥俄州立大学。一九六九年底，重返英属哥伦比亚大学，出任创作系主任，主讲翻译课。一九八三年，以终身教授（Professor Emeritus）身份从该校荣休。退休后，布迈恪创作不辍，翻译不断，迄今出版的诗集及小说逾五十种，剧本两种，译自德、法、意文学作品约两百种，其作品已翻译成多种欧洲及东方语言，包括中、日、韩、印等文，其中尤以中文译作数量最丰。

一九七四年春，我趁长假之便，远赴加拿大英属哥伦比亚大学创作系进修，有幸结识布迈恪教授，自此展开一段长逾三十年的友谊。我不但从布迈恪身上学习了不少教授翻译的良方，也成为介绍布氏作品的主要译者，先后翻译过他的诗集《石与影》（*Stone and Shadow*）及小说《黑娃的故事》（*The Story of Noire*），并在国内出版。

翻译布迈恪的作品，每每是一种苦乐参半、惊喜交集的经历，原因是他的作品看似简单，实则艰难，在翻译的过程中，常使译者感到殚精竭虑，力不从心。布氏是超现实主义大师，不论是诗是画，或是小说、戏剧，他的作品总带有一种洒脱不羁、恣意奔放，然而又深沉奥秘、难以尽窥的特色，因此，译者往往会在字句的表面结构与深层意义中彷徨失措，举棋不定，而真正尝透了"迷失译途"（Lost in Translation）的况味。

布迈恪的《彩梦世界》是一本另辟蹊径的力作。在诗人长逾七十载的创作生涯中，色彩一直是不可或缺的文学元素。根据诗人自述，最初的诗作，是一首很像俳句的小诗，一共只有两行："月亮是一朵黄色的玫瑰／飘泛于穹苍的紫川"。自此之后，这紫黄二色，就不时出现在布氏的作品中，不论是诗，是画，往往双色并呈，互相衬托。其实，在诗品中以色彩写景，以色彩绘物，以色彩烘托气氛，原是不论中外文学中共有的手法，不足为奇。以中国诗词为例，如"万丈红泉落，迢迢半紫氛"（张九龄《湖口望庐山瀑布水》），"红酥手，黄縢酒，满城春色宫墙柳"（陆游《钗头凤》），"江南好，风景旧曾谙，日出江花红胜火，春来江水绿如蓝。能不忆江南"（白居易《忆江南》），"红树青山日欲斜，长郊草色绿无涯"（欧阳修《丰乐亭游春》），"和露摘黄花，带霜烹紫蟹，煮酒烧红叶"（马致远《夜行船·秋思》）等等，莫不把色彩当作形容词来描绘实物实景，使笔下形象更添姿彩。又如"春风又绿江南岸"（王安石《泊船瓜洲》），则把色彩当作动词用。诗人布迈恪多年来一直采用以色彩为形容词的传统手法，偶尔也会将色彩当作动词或副词来用。

自二〇〇〇年起，布迈恪不但开始把色彩当作一个名词，而且当作一个与实物无涉的主体来看待。他尝试把色彩拟人化，写了一首有关《红》的诗，自此之后，灵感源源不绝，创作了大量有关色彩的诗作，并汇编成集，名之曰 *Colours*。

在这些诗中，布迈恪追随法国诗人兰波（Rimbaud, 1854—1891）的足迹，采取了模拟"综合感官知觉"（synaesthesia）的手法。这种手法简述之，即为各感官之间的交互作用。视听联觉者可在聆听的同时，通过联感，看见某物的色彩。诗人运用一种类似的联想法，看见某一种色彩时，马上在脑海中浮现出某个声音、某缕气息或某种思绪，因而激发起赋诗的灵感，创作出许多情景交融、声色俱全的作品。自此，每一色彩已化为本身含有特殊意义的实体，内蕴丰富而寓意深刻。

如何把布迈恪幻彩作品的神韵，充分再现在译文中？首先，布迈恪这一系列色彩之作，是一种崭新的尝试，不但与中国古典的诗词迥异，与英诗的传统也不尽相同。对布氏来说，颜色如梦如幻，可敌可友，通过各种色彩浓淡深浅的描述，他把内心深处的喜、怒、哀、乐，恐惧与期盼，失落与希冀，追忆与憧憬，冲突与协调等等，都刻画得丝丝入扣而又往往出人意表。

　　一般来说，颜色是与思想情绪直接联系的，就以奥运旗帜上的五环为例吧！这五环以白色为背景，分别为蓝、黄、黑、红、绿共五色［图案设计于一九一三年，正式采用于一九二〇年在比利时安特卫普（Antwerp）举行的奥运会上］，彩色之圈，环环相扣，代表寰宇五大洲由奥运精神联为一体，融洽无间。通常，黑色代表尊严高贵，白色代表纯洁

一九九六年与布迈恪合影于中文大学

优雅，红色代表热情华丽，绿色代表青春，蓝色代表平和，黄色代表活泼，但是这种种联想，却常因时因地因人因事而异。

大凡热带民族都比较喜欢鲜艳缤纷的色彩，而北国人士则偏爱沉静素雅的颜色，当然，这与当地的环境气候与社会经济大有关联。金色紫色由于原料贵重、染制过程复杂，一向为皇族贵胄所喜爱。色彩的喜好，也会随着时代而变迁，倘若你有一天去法国游览，请看一看凡尔赛宫壁上法王路易十四的画像，除了那一身时髦的衣饰外，别忘了瞧瞧他那穿上红色高跟鞋，以丁字脚站立的模样！至于中国，《牡丹亭》中柳梦梅及《红楼梦》中贾宝玉代表的那身俊俏打扮，如今只能在戏曲中去寻找了。进入二十世纪，色彩已在男性世界中销声匿迹，在正式的场合，除了黑、白、蓝、灰之外，还有什么色彩可以堂而皇之地出现在男士身上？偶尔一抹红、紫、黄、绿，也只能瑟缩在一方丝巾及一条领带上了。但是，到了二十世纪末二十一世纪初，情况似乎在渐渐转化，各地爱美的男士，正在悄悄求变，释放自我，开始探索缤纷的彩色世界。

所有的色彩，既可带有正面的联想，也可引起负面的感觉，对于一位感性而敏锐的诗人，当然更是如此。布迈恪笔下的色彩，各有特性，可正可反，绿是"遍布世界的颜色／

生灵万物的血液"，却可迷惑旁观者，使之恍惚蒙朦，或以"无比的不屑／睥睨着天地万物"；蓝是"鸟儿对天空／鱼儿对海洋"的纯洁之爱，然而却"满载回忆""带着巫术及魔法""充斥神秘与恐怖"；灰如愁雾，却又"至轻至柔"；银是哀悼的"泪之色"；雪是施于地下天上"白色的魔术"，白色虚无、真空、抹去一切；黄是"高与亮的精髓"；橙是"未熄的余烬"；铜为"秋叶之色"；棕却是"无谓之火的遗迹"；红能"尖叫"，也有"利爪"；粉红既是"肌肤之色"，也是"诱惑之色"；黑却最具威严，黑色之乡是"秘密之乡""潜危之邦"，那处永恒黑暗，子虚乌有。布迈恪的诗集，全书以《彩虹》始，以《玫瑰》终，外加一首特地为奥运而撰的《华光溢彩迎奥运》，乃形成了一个完整的《彩梦世界》。翻译这本别具特色的《彩梦世界》，我采用的是尽量贴近原文的策略。在翻译过程中，传统所谓的"意译""直译"，近期热门所谓的"异化""归化"，根本不在念中。我所着意的是怎样与原诗相契相合，尽可能在原诗的格式（包括分行与无标点的特色）、原诗的意境氛围、文字的节奏语感、整体的统一和谐各方面去用心揣摩。我所注重的是原诗的风格，这一系列乃超现实主义的现代英诗，诗中充斥着大量意象、明喻与暗喻，我力求把这种特色重现在译文中，非必要时，不予

增删。全书共六十首诗，除了第一首之外，格式及分行全部
与原诗相同。至于第一首《华光溢彩迎奥运》，为了使中译较
易朗朗上口，我特意译成七言诗，共四行，一、二、四行押
韵，这是与其余各首截然不同的尝试。

颜色词的翻译，向来是译者在双语转换的过程中深感棘
手的一个范畴。原因是颜色可分为基本颜色词与实物颜色词两
种。实物颜色词是借一种实际存在之物，来指涉某种色彩，
例如以翡翠（jade）来代表绿，以雪（snow）来代表白，然而
因为各地环境的不同、文化的差异，一地的实物未必存在于别
处，因此中文里常见的豆沙色、蟹青色、菱色、藕色、米色
等颜色词，就不宜也不易直译成英文，反之亦然。即使是基
本颜色词，如红、黄、蓝、白、黑，在中外文化中，也会引
起不同的联想。学翻译的人都知道，"嫉妒"一词，在中文里
用"红色"表示，如"眼红"；在英语里则用"绿色"表示，
如"green-eyed monster"，因此，译者处理时，往往会转
"绿"为红，或易"红"为绿，做出相应的调整。

诗人布迈恪曾经说过："我用一种色彩为形容词时，是
为了它所表现的潜力，而不是为了它对一件实物的描绘。"
他的思想，深受抽象派先驱康定斯基（Kandinsky）（1866—
1944）及沃林格（Worringer）（1881—1965）的影响。他认

为每一种颜色都拥有无穷的力量，正如每一个音符一般。这力量含蕴在指涉每一颜色的单词中，每当这单词跟其他字眼结合时，就会力量倍增，成为充满生命力的存在。诗人认为"极简抽象派的风格"（Minimalism），一旦运用到文学作品之中，"言简意赅"乃成为诗品的要诀。布迈恪曾经译过王维《辋川集》中的四十首诗，深受王维空灵清远诗风的影响，因此，下笔凝练精简，以简约的形式来表达深邃的思想，就如大幅留白的中国画，落墨行笔处有诗，字里行间也有诗。诗人因此要求读者敞开心扉，充分领略诗中每一字、每一词的分量与涵义。

这本诗集原名Colours，而"Colours"既为"色彩"，也有"旗帜"的意思，在此"华光溢彩北京聚""万邦竞相展彩帱"的时刻，诗集得以在北京由信誉卓著的商务印书馆出版，使我深感荣幸。

承蒙商务印书馆前总经理杨德炎先生、英语室主任周欣女士大力支持，黄国彬教授审校译稿并提出宝贵意见，赖恬昌先生惠赐墨宝，为拙译赐题，特此致以衷心谢意。此外，本书的封面、插图都是布迈恪的作品，全书更附上布氏亲自朗诵的CD，弥足珍贵。（由于第一首诗《华光溢彩迎奥运》乃诗人特地为奥运而作的新诗，故不包含在CD中）

特别感谢的还有林青霞女士。与青霞相识相交以来，发觉我们虽然生活在不同的圈子，年龄也有一段差距，可是大家对文学、对艺术、对生命意义、对世间真情，却有十分投契的看法，因此会不时把晤谈心。承蒙她在百忙中为本书写序，使诗集倍添光彩。

记得二○○七年我们一起去探访季羡林教授时，两人不约而同都穿上色彩鲜艳的衣服，为的是给季老带上喜悦温暖的感觉。青霞那一身翠绿，是喜爱素色的她从来没有穿过的。颜色，除了表达个人的爱好与性情之外，原来也是一种巧思，一点慧心，一种对他人体贴与关怀的表现。

谨以此书，献给所有爱美爱梦的朋友，希望您在诗中找到喜悦，找到乐趣，从而营造自我独特的"彩梦世界"。

2008 年 1 月 17 日

《齐向译道行》自序

从乡间小径到通衢大道

平生不喜做、不擅做、未及做的事，在踏上译道的行程中，却一一历遍了。

譬如说，自小不擅运动，做翻译，却必须具备跳伞员的精准。从原文进入译文，过犹不及，恰似从高空下跳，前有大海，后有高山，务必瞄准地面，方能降落在平坦绿原上。

做翻译，更需有潜水人的能耐。面对原文，先得纵身投入，在碧海深处遨游探索，游目四顾，待寻得宝物，又能及时抽身，浮游而上，以防遇溺。

小时候最怕上家政课，不喜编织，更怕刺绣。编织与刺绣都是磨人的玩意儿。编织必须一针一线，小心经营，有时出错，得拆了又织，织了又拆。谁知做翻译就像编织，必须一字一句，译了又改，改了又译，一遍、两遍、三遍，乃至十余遍。做翻译，更像刺绣，千丝万缕，得逐线加工；浓淡深浅，须细细分辨。待作品完成后，呈现人前，虽有苦尽甘来、如释重负的感觉，但经年累月的成果，始终如织工和绣娘般为他人作嫁衣裳。在世人眼中，似乎还比不上创作者的一首小诗，一篇短文。

曾经学过钢琴、古筝与吉他，但都半途而废，一事无成。演奏乐器，除了耐性与毅力，还需慧心与巧思，方能将乐谱上的符号，化为琴弦上的音符，除了旋律、节奏，还必须兼及风格、内涵，通过指间的张弛收放，传达出原曲的神髓与格局。做翻译又何尝不是如此！

最羡慕身轻如燕的舞蹈家，每见台上、场中婆娑起舞的身影，妙曼优雅，翩若惊鸿，才明白这是千锤百炼、日积月累的功夫。正悔自己没从小习舞，入了翻译的行当，恰闻此道是"带着镣铐起舞"，译者必须举重若轻，在窄处回旋而舒展自如。

戏剧中的演员，面对林林总总的剧本，须幻化不同的角色，以千姿百态来揣摩剧中人的性格、形貌，模仿男女老少的口吻、行止；翻译时要处理各式各样的文本，应付国籍、性别、年龄、背景、才具殊异的作者，上佳的译者，岂非堪比演技精湛的性格巨星，举手投足间，需经反复磨炼，方能在演出时浑然忘我，融入化境。

最让人啧啧称奇的是国际级的魔术大师，在万千观众眼前，竟能绑手束足，自困箱内，再由助手反锁，沉于水中，瞬息之间，却能摆脱束缚，在大厅另一端飘然现身而气定神闲。译界高手令人钦羡的，也就是这种在原文与译文之间出入自如、迅即摆脱掣肘的本领。

在译道上跋涉多年，可说是百味遍尝。行行复行行，竟已将近半个世纪。回首往昔，当年的译道是一条荒僻的乡间小径；环顾目前，如今的译道却已变成一条车水马龙的通衢大道了。

那天，迎新会上，偌大的教室，密密麻麻坐满了来自各行各业、五湖四海的学生，正在用心聆听硕士班各位老师的课程简介。年轻听众的脸上，笑意盈盈，充满着热诚与期待。只见他们一个个精神抖擞，意气洋洋，正准备携手上路，向着译道整装待发。

当年的拓荒者眼见及此，不禁在心底升起了一首歌的旋律：

Sunrise，sunset，sunrise，sunset

Swiftly flow the days

Seedlings turn overnight to sunflowers

Blossoming even as they gaze

Sunrise，sunset，sunrise，sunset

Swiftly fly the years

One season following another

Laden with happiness and tears...

（Perry Como，*The Fiddler on the Roof*）

日出日落，日出日落

日复一日匆匆过

种子隔宿绽娇花

凝眸之间展妍姿

日出日落，日出日落

年复一年匆匆过

春去秋来四季替

笑颜泪水相交织……

（金圣华　译）

　　这一条译道，不知不觉间，已默默走了大半辈子，所幸一路上喜见同道中人，熙来攘往，络绎不绝。谨以此书，献给所有齐向译道行的朋友。

2010 年 9 月 6 日

鸣谢：首先要感谢《英语世界》原主编徐式谷先生当初邀约我在期刊中开设专栏《齐向译道行》，承蒙他不断鼓励，我才有决心将六年来的所思所感，书之成文。其次要感谢三民书局董事长刘振强先生于二〇〇八年将拙栏的前四十篇在台北结集出版。再次感谢《英语世界》现任主编魏令查先生邀约本书以八十篇形式，重新在北京由商务印书馆出版，为《英语世界》创刊三十周年志庆。

承蒙名翻译家林文月教授与许钧教授在百忙中先后赐序，不胜铭感。

《齐向译道行》中的所述所言，不少都由历年来的学生在课堂上、作业中提供启发，涓滴入海，汇集成流。我们喜乐与共，教学相长，在此特向众多同学致以衷诚的谢意。

外子冯秋銮是本书文稿的第一读者，没有他的默默支持，静静敦促，我不可能锲而不舍地一直写下去。

傅宏美、陈妙芳、张薇女士替本书文稿打印，在此一并致谢。

《荣誉的造象》自序

香港中文大学每年十二月在学位颁授典礼上颁发荣誉博士衔予知名学者及社会贤达，自二〇〇二年起，于每年五月更颁授荣誉院士衔予杰出人士。我自一九九六年开始，就应邀成为中文赞辞的撰写人。这项工作任务繁重，包括准备、专访、撰写并在典礼上宣读赞辞等程序。由于每位领受者都是各行各业的翘楚，有的学贯中西，誉满士林；有的富可敌国，乐善好施，他们在各自的领域中出类拔萃，德望俱崇，要认识、了解、剖析以至于描述这些伟大的心灵，再恰如其分地表达出来，实在是一项极大的挑战。我先后写过约四十篇赞辞，每一篇的对象不同，内容迥异，但是，我在各位荣誉称号领受者的人生历程中，竟发现一些相近的轨迹，从而领略到成功背后种种必然的因由与要素。

许多如今名成利就的人士，都未必是衔着金匙出生的。由于二十世纪中那场战乱，他们或流离失所，或幼年失学，但是，凭着力争上游的决心与不折不挠的勇气，他们逆境自强，在人生道上行行复行行，不怕苦，不畏难，终于都冒出头来。至于出身世家而又不曾遭受战祸的一辈，也必定是孜孜不倦、努力不懈的，别人休憩享乐的时候，他们可以专心致志，不眠不休。这世上，绝没有唾手可得的金矿，不劳而获的成功。

杰出的人士都富有创意，不甘于故步自封。对他们来说，人生于世，充满乐趣，充满惊喜，社会发展一日千里，为了迎合时代所需，他们都会洞悉先机并伺机出击。怨天尤人或愤世嫉俗根本于事无补，于己无益，因此，要出人头地，绝不可被动怠惰，守株待兔。

成功的人士亦必然高瞻远瞩，胸怀大志。许多企业家在事业有成后，将取之于社会者用之于社会，如李嘉诚、陈曾焘、田家炳、周君廉、吕志和、蒙民伟、刘尚俭等诸位先生，他们的慈善事业，惠及群伦，在推动文化、教育、医疗各方面，做出了巨大的贡献。

成功的人物都终身学习，老而弥坚，如饶公、季老、胡秀英、费孝通等。在他们心目中，求知进取，绝没有年龄的限制。一个人活到老、学到老，如此方能积极面对人生。世上的知识日新月异，信息的传播如排山倒海而来，假如一跨出校门、踏足社会就浑浑噩噩，停止学习，则生命在尚未绽放光芒时就凝滞不前，这样的人生又怎能越活越精彩？

更有学术界及教育界中的先驱，在不同的领域中，为各自的使命而悉力以赴，建树良多，如李国章、金耀基、王葛鸣、路甬祥等。此外，余光中为捍卫中文而夙兴夜寐；胡秀英为研究植物而跋山涉林；季羡林为探究绝学而穷经皓首；饶宗颐为钩稽史料而万里踏勘；袁隆平为解决世界粮荒而仆仆风尘；杨利伟为完成航天梦想而乘云凌霄，这一切壮举伟业都显现出荣誉称号领受者与众不同的非凡成就。

感谢中文大学多年来给予我难得的机会，使我有幸为众多俊彦撰写赞辞，因而在专访及写作的过程中获益良多。在此，先选其中二十篇，包括陈曾焘（荣誉博士及荣誉院士赞辞各一篇）、李国章（校长简介及荣誉博士赞辞各一篇）、王葛鸣、李嘉诚、周君廉、费孝通、田家炳、袁隆平、刘尚俭、胡秀英、金耀基、季羡林、吕志和、饶宗颐、余光中、路甬祥、蒙民伟、杨利伟各位人士的赞辞，按其所得荣誉的称号及年份编排，结集成书，希望年轻读者能从这些杰出人士身上——从他们的成长经历、奋斗过程以及辉煌事迹之中，受到启发。此外，为了使本书更加全面、更加传神，我在每一篇赞辞后，附上一篇侧写，以期从台下幕后来描绘每一位人物的丰神面貌，并增补赞辞之中因为篇幅所限而未涉之处。笔触所及，当然免不了会带有个人的感受及主观的看法，但这只是剪影素描，寥寥数语，旨在写意而已。其中陈曾焘博士及李国章教授二人，因已各写赞辞两篇，涵盖较全，故不再另撰"侧写"。

撰书之际，曾因选择书名而费煞思量，幸亏越洋求教，承蒙乔志高先生以大才巧思，惠赐中英书名：《荣誉的造象 —— 正面与侧面》（*A Gallery of Honour-Portraits and Profiles*），并在百忙之中为本书赐序，感激之情，难以言宣。又承蒙白先勇教授在悉力推广我国传统文化昆曲之余，抽暇赐序，隆情厚谊，难以为报。此外，更承蒙饶宗颐教授慨允惠赐墨宝，为拙著赐题，弥足珍贵。饶公曾经为拙著《桥畔闲眺》赐题，此次再次应允所请，不胜铭感。

本书所选二十篇赞辞之版权属于香港中文大学所有，承蒙中大惠允出版，并由天地图书公司刊印成书，在此一并致谢。

本书在撰字过程中，承蒙各位荣誉称号领受者提供大量宝贵资料及参考文献，十分感激，唯由于体例关系，不在此一一列出，谨向各位致以由衷的谢忱。

最后，承蒙各位前辈及各方友好如利国伟、杨紫芝、林文月、杨纲凯、梁少光、霍泰辉、李和声等诸位先生、教授大力支持及鼓励，以及各位朋友如傅宏美女士、李慧娆女士、陈妙芳女士协助整理文稿，本书方能顺利面世，特此致谢。

历年来，在撰写赞辞期间，与中大新闻及公共关系处高级主任许云娴女士紧密合作，由于她凡事尽心尽力，一丝不苟，使我更全力以赴，在此特致谢忱。

谨将此书献给我最亲爱的父母、丈夫及子女，感谢他们多年来对我无尽的关爱与支持。

2005 年 3 月 27 日

《友缘，有缘》自序

许多年来，不断有人问我："你是教翻译的，中文里的'缘'字，英文到底该怎么说？"怎么说呢？我真的回答不了。

"缘"，一个绝对东方的字眼，看不见，摸不到，虚无缥缈，却无处不在。世上千门万户，为什么偏偏投胎到那一家？人间芸芸众生，为什么偏偏遇上了他或她？某人素未谋面而一见如故，某地从未涉足而似曾相识，即使是一次饭局，一趟旅游，能去就能去，不能去的终不成事。中国人把这一切都称之为"缘"——人有人缘、地有地缘、事有事缘。缘来时，人无老少，事无大小，冥冥之中仿佛有一线相牵；缘尽时，如烟消云散，花落无痕，再强留也属枉然。这个"缘"字，在漫长的翻译生涯中，从来想不出该怎么译。不是 fate，不是 destiny，不是 chance meeting，甚至不是 karma。常想跟西方友人解释什么是"缘"，看到他们听完之后茫茫然的眼神，似懂非懂的模样，只好叹一口气，反正说不清，不说也罢！

回首往昔，一路行来，有起有伏，转瞬间，竟已到了向晚时分。沿途既有风光明媚时，也有曲折回旋处，所喜每逢险阻，必有贵人来相助。所谓的贵人，不是指世俗所称的显赫之士，而是亲切的朋友、挚爱的家人。他们对我的爱护与扶助，使我这一辈子不需吹捧奉迎，不需图谋钻营，心安理得走到了今天。这一本书所辑录的，就是历来的友缘，以及跟我有缘的种种情与谊。

本书共分为三辑。第一辑为《颂扬篇》，收辑我为香港中文大学撰写的荣誉博士赞辞九篇，荣誉院士赞辞七篇（赞辞版权属于香港中文大学所有，承蒙惠允出版，特此致谢）。这一部分，可说是我在二〇〇五年出版《荣誉的造象》一书的延续。多年来，我为中大撰写及宣读的赞辞不下数十篇，《荣誉的造象》一书收录不及，所以在本书中特别再选收十六篇，颂扬对象包括荣获荣誉博士的白先勇、汪道涵、连战、高行健、陈佳洱、张存浩、李胡紫霞、利汉钊、唐翔千诸位杰出人士，以及荣获荣誉院士的李和声、周文轩、陈黄穗、李明逵、张敏仪、岑才生、李兆基等成功人物。能够为这些各行各业的翘楚撰写赞辞，并从他们的嘉言懿行中，受到启发，的确是一种缘分。这些人士中，有些是崇基毕业的校友，如张敏仪、陈黄穗；有些则是德高望重的前辈，本已相识，如李和声先生、周文轩先生等。他们在推广教育、弘扬文化方面的努力与贡献，功不可没。李明逵先生为前警务处长，退休后不再纳薪受禄，宁愿以全副精神来回馈社会。第一辑中三篇侧写：《一心弘扬、不求回报》《不为人知的善举》及《一哥的选择》，所要记述的就是三位人士这种行善不求报、"润物细无声"的事迹。

撰写白先勇的赞辞，又是另一个故事。我为中大担任"赞辞撰写人"前后逾十年，在退休时，我曾经许下诺言，假如校方颁授荣誉学位予我的几位知交好友，包括白先勇在内，则我会考虑重新执笔。二〇〇九年，中大决定颁授荣誉文学博士学位予白先勇教授，我乐于一诺成真，在撰写赞辞之余，又成《追寻牡丹的踪迹》一文，叙述多年来与白先勇交往的经过，也记载了我们越洋讨论文学的访谈内容。跟白先勇谈话，就如听他演讲，他不是那种词锋锐利、口若悬河的讲者，但是，说着说着，他会把真心掏出来，让人深受感动。记得当年举家自台迁港，一年后，我以侨生资格考取台大外文系，原可与白成为先后同学，并追随他倡导文学的足迹，但因父母不舍，未能远行，错过了那段时空，未认识年轻的白先勇。但如今听他演讲，跟他谈话，与他相交，却发现眼前的他，依然年轻，依然真诚，依然豪情万丈，当年错过的友缘，如今竟有缘再续，岂不可喜？

第二辑为《思情篇》，记述我与多位杰出人士之间相知相交的情谊。能与这许多顶尖人物交上朋友，更不能不说是一种缘分。相识之初，也许会慑于他们的盛名与大才；相交久了，再也记不得他们高高在上的地位与身份。在我心目中，只看到他们为人处世的真与诚，他们自淬自砺的辛与勤，还有那历久不变的书生本色与赤子之心。林青霞是众人眼里风华绝代的天皇巨星，她的确清丽脱俗，但我更欣赏的是她待人的真与禀性的纯，能跟她成为坦诚相对、无话不谈的朋友，多么值得珍惜。林文月高雅端秀，才气过人，是学界公认的大才女，自从一九八五年相识以来，二十多年间，彼此往返不断，正如她在为拙著《齐向译道行》所撰写的序言中所言，"两人的兴趣和关注点接近，使我们在公私的场合上都有许多说不完的话"。的确，我们背景相似，爱好相同，在研究、翻译与写作上，一直孜孜不倦，而她的治学之勤，成就之著，足为楷模。与杨绛先生相识于一九八五年北京的译家座谈会上。因缘际会，那天我正好坐在她的旁边，只见她一身旗袍，气度雍容，尽显大家风范。当时，她告诉我正在构思一篇在慢镜头下剖析翻译的文章，这就是日后发表的名篇《失败的经验》。一九八八年，她获选为香港翻译学会的荣誉会士，由我撰写赞辞，并代她宣读答词。钱锺书先生过世后，我更曾经四访三里河，最难得的是杨绛先生九十大寿的那天，原本她闭门谢客，竟破例接见了我和随伴前往的罗新璋。近年来，见到她老而弥坚，译著不辍，令人欣喜。与余光中先生的结缘可以追溯至我十二三岁的青葱年代，早在念初中时，我就不时剪存报章上刊载的余诗，此后一直是诗人的书迷，想不到日后竟有缘在香港中文大学成为教翻译的同事。在各种学术会议、评审、讲学或推广文化甚至为中文运动请命的场合上，我们都曾经一起参与，共同努力，这种不可多得的机遇，使我在余先生身上受教匪浅，得益良多。傅聪是蜚声国际的钢琴大家，因为研究法国文学翻译家傅雷的关系，我于一九八〇年初在法国索邦大学进修时，曾经到访卜居伦敦的傅聪，同时结识了正好造访当地的傅敏。承蒙昆仲二人的鼎力支持，使我得以顺利完成工作，也即是海内外第一篇研究傅译的博士论文。此后，我们时相往返，傅聪每次来香港演出，在演奏前后，我们必然会相聚晤谈。他那颗炽热的赤子心，那份浓郁的故国情，多少年来，从未变冷或消减。这是一位有深度、有原则的真正艺术家，绝不会为媚俗邀宠而妥协、而退让。与王蒙先生相识于上世纪九十年代初。还记得我去登门拜访，王宅是个四合院，听说是夏衍的故居，当时正在装修。主人不仅热诚招待，还与我畅谈有关翻译的问题。王蒙风趣幽默，亲切诚恳，曾经两次应邀出任"新纪元全球华文青年文学奖"的小说组终审评判，一次出任顾问，也承蒙他邀请，我先后两次前往青岛海洋大学做客演讲。《不老的健笔》是于二〇〇六年为香港中大新亚书院第十九届钱宾四先生学术文化讲座而写的。几年前，王蒙文学研讨会在青岛召开，原邀我参加，因事忙不及而作罢，想不到几年后，却要为新亚书院怀着虔诚的心，去努力探索王蒙的文学天地。文章写成后，王蒙幽我一默："几年前没写，现在却又写了，注定有此一劫！"其实，应该说注定有此一缘才对！许钧是在翻译界中，难得一见理论与实践兼擅的译家，他对翻译的热诚与执着，对译事的推动与弘扬，都令人激赏，《长达数十载的热恋》一文，记载了他与法国文学的不解之缘。

第三辑《怀念篇》悼念与追思如今已经去世的至亲与挚友。首先是赋予我生命、养我育我、爱我惜我的父亲。一九三九年，正值抗日战争，当时风华正茂的父亲与友人在上海孤岛成立了民华影业公司，创业巨献就是爱国影片《孔夫子》。他不惜工本，投下巨资，一心要弘扬中华文化，借电影导人"向上""向善"，而从不以私己的利益为念，这种彻头彻尾的浪漫情怀，无私奉献的洒脱行径，深深影响了我的一生。如今，父亲虽已撒手尘寰，但在我内心深处，却仍然感到跟他很亲、很近。许多为推动文化、不计一切的痴事与傻劲，在别人眼中认为匪夷所思，在父亲身上却显得理所当然。一九九一年，我为香港翻译学会筹募款项时，已届高龄的他曾经冒着溽热，在大暑天为我四处奔波，甚至为我派送海报。我终于明白——我从哪里来，何以这模样！我之所以跟这许多朋友投缘结缘，难道不就是父亲遗传给我这种无视名利、求真爱美的性格使然？

在我生命中，有几位忘年之交，长年累月，不断扶持我、教导我、引领我踏上康庄大道。一九七四年春，我趁放长假之便，赴加拿大温哥华进修，结识了当时执教于英属哥伦比亚大学创作系的布迈恪教授（Professor Michael Bullock）。自此之后，展开了一段长逾三十年亦师亦友的情谊。布教授既是诗人，又是译家，我曾经先后翻译过他三部代表作。高克毅先生是译界泰斗，上世纪七十年代他来中大翻译中心创办《译丛》，自此成为我译途上的明灯。几十年来，我们书信不断，往返频仍。每遇到翻译上的疑难杂症，我总知道有一中一西两位大师可以随时讨教而感到心中踏实。如今，高、布二位竟于二〇〇八年三月与七月先后逝世，而我挚爱的父亲也于同年六月归去，哀伤之情，难以言喻。所幸三位老人都得享高龄，无疾而终，总算是一种福分吧！沈宣仁教授是当年聘请我加入中大的上司，面试时，他问我为何要从事教育工作，我答以 mission 一字，就是这"使命感"，使他决定聘请我，使我决定留下来，在中大一耽数十年。林聪标教授是当年新亚的院长，也是我相交甚深的好友，可惜走得太早，如风逝去。我的这些朋友，不论年龄，无分国籍，都有一颗难能可贵的赤子之心，人虽逝，而情长存。在全书的最后刊载了纪念杨宪益先生的长文。杨老是多年好友，他曾经说过，要我叫他"小杨"，不要叫他"杨老"。原先想写一篇有关他与乃迭的文章，放在第二辑，谁知文章未写，他却先逝，而有关他的文章，竟要放在《怀念篇》中了。最难忘记他的笑声，带点未凿的童真、无奈的苍凉，面对过去的荣光，恰似散落一地、滚到墙角的珍珠，再也懒得去捡拾了。如今这一切，都已随着风，随着云，飘然而去。

《附录》中的三篇文章，记载我少年时学习中文、成长后学习外语的一些经历，以及几十年来与翻译结下不解之缘的过程。由于文章撰写的时期较早，因此内容并不完整，许多近年的发展，尤其是在翻译界中致力推动的种种工作，不及一一记下，只有留待日后补述了。

本书承蒙白先勇教授在百忙之中为我撰写序言；金耀基教授惠赐墨宝，为我赐题；天地图书公司大力支持，惠予出版；外子冯秋銮建议书名，在此一并致以衷诚的谢意。

谨将此书献给我的亲人，以及所有结识的至交好友。

有朝一日，也许是下雨天，为了躲雨；也许是大热天，为了避暑，你走进了书店，躲在清凉幽静的一角。此时，满室里书香洋溢，窗棂上花影轻摇，你一抬头，瞥见了这本书，随手翻阅之间，你我一线相牵，竟结下了似远犹近的书缘。

2009 年 12 月 27 日

《树有千千花》自序

余光中说，译者就像巫师，置身人神之间，任务是把神谕传给世人；闵福德说，翻译是灵媒的工作，"译者像一个媒介，容许另一个世界的声音通过，与这个世界的人沟通说话"。（见《明报月刊》，二〇一六年五期，六十二页）。毕生从事多年翻译工作，巫师、灵媒当久了，不禁会想为什么这辈子老是在传递别人的信息？自己的思绪、自己的话语，难道不能在提笔之际，破茧而出，自由飞翔吗？作者与读者凭借文字，可以隔空隔代相交相知，从下笔一端到入目另一端，两者之间存在的是一份最长的情意，一段最短的距离！

于是，立意鞭策自己，定时定刻与文字结缘，除了翻译还坚持写作，哪怕在最孤单落寞、失意彷徨时。齐邦媛在《一生中的一天》自序中言，"忧伤人人难免，但哭泣却有许多方式。明白此理，待人自然宽厚"。卓别林好像说过，最喜欢下雨天，因为看不到脸上的泪痕。欣赏大雨滂沱洗泪痕的说法，更贴心的却是挥汗笔耕忘抹泪的潇洒。六年了，自从上回在天地图书出版《有缘，友缘》之后，经历了人生最痛，也积累了一些哀伤中自疗的文字，这些文字，散见各处，曾经获得一些回响与肯定，也许是该结集出版的时候了。

前不久写了一篇《树有千千花》的散文。有一天，朋友来访，心想她读过这篇文章，就随手遥指着窗外花树说，"看！就是那棵树！""开的什么花？"她一脸认真问。开的什么花有关系吗？也许是紫荆，也许是宫粉羊蹄甲，也许都不是！从来没有细究过。

假如生命是一棵大树，树上绽放的花朵必然茂密繁盛，在微风吹拂中款摆轻摇，展现千姿百态：有的向阳，有的向阴；有的在树梢顾盼自若，有的在低处安然衬托。树是本体花是情，这树上绚烂的花朵，就是生命中不可或缺的种种情。白先勇常说，中国人讲"情"，比"爱"要深，要广，他在美国教书时碰到这个字最麻烦，因为找不到一个对等的英文词来翻译。的确，生命中有种种情：爱情、亲情、友情……各自蕴含不同，层次有别。

文集《树有千千花》共分五辑。第一辑《友情篇》，记述这些年来与多位前辈与名家，如杨绛、余光中、齐邦媛、林文月、傅聪、白先勇和林青霞等人的交往与联系。曾经有不少人羡慕我能与这许多知名人士结交往来，并成为朋友，甚至无话不谈的挚友。其实，人之相交，贵在真诚，虽然对方都是杰出人士，但是归根究底都会面临世人共有的高低起伏，尝受生命必经的喜乐哀愁，大家休戚与共，一起走过崎岖不平的道路，自会在心底产生共鸣，从而相知相契。这些年来，感谢这些朋友的关怀和鼓励，使我增添勇气，走出阴霾。

第二辑《亲情篇》阐述身边至亲至爱的家人。生命中遇到的三代，从双亲，到伴侣，到子女，都是极其朴实的平凡人。正因为如此，家中成员从不知道沽名钓誉、勾心斗角为何物。父亲的浪漫乐观，母亲的务实勤俭，老伴的温柔敦厚，子女的谦逊低调，让我一直生活在温暖融洽的氛围中，深深体会到平凡而美的福乐。如今双亲离世，老伴不在了，但是他们的绵绵情意仍然长存不衰，和子女经常的关怀成为两朵最美的花朵，盛放在心树的枝头。

第三辑《生活篇》缕述日常点滴，兼涉生活情趣，以及总角之交和毕生挚友的情谊，也尝试用笔触去捕捉时间深邃难测的形状。第四辑《序文与导言》编收历年来为自己及友人新书撰写的序言，以及详谈目前开展《傅雷家书》英译计划的来龙去脉。第五辑《讲词与传略》包括近年的几篇重要讲词以及李和声先生的传略。李先生为本港金融界知名人士，毕生热心公益，提倡国粹，足为表率，故为之立传。

五辑内容各有不同，但前后彼此连贯，下笔真挚如一。问我"开的什么花"？是生命之树开的有情花！

2016 年 5 月 7 日

本色文丛

（柳鸣九主编　海天出版社出版）

《子在川上》柳鸣九 / 著

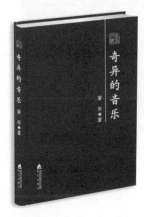

《奇异的音乐》屠　岸 / 著

《岁月几缕丝》刘再复 / 著

《榆斋弦音》张　玲 / 著

《飞光暗度》高　莽 / 著

《往事新编》许渊冲 / 著

《信步闲庭》叶廷芳 / 著

《长河流月去无声》蓝英年 / 著

《坐看云起时》邵燕祥 / 著

《花之语》肖复兴 / 著

《母亲的针线活》何西来 / 著

《神圣的沉静》刘心武 / 著

《青灯有味忆儿时》王春瑜 / 著

《无用是本心》潘向黎 / 著

《纸上风雅》李国文 / 著

《花朝月夕》谢　冕 / 著

《秦淮河里的船》施康强 / 著

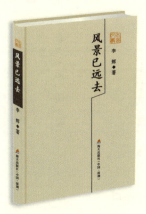

《风景已远去》李　辉 / 著

《美色有翅》卞毓方 / 著

《行色》龚　静 / 著

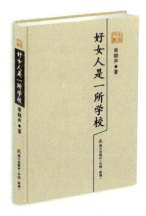

《好女人是一所学校》梁晓声 / 著

《山野·命运·人生》乐黛云 / 著

《散文季节》赵　园 / 著

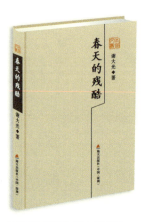

《春天的残酷》谢大光 / 著

《哲思边缘》叶秀山 / 著

《春深更著花》江胜信 / 著

《蛇仙驾到》徐　坤 / 著

《心自闲室文录》止　庵 / 著

《向书而在》陈众议 / 著

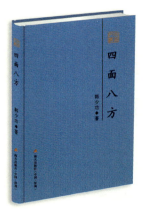

《四面八方》韩少功 / 著

《遥远的，不回头的》边　芹 / 著

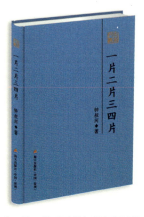

《一片二片三四片》钟叔河 / 著

《乡愁深处》刘汉俊 / 著

《率性蓬蒿》陈建功 / 著

《披着蝶衣的蜜蜂》金圣华 / 著

《尘缘未了》李文俊 / 著

《艾尔勃夫一日》罗新璋 / 著

《无数杨花过无影》周克希 / 著

《无味集》黄晋凯 / 著

《独特生涯》王　火 / 著

《书房内外》黑　马 / 著

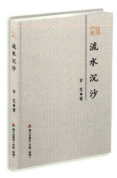

《流水沉沙》罗　芃 / 著